Bernhard Kopp

Die kluge Else

Roman

Satz: Mäusepress Bessungen

Umschlaggestaltung: Cornelia Willand

Herstellung und Verlag: Books on Demand GmbH, Norderstedt

ISBN 3-8334-3145-8

"Töte Franziska! Töte Franziska!"

Mit einem gequälten Stöhnen richtete die Person auf dem Bett ihren Oberkörper auf, presste beide Handballen gegen die Ohren und versuchte so, die kalte, unbarmherzige Stimme in ihrem Innern zum Schweigen zu bringen. Doch dies wollte ihr nicht gelingen.
Ganz im Gegenteil schien die Kraft der Verzweiflung, mit der sie ihren Schädel wie in einem Schraubstock umklammert hielt, sich direkt in Energie zu verwandeln, die ihrem Peiniger auf geheimnisvolle Weise zufloss, seine Wut anstachelte und seine Hasstiraden immer unversöhnlicher werden ließ:

"Franziska oder Du! Einer muss sterben! Wähle, und zwar jetzt!"

Sie ahnte, dass ihre Widerstandskraft dem Ende entgegen ging, dass sie diesen höllischen Einflüsterungen bald nichts mehr würde entgegensetzen können.
Leise wimmernd schob sie die dünne Decke zur Seite, stand auf und trat an das geöffnete Fenster. Die Schwüle des gestrigen Tages hatte sich in der Nacht kaum vermindert, wurde aber durch das Aufkommen eines leichten Windes etwas erträglicher. Durch den Luftzug spürte sie die feuchten Flecken auf ihrer Pyjamajacke, der Geruch des eigenen Schweißes stieg ihr unangenehm in die Nase. In der Ferne schlug zweimal die Kirchturmuhr. Halb zwei? Halb drei? Halb vier? Obwohl sie in den vergangenen Stunden kein Auge zugetan hatte, war ihr jegliches Zeitgefühl abhanden gekommen. Wie ein Echo auf die dumpfen Schläge der Uhr kündigte ein verhaltenes Donnergrollen das nahende Gewitter an.
"Verba domini ersten und zweiten Grades. Der Alte da droben wird ihnen gleich zeigen, was richtiger Radau ist."
Ein böses Grinsen huschte bei diesem Gedanken über ihr übernächtigtes Gesicht, während sie vom Fenster zurücktrat, die wenigen Schritte zur Zimmertür zurücklegte und diese vorsichtig öffnete. Sie lauschte in den Flur. Es war, wie um diese Uhrzeit nicht anders zu erwarten, im ganzen Haus kein Laut zu hören. Ohne Licht zu machen ging sie in die Küche, nahm ein Glas aus einem der Hängeschränke und drehte den Wasserhahn auf. Als sich die herausschießende Flüssigkeit nach einigen Sekunden abzukühlen begann, hielt sie das Gefäß in den Strahl und trank in gierigen

3

Schlucken.

Nachdem ihr Durst gelöscht war, füllte sie das Glas noch mehrere Male und goss sich den Inhalt erst über beide Schläfen und dann, da dies nicht half, die Fieberhitze aus ihrem Gehirn zu verbannen, über Hinterkopf und Nacken mit dem gleichen negativen Ergebnis.

Sie verließ die Küche mit tropfenden Haaren und wandte sich in einem letzten, verzweifelten Versuch, dem Unvermeidlichen doch noch zu entgehen, wieder ihrer Schlafzimmertür zu. Aber es war vergeblich. Wie von einer unsichtbaren Kraft gelenkt drehte sich ihr Körper gegen ihren Willen bis sie mit dem Gesicht zum Treppenaufgang stand.

"Töte! Töte!"

Das diffuse Mondlicht, das durch eines der Fenster seinen Weg in den Flur gefunden hatte, ließ sie den unteren Treppenpfosten mit dem handgeschnitzten Knauf und das Geländer nur schemenhaft erkennen, doch ihr war jeder Schritt so vertraut, dass sie auch bei völliger Dunkelheit oder mit verbundenen Augen nicht fehlgegangen wäre. Langsam, fast mechanisch einen Fuß vor den anderen setzend stieg sie die knarrenden Holzstufen hinauf. Die Haltung ihres Körpers und ihre Bewegungen glichen denen eines Delinquenten auf dem Weg zum Galgen. Doch am Ende ihres Aufstiegs wartete auf sie nicht der Henker mit schwarzer Kaputze, sondern eine hellgrün lackierte Tür, unter der ein Lichtschein hervordrang. Sie klopfte.

"Franziska, bist du noch wach?"

"Ja, komm rein."

Zitternd legte sie ihre verletzte rechte Hand auf die Messingklinke, und für den Bruchteil einer Sekunde schien es, als würde sie der Anblick des blutigen Verbandes im letzten Moment von ihrem grausigen Vorhaben abbringen.

"Töte! Töte!"

Sie öffnete die Tür und betrat den Raum. Franziska lag im Bett und blickte ihr erwartungsvoll entgegen. Mit großer Überwindung zwang sie sich zu einer belanglosen Frage:

"Wieso bist du um diese unchristliche Uhrzeit noch wach?"

"Ich konnte nicht einschlafen, es geht mir nicht besonders gut. Aber was ist denn mit dir passiert? Hast du geduscht?"

"Nur eine kleine Abkühlung. Ich hatte Angst, bei dieser bleiernen Schwüle sonst den Verstand zu verlieren. Darf ich mich trotzdem zu dir aufs Bett setzen?"

"Sei mir willkommen, aber nur solange du mich nicht volltröpfelst."

Mit zitternden Knien ließ sie sich auf der Bettkante nieder, nahm allen Mut zusammen und blickte Franziska, zum ersten Mal seit sie das Zimmer betreten hatte, direkt ins Gesicht. Was dann geschah, war unbegreiflich und grauenhaft zugleich. Die strahlenden blauen Augen ihres Gegenübers verloren fast augenblicklich ihren Glanz, und die Stimme, die eben noch so munter und frech geklungen hatte, war plötzlich die eines alten Mannes:

"Warum?"

Der Atem drohte ihr stillzustehen, und eine Gänsehaut überzog ihren ganzen Körper. Selbst wenn sie eine Antwort auf diese Frage gewusst hätte, sie hätte keine Silbe herausgebracht.

Franziska wusste, was dieser nächtliche Besuch zu bedeuten hatte, doch in ihrem Blick lag keine Todesangst, sondern Unverständnis und Entsetzen.

Alles, alles war leichter zu ertragen als dieses fragende, verzweifelte, grenzenlos enttäuschte Augenpaar. Von Panik überwältigt schnellte die ruchlose Kreatur nach vorne, riss das Kissen unter dem Kopf ihres Opfers weg und presste es diesem, gleichsam um sich selbst zu bestrafen, nicht mit der gesunden, sondern mit der verstümmelten, vierfingrigen Hand aufs Gesicht. Die Angst, nochmals mit diesem Warum konfrontiert zu werden, nochmals die eigene Niedertracht gespiegelt zu bekommen, verliehen ihr übermenschliche Kräfte.

Der ungleiche Kampf war nur von kurzer Dauer. Die nackten Füße trommelten auf das Laken, so als könnten sie durch dieses hektische Strampeln der drohenden Gefahr entkommen. Die Arme ruderten ziellos durch die Luft, ohne den ernsthaften Versuch, die tödliche Umklammerung zu lockern. Die bittere Enttäuschung über den mörderischen Verrat eines von ihr über alles geliebten Menschen hatte Franziska jeden Lebenswillen geraubt. Noch bevor sie den letzten Atemzug tat, war ihr Herz gebrochen.

Dieser Mensch hingegen erhob sich wie in Trance, schleuderte das

Kissen achtlos zur Seite und wollte gerade den Ort des Verbrechens verlassen, als ihn ein greller Blitz, der das Zimmer taghell erleuchtete, zusammenzucken ließ. Ein gewaltiger Donner folgte, und fast augenblicklich öffnete der Himmel seine Schleusen zu einem sintflutartigen Regenguss.

Mit einem bitteren Lachen schüttelte er die Faust gegen die Zimmerdecke:

"Nicht besonders originell, du da oben. Die gleiche Show hast du schon mal aufgeführt, als sie deinen Sohn ans Kreuz genagelt haben."

Doch diese hämische Blasphemie stand in eigenartigen Gegensatz zu der abgrundtiefen Verzweiflung in seinem Gesicht.

I

Else Steigert erwachte als ein glücklicher Mensch, auch wenn sie selbst sicherlich eine andere Bezeichnung für ihre Gemütslage gewählt hätte. Glück war für sie etwas zu Großes, zu Gewaltiges, als dass sie es so ohne weiteres mit ihrem eigenen Leben in Verbindung bringen konnte. Im philosophischen Seminar bedeutungsschwere Sätze über das Glück zu formulieren, um die Lehren Epikurs einer scharfsinnigen Analyse zu unterziehen, war eine Sache. Sich den unbändigen Enthusiasmus dieses großen Klassikers des Glücks in irgendeiner Weise für die eigene Existenz nutzbar zu machen, eine völlig andere.

Was Else fühlte, als sie die Augen aufschlug, war eine tiefe innere Zufriedenheit, ein Gefühl der Harmonie, eine irrationale und dennoch durch nichts zu erschütternde Gewissheit, sich in dieser Welt auf dem richtigen Platz zu befinden. Und obwohl sie keinerlei präzisen Grund für ihr Wohlbefinden hätte angeben können, so wusste sie doch, dass die Ursachen dafür damit zusammenhängen mussten, dass sie und Konrad nunmehr schon über drei Jahre Frau und Mann waren, denn erst seit dieser Zeit geschah es, dass sie hin und wieder in diesem vorher nie gekannten Zustand erwachte. Als dies das letzte Mal geschehen war, hatte sie sich Edith, Konrads Schwester, anvertraut, war bei dieser aber auf wenig Gegenliebe für ihre These gestoßen:

"Es liegt mir fern, dir Eure traute Zweisamkeit madig zu machen, aber meinst du nicht, dass sich in den letzten Jahren auch noch Anderes in deinem Leben sehr zum Positiven verändert hat? Du hast einen Beruf, der dir Spaß macht, die Sorgen um die Firma deiner Eltern haben sich dank Wolfgangs in Luft aufgelöst, du hast Geld wie Heu."

"Einspruch Euer Ehren! Letzteres hatten die Steigerts schon immer."

"Oh, natürlich! Entschuldige! Zu dumm von mir, immer wieder zu vergessen, dass du schon als Embryo durch eine goldene Nabelschnur gefüttert wurdest. Aber deine Argumentation lässt sich nicht nur auf das Bankkonto anwenden. Schließlich gab es vor meinem Bruderherz bereits andere, die sich fürsorglich um deinen Hormonhaushalt gekümmert haben."

"Aber meine Liebe, Sex ist doch nicht das Entscheidende."

Edith ließ ein verächtliches Schnauben hören.

"Ich warne dich, Else. Wenn du jetzt anfängst, von im Gleichklang schwingenden Seelen zu schwadronieren, zwingst du mich, ordinär zu werden. Wie auch immer, erzähle auf keinen Fall Konrad etwas von deinen Theorien. Du weißt ja wie Männer sind."

"Ehrlich gesagt, ich habe keine Ahnung."

"Spiel nur nicht die Unschuld vom Lande. Selbst dir dürfte nicht entgehen, dass er sich immer öfter wie ein Gockel aufplustert, sobald du ihn anhimmelst."

"Du übertreibst wirklich maßlos."

"Unzählige Male habe ich es erlebt, wie ihm im Theater seine weiblichen Bewunderer die Füße küssen. Welchem Mann würde das nicht zu Kopf steigen. Du solltest deine Aufgabe darin sehen, ihn auf den Boden der Realität zurückzuholen, anstatt seine Eitelkeit noch zu unterstützen."

"Ich kann die Frauen gut verstehen, denn auch ich finde ihn wundervoll."

"Bei dir scheint Hopfen und Malz verloren zu sein. Wage es nicht, je mit rotgeränderten Augen an meine Tür zu pochen, wenn er eines Tages mit irgendeiner neureichen Altadeligen durchgebrannt sein sollte."

Bei der Erinnerung an dieses heftige Wortgeplänkel stahl sich ein amüsiertes Grinsen auf Elses Gesicht. Obwohl die Jalousien nicht heruntergelassen waren, lag das Schlafzimmer in einem angenehmen Halbdunkel. Die schweren Brokatvorhänge vor dem Fenster waren bis auf einen schmalen Spalt in der Mitte zugezogen. So verirrten sich nur wenige Sonnenstrahlen in den Raum und zauberten ein bizarres Muster auf die dem Bett gegenüberliegende Schrankwand. Else räkelte sich genüsslich, bevor sie mit der rechten Hand die Alarmvorrichtung des noch stummen Weckers von "Radio" auf "Aus" drehte. Gleichzeitig patschte sie mit der Linken ungezielt in die andere Hälfte des Ehebettes. Kein Schmerzensschrei, kein schlaftrunkenes Grunzen, sie war allein. Zu dieser Erkenntnis hätte sie auch auf weniger rabiate Art gelangen können, denn der köstliche Duft frischgekochten Kaffees durchzog das Haus, und wer, wenn nicht Konrad, sollte der Urheber dieses betörenden Geruchs sein? Aber es war erst neun Uhr morgens, und Else hatte sich längst damit abgefunden, dass ihre Synapsen so kurz nach Sonnenaufgang bestenfalls zu Dienst nach Vorschrift zu bewegen waren. Anders ihr Magen, der sie durch ein langgezogenes Knurren unmissverständlich darauf hinwies, dass er bereits Betriebstemperatur erreicht hatte.

Folgsam schlug Else beide Beine über die Bettkante und angelte mit unsicheren Bewegungen ihrer Füße nach den Hausschuhen. Mit einem lauten Gähnen richtete sie sich auf, zog die Vorhänge zur Seite, um das helle Licht des Frühlingsmorgens in den Raum zu lassen, und machte sich auf den Weg ins Badezimmer. Dort begnügte sie sich mit Zähneputzen und damit, ihre widerspenstige blonde Haarpracht mit wenigen langgezogenen Bürstenstrichen mehr schlecht als recht zu bändigen. Anschließend streifte sie sich einen weißen Morgenmantel über und erteilte ihrer Nase den Befehl, sie ohne Umschweife zur Quelle des verführerischen Aromas zu geleiten.

Der Frühstückstisch war auf der Terrasse gedeckt. Konrad bemühte sich gerade, Rührei aus einer Pfanne auf zwei Teller zu balancieren.

"Morgen Konrad, morgen Pascal."

Der Kater, der es sich auf einem Liegestuhl bequem gemacht hatte, quittierte ihren Gruß mit einem leichten Heben des Kopfes und ließ ein gnädiges Miauen hören. Dann, ganz so, als ob er dies bei seiner Morgentoilette vergessen hätte, leckte er sich ausgiebig beide Vorderpfoten, blinzelte einige Male schläfrig in die Sonne und demonstrierte, dass er noch mehr Hektik der Situation nicht angemessen fand, indem er sich zu einem Halbkreis kringelte und mit einem zufriedenen Laut die Augen schloss.

Konrad stellte die mittlerweile leere Pfanne auf die halbhohe Mauer, welche die Terrasse seitlich begrenzte, und kam ihr einige Schritte entgegen.

"Guten Morgen Schätzchen. Gerade habe ich mich mit der Vorstellung vertraut gemacht, das Frühstück heute mit der Katze teilen zu müssen."

Er nahm sie in die Arme und drückte ihr einen Kuss auf den Mund.

"Ach, und die Idee, mich zu wecken, ist dir wohl gar nicht in den Sinn gekommen?"

"Das hätte ich nie gewagt. Als ich mich vorsichtig aus dem Bett gestohlen habe, hattest du so ein lüsternes Zucken um die Mundwinkel. Wie könnte ich mein geliebtes Weib wegen eines schnöden Linsengerichts aus ihren erotischen Träumen reißen? War ich der

Glückliche oder ein anderer?"

Er grinste sie unverschämt an.

"Blödmann! Und die Linsengericht-Metapher ist auch völlig daneben. Wann hast du das letzte Mal in der Bibel gelesen?"

"Bitte untertänigst um Vergebung, Frau Doktor, und gelobe Besserung. Täglich einen Psalm vor dem Gute-Nacht-Gebet ist das Mindeste, was ich verspreche. Darf ich Ihro Durchlaucht ein Tässchen Mokka kredenzen?"

Lachend setzte sich Else an den gedeckten Tisch und sah zu, wie ihr Mann den Kaffee eingoss. Konrad trug Jeans, deren Farbe sie irgendwo zwischen beige und eierschalen einordnete. Dazu ein weißes, sportlich geschnittenes Hemd und ein Samtjackett, dessen helles Braun perfekt mit dem Pechschwarz seines fast schulterlangen Haares kontrastierte. Als er das Gesicht hob, und sie in seine ruhelosen, intelligenten Augen blickte, verspürte sie eine intensive Wärme in ihrem Körper, die sich vom Unterleib ausgehend über den ganzen Rumpf ausbreitete. Ihr Herz begann heftiger zu klopfen, und sie hatte einen Moment lang Angst, rot zu werden.

"Mein Gott, du alte Kuh kannst dich doch nicht alle paar Wochen wieder in den eigenen Ehemann verlieben", schoss es ihr durch den Kopf.

Konrad schien von ihrer Gefühlaufwallung nichts bemerkt zu haben: "Was liegt heute bei dir an?"

Else bestrich ein Croissantende mit Butter und tunkte es in das heiße Getränk, bevor sie antwortete: "Gleich kommt Wolfgang zur Monatsbesprechung, später bin ich mit der Wigand verabredet und dann natürlich Uni."

"Nanu, was will denn die schöne Barbara von dir? Einen Tipp, wie sie endlich ihren Mann los wird?"

"Keine Ahnung, aber sie hat am Telefon richtig geheimbündlerisch geklungen. Wollte unbedingt, dass wir uns in Frankfurt treffen, weil hier im Ort ohnehin schon genug geredet würde."

"Schade, du hättest sonst versuchen können, sie gleich hier mit Wolfgang zu verkuppeln. In diesem kleinen Nest ist es nicht gut für den Ruf deiner Firma, wenn ihr leitender Angestellter auf Dauer Junggeselle ist. Die eine Hälfte der Tratschweiber wird ihn für bindungsunfähig, die andere für schwul halten."

"Ach nein, darf ich dich daran erinnern, dass du es warst, der ihm die Freundin ausgespannt hat. Hast du, wenn du solche Reden schwingst, eigentlich keinen Bammel, dass er dir nachts auflauert und die Zähne einschlägt?"

Konrad zog beide Lippen in das Innere seines Mundes:

"Hmmpf, do solltest doin Oi essen, sonst wirds kolt."

"Na ihr zwei, schon wieder beim allmorgendlichen Schlagabtausch?"

Von beiden unbemerkt war Edith Tarengo aus der Tür des Seitenbaus, der sich rechtwinklig an das Haupthaus anschloss, getreten und kam barfüßig mit langsamen Schritten über den Rasen auf sie zu. Ihr Haar, vom gleichen Schwarz wie das ihres Bruders, trug sie streichholzkurz, wodurch ihr volles Gesicht mit einem energisch nach vorne strebenden Kinn gut zur Geltung kam. Zwei wettergebräunte Arme mit großen, kräftigen Händen legten die Vermutung nahe, dass diese Frau es gewohnt war, zuzupacken; ein Eindruck, der durch die olivgrüne Latzhose, die sie an diesem Morgen trug, noch unterstrichen wurde.

"Hallo Edith, hast du Lust, mit uns zu frühstücken?" lud Else sie ein.

"Danke, Ihr Langschläfer, ich bin schon seit zwei Stunden auf den Beinen. Nicht ganz freiwillig, wie ich zugeben muss. Der Igel hinter dem Komposthaufen hatte eine schlimme Nacht. Er kam aus dem Husten gar nicht mehr heraus."

"Ich habe noch nie gehört, dass Igel eine Bronchitis kriegen können."

"Ich auch nicht. Dr. Hochstädter behauptet, es seien Lungenwürmer und das arme Tier hätte nur noch wenige Tage zu leben."

"Bah, was versteht denn schon so ein Menschenarzt von Stacheltieren", mischte sich Konrad in das Gespräch.

"Wenigstens habe ich dadurch mal wieder die Zeit gefunden, unser Käseblättchen zu studieren", ignorierte Edith seinen Einwand. Sie schritt die drei Stufen zur Terrasse empor und legte die Zeitung, die sie unter dem Arm getragen hatte, auf einen der freien Stühle.

"War leider auch nicht sonderlich erbauend. Habt Ihr gewusst, dass es für junge Leute der letzte Schrei sein soll, sich mit einem Skalpell die Zunge spalten zu lassen? Als ob es nicht schon ekelhaft genug wäre, dass sie sich diese silbernen Ringe durch alle möglichen und unmöglichen Körperteile stecken müssen."

"Was regst du dich auf?", entgegnete ihr Konrad. "Wir leben in einer dekadenten Gesellschaft im Endstadium. Da finde ich Zun-

11

genspalten absolut passend."

"Oha, ist unsere Kassandra mal wieder mit dem falschen Bein zuerst aus dem Bett gefallen", giftete Edith zurück.

Für einen Moment schien es, als wolle Konrad ihr eine Antwort schuldig bleiben. Doch dann stellte er die Arme an den Ellbogen auf die Tischplatte, stützte seinen Kopf, der plötzlich bleischwer zwischen den Schultern zu versinken drohte, mit beiden Fäusten an der Stirn und sprach in völlig veränderter Tonlage mit der schweren Zunge des Angetrunkenen:

"Lange halte ich es nicht mehr aus mit dieser Hexe. Nichts als gequirlte Scheiße, sobald sie den Mund aufmacht. Aber immer, immer muss sie das letzte Wort behalten. Wird höchste Zeit, dass sie mal wieder was anderes als ihren Besenstiel zwischen die Beine bekommt."

Wie schon so oft bestaunte Else fasziniert diese Demonstration der Wandlungsfähigkeit ihres Mannes, Edith hingegen starrte ihren Bruder entgeistert an.

"Jetzt guck nicht wie ein Auto, du weißt, dass am Samstag Premiere ist. Da muss ich in jeder freien Minute meinen Text üben."

Ediths Augen verengten sich zu schmalen Schlitzen: "Ich werde da sein. Und wenn dieser Text nicht genau so im Stück vorkommt, dann gnade dir Gott."

"Wird mich ein paar Biere kosten, damit Erich die Passage in meinem Sinne abändert", wisperte Konrad hinter vorgehaltener Hand Else mit vor Schalk blitzenden Augen zu.

"Genug geblödelt", ergriff diese die Initiative, "Wolfgang kann jeden Moment hier sein. Lasst uns die Autos für heute verteilen."

"Habe `ne Menge Kulissenkram zur Burg zu fahren. Falls es sich einrichten lässt, nehme ich das Känguruh", meldete Edith ihre Ansprüche an. Das Känguruh war ein Renault Kangoo, den Else vor einigen Monaten gekauft hatte, als es sich als immer schwieriger erwies, ihre Terminpläne mit denen Konrads nur mit Hilfe des Wagens, den sie nach dem Tod ihres Vaters geerbt hatte, einigermaßen in Einklang zu bringen.

"Ich muss heute Nachmittag zur Probe nach Camberg. Kann vermutlich spät werden. Erich ist in den letzten Tagen vor dem großen Augenblick immer ziemlich am Ende mit den Nerven. Und um halb elf bin ich zu einem kleinen Tennismatch mit unserem liberalen Landtagsabgeordneten Müller-Lüdenscheid verabredet," fügte

Konrad hinzu.

"Der Mann heißt Schulze-Wegmann", korrigierte ihn Else.

"Das klingt nicht weniger lächerlich", brummelte Edith vor sich hin, "kann man denn in dieser Partei nicht auch ohne Doppelnamen Karriere machen?"

"Ich werde ihm jedenfalls heute vorschlagen, das Zungenspalten zum Aufnahmeritual der FDP zu machen. Das wäre doch endlich mal ein gewaltiger Schritt zu mehr Ehrlichkeit in der Politik."

"Gut, dann nimm du den Audi, Konrad, und ich fahre mit dem Bus. Wenn es bei mir spät wird, muss mich einer von euch vom Bahnhof abholen", entschied Else.

"Ich wette, wir sind die einzige Familie in ganz Nonnensteg, in der eine tägliche Generalstabssitzung notwendig ist, weil, horribile dictu, drei Personen mit nur zwei Autos auskommen müssen", lästerte Konrad.

"Genau solche Probleme sind es", konterte Else süffisant, "mit denen sich eine dekadente Gesellschaft im Endstadium genussvoll herumzuschlagen beliebt."

II

Pünktlich um 20 Minuten nach 12 rollte der Regionalexpress nach Frankfurt auf Gleis 1 des Idsteiner Bahnhofes ein und kam mit kreischenden Bremsen zum Stehen. Else verabschiedete sich von Konrad, der sie zum Zug gebracht hatte, mit einer flüchtigen Umarmung und stieg die Stufen zum oberen Teil des doppelstöckigen Waggons hinauf. Der Wagen war nur spärlich mit Reisenden besetzt, sodass sie keine Mühe hatte, einen freien Sitzplatz zu finden. Sie ließ sich in das blaue Polster plumpsen, warf ihrem Mann, der nun etwas verloren wirkend auf dem leeren Bahnsteig herumstand, durch das geschlossene Fenster einen Handkuss zu, und schon setzte sich der Zug mit einem leichten Rucken wieder in Bewegung.

Die Besprechung mit Wolfgang hatte weniger Zeit als erwartet in Anspruch genommen. Sie waren die Tagesordnung für die Sitzung der Geschäftsführung in der kommenden Woche Punkt für Punkt durchgegangen; anschließend hatte Wolfgang sie darüber informiert, dass Helga Klinger, eine Arbeiterin aus dem Versand, auf halbe Stelle wechseln möchte. Else konnte sich gut an die Frau erinnern. Sie war vor einigen Monaten zum zweiten Mal Mutter geworden, und Else wusste, dass die Familie es sich eigentlich nicht leisten konnte, auch nur auf einen Bruchteil ihres Gehaltes zu verzichten. Aber Kurt Klinger hatte als Busfahrer bei den hiesigen Verkehrsbetrieben keine regelmäßigen Arbeitszeiten, wodurch sich die Betreuung beider Kinder zu einem organisatorischen Problem entwickelt hatte, das die junge Ehe immer stärkeren Belastungen unterwarf. Schwierigkeiten dieser Art waren Else wohlvertraut, und sie war sich daher sicher, dass sie im Gespräch eine für beide Seiten befriedigende Lösung finden würden.

Manche mochten die Nase darüber rümpfen, dass die Chefin der Steigertschen Papierfabrik ihre Zeit mit derartigem Kleinkram vertrödelte, anstatt im Ledersessel hinter einem Schreibtisch aus Eichenholz die großen unternehmerischen Entscheidungen zu fällen. Doch wenn Else eines von ihrem Vater gelernt hatte, dann war es, dass der Einsatz auch für die Belange der Mitarbeiter nicht nur die Fabrik über Generationen hinweg überleben ließ, sondern auch den Steigerts zu einem nicht unerheblichen Wohlstand verholfen hatte.

Darüber hinaus war die Firma, wie die Fabrik im Elternhaus ausschließlich genannt wurde, Else immer merkwürdig fremd geblieben, obwohl oder gerade weil sie das bestimmende Element des Familienlebens war. In ihr Gedächtnis eingraviert war eine Szene, sie mochte neun oder zehn Jahre alt gewesen sein, als der Vater freudestrahlend in der Mitte des Wohnzimmers stand, die Sektflasche in der einen, ein Glas in der anderen Hand, und vor Begeisterung stammelnd nicht mehr als:

"Sie haben zugesagt! Sie haben zugesagt!" herausbrachte.

"Nun führ dich nicht auf wie ein Verrückter. Erkläre lieber dem Kind, worum es geht."

"Die Inder, die Inder, sie haben bestellt. Das ist der größte Auftrag seit über zehn Jahren!"

Nie zuvor und nie mehr danach hatte Else ihren Vater so glücklich gesehen. Er stellte Flasche und Glas beiseite und drückte seine Tochter in einer für seine Verhältnisse sensationellen Aufwallung von Zärtlichkeit an die Brust.

"Das ist der schönste Tag seit Haralds Geburt."

14

Die Tatsache, dass sich unter den Ehrentagen der Steigertschen Familienchronik zwar die Bestellung der Inder und der Geburtstag ihres Bruders, nicht aber ihr eigener zu befinden schienen, versetzte Else einen Stich in der Brust, und ehe sie dagegen ankämpfen konnte, schossen ihr die Tränen in die Augen. Wie oft hatte sie noch lange danach nachts wach gelegen und sich einzureden versucht, dass, da Harald nun mal nach ihr geboren war, in den Worten ihres Vaters rein logisch betrachtet keinerlei Wertung lag. Immer vergeblich, denn die blasse Rationalität der Erwachsenen hatte gegen das brennende kindliche Gefühl der Zurücksetzung keine Chance.

"Guck doch, sogar das Kind weint vor Freude. Komm, Mutti, trink ein Gläschen mit mir."

In Muttis Miene aber war deutlich zu lesen, was diese freudige Nachricht für sie bedeutete. Noch mehr Sonntage mit:

"Ich muss leider unbedingt für ein paar Stunden in die Firma, wir sehen uns beim Abendessen."

Und das hieß, noch mehr Nachmittage allein mit zwei überaus lebhaften Kindern. Verraten und verkauft von ihrem Ehemann, der sich unter dem Vorwand Firma davonstahl, anstatt ihr im ungleichen Kampf mit zwei aufmüpfigen Bestien zur Seite zu stehen, wozu er als Vater und Erziehungsberechtigter verdammt noch mal verpflichtet gewesen wäre. Oh ja, sie liebte ihre Kinder, aber deswegen wollte sie noch lange nicht Tag und Nacht von ihnen terrorisiert werden.

Doch selbst Mutter brachte es an diesem Abend nicht übers Herz, mehr als ihre übliche Ration Essig in den Wein zu gießen:

"Ich glaube an diesen Auftrag erst, wenn die auch bezahlt haben. Und trink nicht soviel, du weißt, das verträgst du nicht."

Die kleine Else aber lief auf ihr Zimmer, schlug ihren Schulatlas auf, staunte, wie weit Indien von Nonnensteg entfernt lag, und konnte es kaum glauben, dass Menschen am anderen Ende der Welt Unmengen Papier aus der Fabrik ihrer Eltern wollten, um darauf ihre Geldscheine zu drucken.

Erst gut zwanzig Jahre später, als sie am offenen Grab ihres Vaters stehend mit mechanischen Bewegungen drei Schaufeln Erde auf seinen Sarg prasseln ließ, wurde ihr klar, dass auch sie sich dem Familienschicksal der Steigerts, der Firma, nicht würde entziehen können. Sie hatte sich bei Wolfgang untergehakt, die Trauergäste schritten einzeln oder in Gruppen mit bedächtigen Schritten zur Grube, um endgültig Abschied zu nehmen, während die Totengräber mit betreten gesenkten Köpfen ein paar Meter abseits standen, ihre Schildkappen verlegen in den Händen drehten und darauf warteten, ihre Arbeit zu Ende führen zu können. Es gab nicht wenige in der schwarzgekleideten Schar, die ihr nach kräftigem Händedruck und höflich gemurmelten Beileidsbezeugungen mit gedämpfter Stimme Sätze wie "Bleiben Sie stark", "Machen Sie weiter", "Verkaufen Sie nicht", zuraunten.

"Du glaubst gar nicht, wie mich das aufbaut. Keiner in diesem Nest traut mir zu, in die Fußstapfen meines Vaters treten zu können."

Else hatte sich der unbequemen Trauerkleidung entledigt und stand in Unterwäsche mit zornig gerunzelter Stirn vor dem Wohnzimmerspiegel. Wolfgang lag langgestreckt auf der Couch und redete besänftigend auf sie ein:

"Sei nicht ungerecht; die Leute haben Angst um ihre Arbeitsplätze. Und jeder hier im Ort weiß, dass du Philosophie und Geschichte studiert hast. Nicht gerade ideale Voraussetzungen für die Karriere einer Unternehmerin."

"Na und, glaubst du wirklich, sie hätten die gleichen Skrupel, wenn ich ein Kerl wäre? Und überhaupt: Verkaufen, was für eine absurde Idee. Nicht nur, dass dann mindestens drei Generationen Steigert unaufhörlich im Grab rotieren und mir für den Rest meiner Tage die grauenvollsten Albträume bescheren würden, ich hätte auch Null Ahnung, wie ich das anstellen sollte. Vielleicht eine Annonce in der FAZ: 'Gut eingeführte Papierfabrik zu handelsüblichen Konditionen an Liebhaber abzugeben. Personal inklusive Nachtwächter im Kaufpreis enthalten'?"

"Du hast hinter meinem Rücken einen Nachtwächter engagiert?", grinste Wolfgang.

"Aber nun mal im Ernst, Else. Wir können es schaffen, indem wir die zusätzliche Arbeit unter uns drei Geschäftsführern aufteilen. Mit Krug und Reschke habe ich bereits gesprochen, sie wären einverstanden. Was dann für dich als Chefin übrig bliebe, ist überschaubar. Ich würde dich einarbeiten."

Aber Else vermochte sich mit diesem gutgemeinten Vorschlag nicht anzufreunden. Es erschien ihr wie eine Geringschätzung des verstorbenen Vaters, auch nur den Anschein zu erwecken, sein Tod würde im Betrieb keine empfindliche Lücke hinterlassen. All das

Herzblut, das er für seine Firma vergossen hatte, die ungezählten Wochenenden, an denen er zum Verdruss seiner Gattin über Problemen der Buchhaltung gebrütet hatte. Dieses zentnerschwere Titanenwerk konnte doch unmöglich so en passant wie Federballen auf die Schultern dreier Geschäftsführer verteilt werden.

Also suchte Else Ersatz, und sie machte sich diese Aufgabe nicht leicht. Sie wollte den Besten, zumindest den Besten, dessen Gehalt die Firma zu zahlen in der Lage war. Sie fand ihn schließlich in Herrn Dr. Liebig, dessen Zeugnisse nichts zu wünschen übrig ließen: Studium der Wirtschaftswissenschaften mit ausgezeichnetem Abschluss, Dissertation über das Thema: "Simulationsmodelle als Instrument der Unternehmensführung", Weiterbildungskurse an angesehenen Managementschulen. Doch bereits beim Vorstellungsgespräch, als der junge Mann mit wippendem Schritt und diesem Wir-werden-das-Kind-schon-schaukeln-Blick im Gesicht in ihr Büro federte, begannen in Elses Inneren die ersten Zweifel zu nagen. Diese verstärkten sich, als sie bemerkte, wie reserviert der neue Mitarbeiter von der Belegschaft aufgenommen wurde; lediglich die Sekretärin, Frau Breisig, war selig, endlich einmal einen jungen Mann als Chef zu haben.

"Anfangsschwierigkeiten, das wird sich mit der Zeit schon einspielen", beruhigte sie sich selbst. Jedoch in den folgenden Monaten verschärfte sich die Situation, anstatt sich zu entspannen, und es war Wolfgang, der am meisten darunter zu leiden schien.

Wolfgang Trapp war in Kronberg aufgewachsen und durch einen, wie Else fand, glücklichen Zufall zur Firma gekommen. Eines Abends war der Vater müde und übelgelaunt nach Hause gekommen, und, obwohl Mutter eines ihrer Bridge-Kränzchen zu Gast hatte, ein gesellschaftlicher Höhepunkt, für den sie sich jegliche Störung kategorisch verboten hatte, musste er seinem Ärger irgendwie Luft machen. Er betrat also den Wintergarten, in dem der Kartentisch aufgebaut war, begrüßte die Runde und schimpfte unvermittelt los:

"Das mit der neuen EDV klappt hinten und vorne nicht. Seit Tagen quäle ich mich mit diesem Mist herum, und es wird immer schlechter statt besser."

Daraufhin geschah ein Wunder: Eine der elegant gekleideten, nach teuren Parfüms riechenden Damen hob für Sekundenbruchteile den

Blick von ihrem Blatt und meinte:

"Mein Sohn hat Betriebswirtschaft studiert, Schwerpunkt Informatik, und ist auf Jobsuche. Vielleicht kann er Ihnen helfen."

Bereits am nächsten Morgen klopfte es schüchtern an Frau Breisigs Sekretariatstür, und ein schlaksiger junger Mann mit rotblond gelocktem Haar und einer altmodischen Hornbrille im sommersprossigen Gesicht schob seinen Kopf durch die Türöffnung: "Trapp ist mein Name. Ich habe einen Termin bei Herrn Steigert."

In den folgenden vier Wochen passierte überhaupt nichts, und Elses Vater brummelte des Öfteren missmutig beim Abendessen vor sich hin:

"Was der sich einbildet. Das legt mir doch den halben Betrieb lahm, wenn der Computer spinnt. Kann nicht ewig so weitergehen. Hätte mir gleich denken können, dass von der Spinatwachtel nichts Gutes kommt", wobei er jedem dieser Satzbrocken mit einem heftigen Gabelstich in die auf seinem Teller verstreuten Kartoffelschnitzen mehr Nachdruck zu verleihen suchte.

Aber dann waren nicht nur von einem Tag auf den anderen alle Kinderkrankheiten des EDV-Systems verschwunden, sondern Wolfgang Trapp legte darüber hinaus eine lange Liste von wohldurchdachten Verbesserungsvorschlägen auf den Tisch.

Er hatte die Zeit genutzt, um die Problematik so umfangreich und gründlich zu analysieren, dass dem Chef der Kinnladen nach unten fiel und der Mund lange offen stehen blieb. Von da an war klar, dass Wolfgang Trapp zur Firma gehörte, und der junge Mann arbeitete sich mit der gleichen Präzision und Geduld, mit der er den Computer besiegt hatte, in alle anderen Bereiche des Betriebes ein. Bereits nach einem Jahr war er, der vorher über Papier lediglich wusste, dass man darauf schreiben kann, zu einem Fachmann für Papierfabrikation geworden.

Doch Wolfgang war nicht nur ein mustergültiger Angestellter. Er wuchs dem alten Steigert mehr und mehr ans Herz, ging bei der Familie ein und aus, und als Else sah, wie ihr Vater, wenn die beiden fachsimpelnd durch den Garten schritten, seinem Gesprächspartner in einer für ihn ungewöhnlichen Geste der Vertrautheit den Arm um die Hüfte legte, stieg es voll Wehmut in ihr hoch: "Er sieht in Wolfgang seinen Sohn. Harald wäre genauso alt, wenn er noch leben würde."

Nicht lange danach wurde aus dem Freund des Hauses der Freund der Tochter des Hauses. Es war eine Verbindung ohne viel Herz-klopfen und Treueschwüre. Zwei einsame Seelen fanden zueinander in einer von Zuneigung und gegenseitigem Respekt getragenen Partnerschaft, deren Leidenschaftslosigkeit beider Jugend völlig unangemessen schien. Aber das Naturell Wolfgangs verlangte nach nichts anderem, und Else, die gerade nach einer ruppigen Liaison der Männerwelt für alle Zeit abgeschworen hatte, fand in Wolf-gangs Bett den ruhigen Hafen, den sie brauchte, um ihre Wunden zu lecken.

Der alte Steigert registrierte diese Entwicklung mit Wohlgefallen, und so war Else nicht überrascht, als ihr Vater bei einem ihrer letzten Besuche an seinem Krankenbett mehr als Feststellung denn als Frage äußerte: "Ihr macht die Firma weiter, falls ich nicht mehr gesund werde."

Sie wussten aus dem Mund des zuständigen Chefarztes, dass er, wie im Jahr zuvor bereits ihre Mutter, den Kampf gegen den Krebs unwiederbringlich verloren hatte. Aber anstatt diese schmerzliche Tatsache zu akzeptieren, um in Würde voneinander Abschied neh-men zu können, versuchten beide durch diese eigenartige Sprachlo-sigkeit, die schon immer zwischen ihnen vorherrschend war, den anderen auf unsinnige Art und Weise vor dem Kontakt mit der Wirklichkeit zu schonen.

"Ja, Papa", sagte sie, während sie zärtlich über seine alte, runzelige Hand streichelte. Auch jetzt, so kurz vor dem Ende, galt seine Sor-ge der Firma. Es kam ihm nicht in den Sinn, seine einzige Tochter zu fragen: "Liebst du diesen Mann? Bist du mit ihm glücklich? Wollt Ihr zusammen Kinder haben?" Nein, das Einzige, was ihn umtrieb war die Sorge, ob die Firma weiterlief. Und gleichzeitig mit dem Anwachsen der Bitterkeit in ihrem Innern, schämte sie sich für dieses Gefühl, schämte sich dafür, dass sie ihrem todkran-ken Vater wenn auch nur stumme Vorwürfe machte, und konnte sich doch nicht dagegen wehren. Denn dieser Stachel saß zu tief, hatte sie viel zu lange schon gequält. Schule, Abitur, Studium, Promotion, Habilitation, alles hatte sie in Rekordzeit und mit Aus-zeichnungen bewältigt. Und nichts hatte sie sich sehnlicher ge-wünscht, als dass ihr Vater jemals einen Satz wie "Else, ich bin stolz auf dich" über seine Lippen gebracht hätte. Aber diese Hoff-nung hatte sich nie erfüllt, und nun würde er bald für immer schweigen.

"Die Fahrkarten bitte." Abrupt wurde Else in die Gegenwart zu-
rückgeholt. Eine junge Frau in adretter blauer Uniform stand im
Mittelgang und lächelte sie freundlich an. Else zog ihre Monatskar-
te aus einem Seitenfach ihrer Umhängetasche, die sie auf dem
Nachbarsitz deponiert hatte. Die Schaffnerin warf einen prüfenden
Blick darauf, bedankte sich und ging zur nächsten Sitzreihe weiter.
Else war froh darüber, aus ihren trüben Gedanken herausgerissen
worden zu sein, und beschloss, den Erinnerungsfaden an einer
angenehmeren Stelle wieder aufzunehmen, dem Englandurlaub.
Die Idee zu dieser Reise entsprang einem heftigen Wortwechsel mit
Wolfgang; wieder einmal ging es um die Firmenleitung.
"Was dieser Lieblos treibt, hat mit arbeiten nicht das Geringste zu
tun."
"Der Mann heißt Liebig. Kann es sein, dass da ein bisschen der
Neid aus dir spricht?"
"Red keinen Blödsinn, worauf sollte ich neidisch sein? Das
Schlimmste ist, dass er auch noch den anderen die Zeit stiehlt.
Gestern hat er uns einen umfangreichen Plan zu einer Umstruktu-
rierung des Unternehmens zwecks Erhöhung der Effizienz vorgelegt. Damit hat er nicht nur die Breisig für zwei Tage lahmgelegt,
nun verlangt er auch noch, dass wir diesen Quatsch in der Geschäftsführung diskutieren sollen."
"Seit wann bist du neuen Ideen gegenüber so feindselig?"
"Weil diese großartigen Ideen mit den vielen kleinen Problemen,
die wir täglich zu lösen versuchen, nicht das Mindeste zu tun haben. Im Moment vergeudet er nur unsere Zeit und dein Geld, sobald das Unternehmen aber in eine Durststrecke geraten sollte, wird
er es an die Wand fahren."
"Warum sollte er das tun?"
"Weil er keinen langen Atem hat, sondern nur auf kurzfristige Er-
folge schielt. Wozu auch? Er wird in zehn Jahren gewiss nicht mehr
hier sein. Es schadet dem Karriereplan solcher Typen zulange in
einem Betrieb festzusitzen. Deswegen: Nach mir die Sintflut. 'Buy
now, pay later' ist das Motto, das sie auf ihren Managementschu-
lungen eingetrichtert bekommen. Was glaubst du, warum in diesem
Land so viele Firmen in Konkurs gehen? Das hat wenig mit der
wirtschaftlichen Lage, aber viel mit den aufgeblasenen Deppen zu
tun, die überall in den Führungsetagen herumlungern und wenn

überhaupt etwas, dann nur den shareholder-value im Kopf haben."
Wolfgang hatte sich mehr und mehr in Rage geredet, und Else war
durch seine Heftigkeit deutlich geworden, dass sich dieser Konflikt
nicht von selbst wieder auflösen würde. Sie musste eine Entscheidung treffen, der sie sich momentan nicht gewachsen fühlte.
"Hör zu, Wolfgang. Lass uns eine Woche nach England fahren, wie
wir es schon solange geplant und immer wieder verschoben haben.
Danach werde ich mit Dr. Liebig reden. Versprochen!"
Wolfgang war einverstanden und Else zufrieden über die verlänger-
te Frist. Sie konnte nicht ahnen, dass nach dieser Reise nichts mehr
in ihrem Leben so sein würde wie zuvor.

Sie hatten das Glück, einen Direktflug nach Birmingham buchen zu
können. Elses Wunschtraum war es, das ländliche Mittelengland
auf einem Kanalboot zu durchqueren, aber in Anbetracht der wenigen Urlaubstage, die ihnen zur Verfügung standen, fiel ihre Wahl
dann doch auf einen Mietwagen. Als erste Station ihrer Reise hatten sie Stratford-upon-Avon vorgesehen, wo sie die Bronzestatue
des großen Dichters im Kanalbecken huldvoll begrüßten, um dann,
wie es für alle Shakespeare-Touristen zum Pflichtprogramm gehört,
dem Geburtshaus des Meisters in der Henley Street und seinem
Grab in der am Westufer des Avon gelegenen Pfarrkirche einen
Besuch abzustatten. Von dort schlenderten sie die Southern Lane
flussaufwärts, um im Royal Shakespeare Theatre enttäuscht zur
Kenntnis nehmen, dass die Vorstellungen in den kommenden Tagen sämtlich bis auf den letzten Platz ausverkauft waren. Also
setzten sie sich wieder ins Auto, fanden in Evesham, einem alten
Marktstädtchen, eine Bleibe für die Nacht, und am nächsten Morgen ging die Fahrt in südwestlicher Richtung weiter.
Im Dom von Gloucester bewunderten sie ein riesiges Chorfenster
im Perpendicular-Stil und als sie vor der Alabastergrabstätte von
Edward II standen, genoss es Else, mit ihren Kenntnissen der englischen Geschichte zu prahlen, indem sie Wolfgang ausgiebig das
Schicksal dieses ungeliebten Herrschers näherbrachte, dem es zeit-
lebens nicht gelang, aus dem übermächtigen Schatten seines Vaters
herauszutreten, bis er schließlich, vom Parlament zur Abdankung
gezwungen, im Kerker durch ein von seiner Königin und deren
Liebhaber angezetteltes Mordkomplott auf grausame Weise getötet
wurde.

Nach einem Abstecher über die walisische Grenze wandten sie sich wieder nach Osten und erreichten am 4. Tag ihrer Rundreise Oxford. Nachdem sie Quartier gemacht hatten, unternahmen sie einen ausgedehnten Spaziergang durch die Stadt, schlenderten von Quad zu Quad, stießen gedämpfte Rufe des Entzückens aus, sobald einer der hinter alten Mauern versteckten wunderschönen Gärten in ihr Blickfeld geriet, und als eine Gruppe Studenten in Talaren und mit viereckigen Akademikermützen auf den nachdenklichen gesenkten Köpfen an ihnen vorbeihuschte, versicherten sie sich gegenseitig, dass der Kalender nicht log und sie tatsächlich an der Schwelle zum dritten Jahrtausend lebten.

"Wir könnten unseren ausgefallenen Theaterabend nachholen."

Wolfgang wies mit dem Finger zu einem Hoftor, an dem ein Plakat für eine Aufführung des Stückes "Fool For Love" von Sam Shepard warb.

"Nicht gerade mein Lieblingsautor, aber es wäre sicher ein stimmungsvoller Abschluss eines rundum gelungenen Tages."

Mit dieser Einschätzung sollte Else Recht behalten. Bereits das Universitätsgebäude, in dem die Vorstellung stattfand, flößte ihnen durch seine ungewöhnliche achteckige Dachkuppel Hochachtung ein. Ein Schild am Eingang belehrte sie darüber, dass Christopher Wren mit dieser ersten Probe seines Könnens seine Zeitgenossen in Erstaunen versetzt hatte. Auch wenn sie dieses Mal keine Mühe hatten, Eintrittskarten zu erlangen, war die Aufführung doch gut besucht, fast ausverkauft.

Ein Merle-Haggard-Song ertönte, und der sich behäbig öffnende Vorhang gab den Blick auf das heruntergekommene Innere eines Motelzimmers frei: Klimaanlage, Eisenbett, ein Fenster, durch dessen zerschlissene Jalousien Sanddünen und Kakteen schimmerten. Vor dieser trostlosen Kulisse entwickelte sich die ausweglose Liebe zweier Menschen, May und Eddie, die nicht voneinander lassen können, aber gleichzeitig mit höllischer Wut übereinander herfallen. Hasstiraden wie Maschinengewehrfeuer, blinde Eifersucht entlädt sich in Gewalt: Sie tritt ihm in den Unterleib, er knallt ihren Kopf gegen die Wand.

Else, die immer für sich in Anspruch genommen hatte, ein ganz passables Englisch zu sprechen, benötigte eine ganze Weile, um die Zusammenhänge zu durchschauen, um zu begreifen, dass hier Halbgeschwister in inzestuöser Beziehung verstrickt sind und dass der ältere Herr im Schaukelstuhl, der bisweilen in die Auseinandersetzung einbezogen wird, der längst verstorbene Vater ist. Was sie aber vor allem begeisterte war die Leistung des Hauptdarstellers, der wie ein eingesperrtes Raubtier in dem engen Zimmer auf und ab tigerte, sich, wenn es die Situation erforderte, an einem unsicheren, fast schüchternen Lächeln versuchte, und dessen Verhalten im nächsten Moment wieder unvermittelt in Brutalität umschlagen konnte.

"Der Bursche war großartig, einfach fabelhaft", schwärmte sie, als die Akteure ihren wohlverdienten Schlussapplaus in Empfang nahmen, "den würde ich gerne kennenlernen." Wolfgang kramte den Programmzettel, der ihnen am Eingang zugesteckt worden war, aus der Tasche seines Jacketts. "Der Bursche, wie du ihn zu nennen beliebst, hört auf den schönen britischen Namen Konrad Müller. Man sagt ja, dass sich Schauspieler nach der Vorstellung am liebsten unter ihresgleichen besaufen, aber vielleicht lässt sich trotzdem etwas arrangieren."

Während sich der Saal langsam leerte, verschwand Wolfgang hinter dem Bühnenvorhang. Else, die sich auf eine längere Wartezeit gefasst gemacht hatte, war überrascht, als er schon nach wenigen Minuten wieder auftauchte.

"Du wirst lachen, Eddie und May sind beide Landsleute und haben meine Einladung zu einem kleinen nächtlichen Imbiss mit Vergnügen angenommen. Er hat mir den Weg zu einem Restaurant ganz in der Nähe beschrieben. Wir treffen uns dort in etwa einer Viertelstunde."

Sie hatten keine Mühe das Lokal zu finden, ein wunderschönes altes Fachwerkhaus mit Sprossenfenstern, die von duftenden Rosen umrankt wurden. Wuchtige Tische, flankiert von langen Holzbänken, verliehen dem Innenraum eine rustikale Gemütlichkeit; von den Deckenbalken baumelten wohlriechende Kräuterbündel, hinter dem Tresen hing ein großes Foto der Queen. Sie bestellten zwei Gläser Cider, und noch ehe der Kellner die Getränke gebracht hatte, öffnete sich die Eingangstür erneut, und ihre Gäste trafen ein. Beide waren sie leger in verwaschene Jeansanzüge gekleidet, das rabenschwarze Haar des Mannes stand in reizvollem Kontrast zu seiner bleichen Gesichtsfarbe; seine Begleiterin, die ihn um fast einen Kopf überragte, mochte, wie Else beim Näherkommen einschätzte, etwa Mitte dreißig sein, er war sicherlich einige Jahre jünger. Konrad Müller schien nicht die Absicht zu hegen, wertvolle Zeit mit Formalitäten zu vergeuden:

"War 'ne prima Idee von Ihnen. Fans, die von unserer Darbietung so hingerissen sind, dass ein Abendessen herausspringt, haben wir nicht alle Tage. Nennen Sie mich Konrad, und das ist meine Schwester Edith Tarengo."

Auch Wolfgang und Else stellten sich vor, man schüttelte sich die Hände, und Else registrierte einerseits den sympathischen, festen Händedruck Konrads, andererseits irritiert ein Gefühl der Erleichterung, das sie bei dem Wort Schwester überkam.

"Ach, und der alte Herr im Schaukelstuhl ist wohl ihr Vater? Wenn sie alle Rollen so werksgetreu besetzen, wird Ihr Stückerepertoire, fürchte ich, nicht allzu reichhaltig sein."

"Nein", lachte Edith, "ich bin nur die Ersatz-May. Wie sie zweifellos bemerkt haben werden, bin ich gar keine richtige Schauspielerin. Aber Jinny, unsere erste Besetzung, liegt mit einem bösen Schnupfen auf der Nase. Deshalb habe ich für Oxford ihren Part übernommen."

"Edith ist unser Mädchen für alles", ergänzte Konrad, "sie ist bei jeder Probe dabei und kennt daher die Texte fast besser als die Darsteller. Außerdem ist sie ein Genie, wenn es ans Improvisieren geht, und ihr Englisch ist im Gegensatz zu meinem nahezu akzentfrei."

Wolfgang und Else beeilten sich, unisono zu versichern, dass Ediths Leistung auf der Bühne über jeden Zweifel erhaben war.

"In Oxford? Heißt das, Sie spielen auch in andern Städten?"

"Oh ja, wie es sich für fahrendes Volk geziemt, ziehen wir von Ort zu Ort. Nächste Woche geht es weiter nach Swindon, dann nach Bristol. Das klingt nach einem recht lustigen Zigeunerleben, erfordert allerdings eine sehr präzise Organisation."

"Und was hat Sie überhaupt nach England verschlagen?", wollte Wolfgang wissen.

"Was mich angeht Dummheit oder Liebe, nennen Sie es, wie Sie wollen", antwortete Edith, "als ich letztendlich mit gebrochenem Herzen in London saß, kam mir mein einfühlsamer Bruder zur Hilfe und hat mir die Hand gehalten. Da er zu dieser Zeit ohne Engagement war, entstand die Idee, zusammen etwas auf die Beine zu stellen. Mein Verflossener war Künstler oder hat sich dafür gehalten, insofern verfügte ich über die nötigen Kontakte."

Sie wurde durch den Kellner unterbrochen, der an den Tisch trat, um die Essensbestellung entgegenzunehmen. Else hatte bislang noch keinen Blick in die Speisekarte geworfen. Konrad bemerkte dies und kam ihr zur Hilfe: "Nehmen Sie Lamm, das ist hier wirklich vorzüglich und, was beinahe wichtiger ist, ein Gericht, zu dem die Pfefferminzsoße, die sie in diesem Land über alles kippen, tatsächlich passt."

Else folgte seiner Empfehlung, und danach wandte sich das Gespräch ihrer Urlaubsfahrt zu. Sie schilderten die Reiseroute, priesen einige der herausragenden Sehenswürdigkeiten, gerieten über die hübschen kleinen Cottages mit ihren farbenprächtigen Vorgärten ins Schwärmen und schilderten mit Begeisterung das zauberhafte Blau einer blühenden Glockenblumenwiese. Ihre Zuhörer ergänzten den Bericht durch eigene Erfahrungen, sobald eine Ortschaft Erwähnung fand, in der ihre Theatertruppe bereits gastiert hatte.

"Sie waren an der Wye und haben sich Hay-on-Wye entgehen lassen?", bemerkte Konrad erstaunt. "Ich liebe dieses Nest, ein Antiquariat neben dem nächsten, ein echtes Mekka für Bibliophile, auch wenn das Angebot von Jahr zu Jahr unübersichtlicher wird."

Damit war das nächste Gesprächsthema Bücher geboren, das ausgiebig debattiert wurde, weiter ging es mit Filmen, und von dort fiel es nicht schwer, den Bogen zurück zum Theater zu schlagen. Die Zeit verging wie im Fluge, und nur als das Essen serviert worden war, geriet die Unterhaltung für kurze Zeit ins Stocken, da das Lamm - Konrad hatte nicht zuviel versprochen - ihre ungeteilte Aufmerksamkeit verdiente. Je länger der Abend dauerte, umso mehr geriet Else in den Bann dieses Mannes mit den warmen, braunen Augen, die keinen Moment stillzustehen schienen. Sie waren mittlerweile die letzten Gäste im Lokal, der Wirt hatte als Rausschmeißer Baker Street in voller Lautstärke aufgelegt, und als ihr plötzlich ein eiskalter Schauer über den Rücken lief, vermochte sie nicht zu entscheiden, ob das Saxophon-Solo oder die vage Ahnung, dass sich ihr Leben von dieser Nacht an grundlegend verändern würde, die Ursache dafür war.

Später hatte sie sich oft gefragt, ob so das Gefühl aussieht, das andere mit "Liebe auf den ersten Blick" bezeichnen würden, und stets mit nein geantwortet. Was sie bewegte war zum einen ein Glücksgefühl über eine Seelenverwandtschaft, die sie so intensiv noch nie erlebt hatte. Obwohl ihre Biographien kaum Ähnlichkeiten miteinander aufwiesen, hatten sie doch die gleichen Bücher verschlungen, liebten die gleichen Filmszenen, mit dem einzigen Unterschied, dass Konrad diese viel wort- und gestenreicher schildern konnte, als sie es jemals vermocht hätte.

Zum anderen fühlte sie sich körperlich zu diesem Menschen hingezogen, hatte den Wunsch, ihn zu berühren, das Verlangen, seine Haut auf ihrer zu spüren. Und als sie sich freundschaftlich voneinander verabschiedeten, nicht ohne für den nächsten Morgen ein gemeinsames Frühstück vereinbart zu haben, empfand Else es als widernatürlich, dass sie mit Wolfgang und nicht mit Konrad die Hoteltreppen zu ihrem Zimmer nach oben stieg.

"Was zum Teufel ist mit mir los?", fragte sie sich, doch es gelang ihr nicht, das Gemisch ihrer Empfindungen adäquat zu benennen. Es war nicht Liebe, es war nicht sexuelle Lust, aber was war es denn? Wolfgang schien von all dem nichts bemerkt zu haben. Lediglich seine Schultern, so kam es zumindest Else beim Nachhauseweg vor, hatte er noch etwas weiter als sonst nach vorne gezogen. Aber als sie auf dem Zimmer gerade dabei waren, ihre Kleidungsstücke auf die diversen Stühle zu verteilen, drehte er sich plötzlich abrupt zu ihr um. Sein Gesicht war ungewöhnlich ernst, seine Augen ohne jeden Glanz.

"Du bist verrückt nach diesem Konrad."

Else fühlte sich ertappt und versuchte Zeit zu gewinnen:

"Was meinst du damit?"

"Lass uns nicht um den heißen Brei herumreden, Else, ich kenne Dich lange und gut genug. Du hättest sehen sollen, wie du voller Hingabe an seinen Lippen hingst."

"Ich gebe zu, er hat mich sehr beeindruckt", räumte sie widerwillig ein.

"Ich werde dir nicht im Wege stehen, aber nur unter einer Bedingung."

Seine Stimme klang sachlich, es war kein liebevoller, aber auch kein feindseliger Unterton auszumachen. Else fühlte eine große Erleichterung darüber, dass ihr zermürbende nächtliche Diskussionen und würdelose Eifersuchtsszenen, wie sie sie mit Horst bis zum Überdruss durchlitten hatte, dieses Mal erspart zu bleiben schienen. Gleichzeitig breitete sich paradoxerweise aber auch unverhohlen Enttäuschung in ihr aus. Der Mann, mit dem sie praktisch so gut wie verlobt war, gab sie auf. Er streckte die Waffen ohne den

Kampf aufgenommen zu haben, sobald nur ein Nebenbuhler am Horizont auftauchte. Bedeutete sie ihm so wenig?

"Und die wäre?"

"Wirf den Liebig raus, sobald wir zurück sind."

"Abgemacht!" Die Antwort kam ohne zu zögern. Else war zutiefst erschrocken darüber, dass sie sich leichten Herzens und ohne nachzudenken auf diesen schäbigen Handel einließ, und als sie wenig später das Licht löschte, fühlte sie sich wie Isabella, die zu ihrem König unter das Bettlaken kroch, aber mit Gedanken und Herz ganz bei ihrem geliebten Mortimer war.

III

"Dieser Zug hält in wenigen Minuten in Frankfurt, Hauptbahnhof." Die Lautsprecheransage holte Else aus ihren Träumereien in die Realität zurück. Nachdem der Zug mit einem langgezogenen Quietschen zum Stillstand gekommen war, hängte sie sich ihre Tasche über die Schulter und verließ den Waggon. Sie hatte nicht unbedingt damit gerechnet, diesen frühen Zug zu erwischen; daher verblieb ihr bis zu ihrer Verabredung noch reichlich Zeit. Trotz der sich am Himmel drohend zusammenschiebenden dunklen Wolkenbänke beschloss Else, diese für einen Spaziergang zu nutzen. Sie trat aus dem Bahnhofsgebäude, ließ eine lange Schlange erwartungsvoll herumstehender Taxis links liegen und machte sich durch das Frankfurter Westend auf den Weg nach Norden. Das Glück war auf ihrer Seite: Gerade als sie die Tür des Cafés, welches sie mit Barbara Wigand als Treffpunkt vereinbart hatte, aufzog, fielen die ersten dicken Regentropfen.

Ihre Augen benötigten einen Moment, um sich an das gedämpfte Licht im Inneren des gut besuchten Raumes zu gewöhnen. An einem Tisch rechts erkannte sie einen ihrer Studenten. Ausgerechnet Robert, der sie nach einer eher peinlichen Affäre, die Else am liebsten aus dem Gedächtnis gestrichen hätte, seit einigen Monaten mit seiner unglücklichen Liebe zu ihr regelrecht verfolgte. Erleichtert darüber, dass der junge Mann sie nicht bemerkt zu haben schien, wandte sich Else dem linken Teil der Gaststube zu, wo sie einen freien Ecktisch in der Nähe eines von bunten, exotischen Fischen bevölkerten Aquariums fand. Ein Dreikäsehoch kniete neben ihrem Stuhl auf dem Fußboden und schob hingebungsvoll ein Spielzeugauto über die Steinfliesen. Else bestellte einen Milchkaffee und kramte eine Mappe aus ihrer Tasche, um die Wartezeit für die Vorbereitung ihres Proseminars "Die Renaissancepäpste" am späten Nachmittag zu nutzen. Dies war schon zu Studienzeiten eines ihrer Lieblingsthemen gewesen, und auch jetzt musste sie sich nicht lange in ihre Unterlagen vertiefen, um erneut von dem grotesken Ausmaß an Bestechlichkeit, Habgier, Starrsinn und Sittenlosigkeit gefesselt zu sein.

"Aua!"

Ein stechender Schmerz riss sie jäh aus ihren Betrachtungen. Der spielende Junge hatte ihr sein metallenes Gefährt mit voller Wucht gegen den Fuß gerammt. Nun blickte er mit einem strahlenden Lächeln zu ihr auf, streckte ihr die Hand mit der Tatwaffe entgegen und lallte: "Mesedes".

"Hat Norbertchen Sie berührt?" gab sich eine hagere Brünette am Nebentisch als Erziehungsberechtigte zu erkennen.

"So brutal sollten Sie es nicht formulieren", antwortete Else lakonisch, wobei sie sich die schmerzende Stelle rieb. "Ich würde es eher als hauchzartes Streicheln denn als Berührung bezeichnen."

"Er hat noch keine Ahnung, dass das weh tun kann", versicherte die andere ihr leutselig, "erklären Sie es ihm. Ich halte mich da besser raus. Es ist Gift für die Entwicklung des kindlichen Selbstbehauptungswillens, wenn sich Mutti bei jedem Konflikt einmischt."

"Ein Jammer, dass es nicht mehr Eltern mit einem solch verantwortungsbewussten und durchdachten pädagogischen Konzept gibt. Dann wäre Gewalt an unseren Schulen bald kein Problem mehr", gab Else zurück und erntete damit ein wissendes Kopfnicken.

Von Elses Schmerzensschrei entzückt schickte sich Norbert mit vor Angriffslust leuchtenden Augen mittlerweile an, seine Attacke gegen ihre nackten Zehen mit gesteigerter Vehemenz zu wiederholen. Um dies zu verhindern beugte Else ihren Oberkörper unter die Tischplatte und raunte ihrem Peiniger mit zusammengebissenen Zähnen zu: "Untersteh dich, du Bestie." Dabei zog sie ein so grimmiges Gesicht, dass der Kleine nicht nur in Tränen ausbrach, sondern gleichzeitig wie am Spieß zu schreien begann.

"Ich glaube, er hat mich verstanden", kommentierte sie in Richtung Nebentisch, "sehen Sie doch, wie leid es ihm tut. Was haben Sie für ein sensibles Kind!"

An dieser Stelle wurde der Dialog der beiden Frauen durch die Ankunft Barbara Wigands beendet, die sich aus einem klatschnassen roten Anorak schälte. Daraufhin verschwand sie mit einem Wort der Entschuldigung in Richtung Toilette, um ihre durch die Kapuze in Mitleidenschaft gezogene Frisur wieder in Fasson zu bringen.

Barbara war wie Else in Nonnensteg aufgewachsen. Sie hatten ein paar Jahre dieselbe Schule besucht und bei ihren seltenen späteren Begegnungen das Du aus der Jugendzeit beibehalten, obwohl sie nie miteinander befreundet gewesen waren. Else wusste nicht sonderlich viel über ihre Gesprächspartnerin. Dass sie in Bad Camberg eine esoterische Buchhandlung mit dem launischen Namen "Tee, Steine, Schwarten" betrieb, war allgemein bekannt, und im Programm der Volkshochschule firmierte sie als Kursleiterin für Themen wie "Mandalas malen", "Selbstheilung mit Qi Gong" oder "Köstliche Ayurvedische Küche". Nachdem Barbara frisch gestylt Platz genommen hatte und die obligatorischen Flüche über dieses Sauwetter losgeworden war, eröffnete Else die Unterhaltung daher mit der Frage:

"Wie läuft das Geschäft?"

"Könnte besser sein, aber ich will mich nicht beklagen. In den letzten Jahren habe ich nicht schlecht von den vielen Neureichen, die sich in unserem malerischen Örtchen ein Haus im Grünen zugelegt haben, gelebt. Soviele Trommel-Workshops, Didgeridoo-Abende und Meditationswochenenden wie nachgefragt wurden, konnte ich gar nicht anbieten. Und vor allem: Der Preis war denen völlig schnuppe. Doch inzwischen hat sich der Wind gedreht. Wenn sie sich nicht sicher sein können, ob es ihre Firma im kommenden Jahr noch gibt, fangen auch die Computerfuzzies zu rechnen an."

"Ja, die Zeiten sind härter geworden. Davon können wir in der Fabrik auch ein Lied singen. Aber spann mich nicht länger auf die Folter. Was ist der Grund für dieses konspirative Treffen?"

Ein tiefer Seufzer entrang sich Barbaras Brust.

"Es geht um Horst. Ich weiß nicht mehr ein noch aus. Seine Eifersucht macht mir das Leben zur Hölle."

"Ach, und da dachtest du, deine Vorgängerin könnte dir ein paar gute Tipps geben, wie du diesen Irren in Schach halten kannst?"

"Bitte Else", Barbaras Stimme hatte einen fast flehendlichen Klang, "red nicht so mit mir. Das kann ich im Moment kaum verkraften. Und außerdem geht es ja auch um deinen Mann."

"Konrad? Was hat der denn mit den Ausbrüchen deines Gatten zu tun?"

"Ganz einfach, er ist der Anlass dafür. Horst bildet sich ein, ich hätte mit Konrad ein Verhältnis. Und das alles nur wegen des Autogrammes, ist das nicht lächerlich?"

Mit diesen Worten kramte sie eine gerahmte Fotografie aus ihrer Handtasche und streckte sie Else entgegen. Das Bild zeigte Konrad mit schwarzen Locken unter einem spitzen Hut mit kleinem Rand, weiße Halskrause, ein Wams mit wattierten Ärmeln, Puffhose und ein Paar enge Stiefel über die quer in für Else vertrauter Handschrift zu lesen war: "Sie sind doch sicher nicht verheiratet? Konrad."

Else konnte sich noch ausgezeichnet an die Aufführung erinnern: Molières Don Juan, eine von Konrads Paraderollen.

"Hmm, eine etwas anzügliche Widmung, findest du nicht?"

"Jetzt fang du um Himmels Willen nicht auch noch an. Es ist ein Zitat aus dem Stück. Er sagt das zu einer Charlotte, und ich habe ihm, als ich um das Autogramm bat, erzählt, dass Charlotte mein zweiter Vorname ist."

"Charlotte, Charlotte? War das nicht das Bauernmädchen, das von Don Juan verführt wurde?"

"Mein Gott ja! Du reagierst beinahe so bescheuert wie Horst. Warum seid ihr eigentlich nicht zusammengeblieben? Das hättest du erleben müssen, wie der sich aufgeführt hat. Gut, es war ein Fehler das Foto zu verstecken, aber das habe ich nur getan, weil ich seine krankhaften Anfälle zur Genüge kenne und mir einen weiteren ersparen wollte. Als ich nach Hause kam und in sein selbstgerechtes Ich-weiß-alles-Gesicht blickte, wusste ich schon, was die Glocke geschlagen hatte. `Jetzt lässt du dich also auch noch von diesem Schmierenkomödianten ficken`, hat er bei offenen Fenstern losgebrüllt."

Barbara, die sich mit hochrotem Kopf in Rage geredet hatte, bemühte sich, um nicht dem schlechten Beispiel ihres Mannes zu folgen, beim letzten Satz die Lautstärke ihrer Stimme zu drosseln. Diese Vorsichtsmaßnahme war freilich gänzlich überflüssig, da Norbertchen gerade zu dem Versuch übergegangen war, mit Hilfe seines Mercedes die Vorderscheibe des Aquariums zu zertrümmern. Er setzte das Auto als Rammbock ein und begleitete jeden seiner Schläge mit einem anfeuernden "Womm!" Die Fische drängten sich vor Angst zitternd in einer Ecke des Glasgefäßes zusammen.

"Das kann ich mir lebhaft vorstellen", nahm Else trotz dieses ohrenbetäubenden Lärms den Gesprächsfaden wieder auf, "so habe ich Horst in Erinnerung. Immer wenn er sich einbildete, besonders wahrhaftig zu werden, wurde er besonders vulgär."

"Hast du dich deswegen von ihm getrennt?"

Bei dieser Vorstellung musste Else schmunzeln.

"Nein, so zart besaitet bin ich nun doch nicht. Aber als er mir eine runtergehauen hat, war für mich unwiderruflich Feierabend."

"Er hat dich geschlagen? Das hat er mir gegenüber nie erwähnt. Dafür erzählt er bei jeder sich bietenden Gelegenheit, dass du zum Abschied seine Lieblingspuppe, eine echte Hindsgaul, mit Hilfe eines Kerzenständers zertrümmert hast."

"Glatt gelogen. Wahr ist an der Geschichte, dass ich sie allesamt gehasst habe, weil er jede freie Minute in dieses alberne Hobby investiert hat. Ein erwachsener Mensch, der Schaufensterpuppen sammelt, hat für mich schon beinahe etwas Perverses."

"Auch in diesem Punkt hat er sich nicht verändert. Er lässt keinen Flohmarkt aus, auf dem er eine Chance wittert, fündig zu werden. Und seit es diese Auktionen im Internet gibt, ist alles nur noch schlimmer geworden."

"Darf ich dir eine ehrliche Frage stellen?", wechselte Else das Thema. Barbara blickte sie verdutzt an.

"Ja, natürlich."

"Du wirst es mir nicht übel nehmen?"

"Nun mach schon, heraus damit."

"Mir geht die ganze Zeit durch den Kopf, welchen Zweck du mit unserem heutigen Treffen wohl verfolgst, und mir fallen nur zwei Varianten ein: Entweder du hast mit meinem Mann gevögelt und willst einen geordneten Rückzug vorbereiten, oder du hast es noch vor und möchtest das Terrain sondieren. Welche von beiden stimmt?"

Erneut lief Barbara feuerrot an, und es schossen Tränen in ihre Augen. "Du bist widerlich. Mal ganz abgesehen davon, was du mir unterstellst, bin ich nicht so berechnend. Ich wollte nichts weiter, als von Frau zu Frau mit dir zu reden. Und ich dachte, es hilft dir, wenn dich der Dorfklatsch, für den Horst ohne Zweifel sorgen wird, bevor er sich wieder beruhigt, nicht unvorbereitet trifft."

Else spürte, dass sie zu weit gegangen war, auch wenn sie die Einschätzung ihres Gegenübers nicht teilte. Horst mochte viele Fehler haben, aber dass er öffentlich schmutzige Wäsche wusch, konnte sie sich nur schwer vorstellen.

"Entschuldige bitte. So war es nicht gemeint", versuchte sie einzulenken, "ich konnte nur nicht glauben, dass du mich ernsthaft wegen Horst um Rat fragst. Es ist gut und gern zehn Jahre her, dass wir ein Paar waren."

In das betretene Schweigen, welches daraufhin zwischen beiden herrschte gellte ein Entsetzensschrei der Bedienung:

"Komm sofort da runter. Du hast sie wohl nicht mehr alle, Rotzzwerg!"

Norbert hatte mit einem Zuckerspender in der Hand einen Stuhl erklommen und versuchte von dieser erhöhten Position aus, das Leben der Fische zu versüßen, als Entschädigung quasi für den Schrecken, den er ihnen zuvor eingejagt hatte. Eine resolute Frau mit Servierschürze stürmte herbei und bereitete dieser Aktion des guten Willens ein jähes Ende.

"Haben Sie das gehört, haben Sie das gehört?", die junge Mutter am Nebentisch bebte vor Empörung, "so etwas muss man sich gefallen lassen. Kein Wunder, dass in diesem Land keiner mehr Kinder in die Welt setzen will."

"Sehen Sie es positiv", versuchte Else Trost zu spenden, "was meinen Sie, wie sehr Norbertchens Selbstbehauptungswillen durch derartige Erlebnisse gestählt wird."

Else nutzte die Unterbrechung, um das für sie unerquickliche Gespräch zu beenden: "Ich muss los, Barbara. Mein Seminar beginnt in einer halben Stunde."

"Hast du einen Schirm dabei, es gießt nach wie vor wie aus Kübeln?"

"Nein, ich hätte heute Morgen nicht im Traum daran gedacht, dass sich das Wetter so drastisch verschlechtern könnte."

"Dann nimm meinen Anorak. Ich bleibe noch ein Weilchen, und in meinem Wagen im Parkhaus liegt garantiert ein Schirm im Kofferraum."

Else fühlte sich beschämt, zumal Barbara auch darauf bestand, die

32

Rechnung zu übernehmen, aber es wäre unvernünftig gewesen, das Angebot auszuschlagen. Nachdem sie sich überschwänglich bedankt hatte, machte sie sich auf den Weg. Sie hatte kaum mehr als zweihundert Meter zurückzulegen, aber obwohl der Regen nachgelassen hatte, sorgte ein böiger Wind, der ständig seine Richtung wechselte, dafür, dass sie dankbar war, der Witterung nicht schutzlos ausgeliefert zu sein. Barbara hatte ihre Frage nicht zufriedenstellend beantwortet. Dass Horst Wigand so überzogen auf das Foto reagiert hatte, glaubte Else ohne Wenn und Aber, denn häufig genug hatte sie in der Vergangenheit ähnliche Kämpfe mit ihm ausfechten müssen. Aber dass seine Frau deswegen bis nach Frankfurt fuhr, um sich an der Brust einer Fremden darüber auszuweinen, erschien ihr nicht plausibel. Oder war sie zu misstrauisch? Hielt sie Barbaras Erklärung nur deshalb für unglaubwürdig, weil für sie selbst ein solches Verhalten nicht in Frage käme?

Eine Fußgängerampel zwang sie zum Stehenbleiben. Da der Wind direkt von vorne kam, zog sie sich die Kapuze so weit es möglich war über die Stirn. Endlich sprang die Ampel auf Grün. Sie lief los, und dann ging alles sehr schnell: Jemand schrie auf, sie hörte ihren Namen, wurde am rechten Arm zurückgerissen, ein Schlag gegen ihr linkes Bein brachte sie aus dem Gleichgewicht, sie fiel mit dem Kopf auf den nassen Asphalt und verlor das Bewusstsein.

IV

Else erwachte mit dröhnendem Schädel und griff stöhnend nach der Packung Aspirin, die sie wohlweislich neben einer Flasche Mineralwasser in Reichweite des Bettes deponiert hatte. Ein Kratzen an der Schlafzimmertür begleitet von einem beleidigten Miauen verriet ihr auch ohne Blick zur Uhr, dass sie länger als üblich geschlafen hatte. Konrad vergaß nie, den Kater zu versorgen, wenn er früh aus dem Haus ging, und wenn Pascal so energisch ihre Aufmerksamkeit einforderte, konnte das nur bedeuten, dass einer seiner Fressnäpfe nicht mehr die Füllung aufwies, die das verwöhnte Tier gewohnt war. Mühsam richtetet sie sich auf, ihr Kopf glühte, sie fühlte sich am ganzen Körper fiebrig und befürchtete, sich jeden Moment übergeben zu müssen. Vielleicht wäre es doch klüger gewesen, das Angebot des freundlichen, jungen Arztes, noch eine Nacht zur Beobachtung in der Klinik zu bleiben, anzunehmen. Aber die Diagnose lautete "leichte Gehirnerschütterung", und die viele Ruhe, die man ihr verordnet hatte, glaubte sie in vertrauter Umgebung besser finden zu können, als in einem Krankenhausbett. Die Ereignisse des vergangenen Tages kehrten wie die Erinnerung an einen bösen Traum in ihr Bewusstsein zurück. Vor der Tür des Behandlungszimmers hatte ein Polizist mit grauen Schläfen und gewaltigem Bierbauch auf sie gewartet. Von ihm erfuhr sie, was eigentlich geschehen war: Ein Auto, das aus der Querstrasse links-abbiegend um die Kurve gerast war, hatte sie angefahren und nach dem Unfall seine Fahrt mit unverminderter Geschwindigkeit fort-gesetzt.

"Wenn nicht einer der Passanten sie im letzten Moment zurückge-rissen hätte, wäre es wohl übler ausgegangen."

"Wissen Sie, wer das war? Ich meine mich daran zu erinnern, dass kurz vor dem Aufprall mein Name gerufen wurde."

"Ähem, leider nicht. Der Bursche war wie vom Erdboden ver-schluckt, als Sie im Sanitätswagen lagen und mein Kollege seine Personalien aufnehmen wollte. Er sah aus, na ja, früher hätte man Gammler zu so einer Erscheinung gesagt", antwortete der Beamte mit einem hilflosen Grinsen.

"Danke, diese Beschreibung ist vollkommen ausreichend. Es war Robert Neuhaus, einer meiner Studenten. Ich bin sicher, er ist nur deshalb so rasch verschwunden, um die Lehrveranstaltung abzusa-gen, die ich jetzt eigentlich zu halten hätte."

"Mag sein, aber seine Zeugenaussage könnte von Bedeutung sein. Leider waren bei diesem Wetter nicht allzuviele Leute auf der Stra-ße. Und die paar, die den Unfall gesehen haben, widersprechen sich bereits bei der Frage, ob das Fahrzeug eine Frankfurter Nummer hatte oder nicht, so ist das immer."

Er hielt kurz inne, um Else die Gelegenheit zu geben, sein schweres Berufslos mit ein paar mitfühlenden Worten zu kommentieren. Als diese ausblieben, fuhr er fort: "Einig sind sie sich immerhin, dass es ein schwarzer Polo war und dass die Fußgängerampel grün zeigte. Wollen Sie Anzeige gegen Unbekannt erstatten?"

"Geschenkt. Das wäre schade um das Papier, und der Schaden hält sich ja zum Glück in Grenzen."

Dem Polizisten war die Erleichterung anzusehen, dass ihm durch diese Entscheidung wohl erspart bleiben würde, sich nochmals mit dieser langhaarigen Kreatur auseinanderzusetzen.

"Soll ich dafür sorgen, dass sie nach Hause gebracht werden?", versuchte er sich zu revanchieren.

"Danke, nicht nötig. Ich habe den Doktor gebeten, meinen Mann anzurufen; er wird mich abholen."

Nachdem er sich ihre Personalien notiert hatte, verabschiedete sich der Beamte. Else, die sich auf eine längere Wartezeit eingerichtet hatte, war überrascht, bereits eine Stunde nach dem Anruf den Audi Quattro auf den Parkplatz der Klinik einbiegen zu sehen. Da um diese Tageszeit normalerweise reichlich Verkehr auf den Autobahnen unterwegs war, musste Konrad gefahren sein wie der Teufel. Er stieg aus dem Wagen und kam leichenblass auf sie zu. Else hatte ihren Mann nie zuvor in einer derartigen Verfassung gesehen.

"Bist du verletzt? Wie um Himmels Willen konnte so etwas passieren?", fragte er, während er sie in die Arme nahm.

"Halb so wild, bis auf eine Beule und einen Brummschädel bin ich mit heiler Haut davongekommen. Beides müsste mit ein paar kalten Umschlägen wieder in den Griff zu bekommen sein."

Während der Heimfahrt erzählte sie ihm in allen Einzelheiten, was im Laufe des Tages vorgefallen war, lediglich Robert erwähnte sie mit keinem Wort. Dass Konrad ihren vermeintlichen Lebensretter womöglich persönlich kennenlernen wollte, war das Letzte, worauf sie erpicht war. Zu Hause angekommen bestand Konrad darauf, dass sie sich sofort ins Bett legte.

"Du musst dich ausruhen, mit so einer Gehirnerschütterung ist nicht zu spaßen. Ich werde uns etwas Leckeres kochen. Und falls es in den nächsten Tagen etwas gibt, was ich für dich erledigen kann, lass es mich wissen."

"Nun mal langsam, ein Auto hat mich gestreift, das macht mich noch nicht zur Invaliden. Aber wenn du es mir schon anbietest: Der Anorak ist nicht mehr zu gebrauchen, total verdreckt und der rechte Ärmel ist zerrissen. Wenn du ihn den Wigands ersetzen würdest; ich habe absolut keinen Bock auf Barbaras neugierige Fragen."

"Oho! Du schickst mich mit einem Auftrag in die Arme meiner Geliebten. Oder spekulierst du darauf, dass der gehörnte Ehemann mit einer Schrotflinte im Anschlag auf seinen Nebenbuhler lauert?" Offenbar hatte Konrad seinen Humor wiedergefunden.

"Nimm das mal nicht auf die leichte Schulter. Zumindest früher war Horst in seinem Eifersuchtswahn zu fast allem fähig."

"Er ist doch Lehrer, wenn ich die Sache morgen Vormittag erledige, ist die Gefahr gering, ihm in die Arme zu laufen. Ich muss ohnehin früh aus dem Haus. Erich stand vorhin kurz vor einem Nervenzusammenbruch, weil ich die Proben abbrechen musste; er hat deshalb für morgen eine Sonderschicht angeordnet."

Gestern Abend hatte Else die Fürsorglichkeit ihres Mannes als reichlich übertrieben empfunden, auch wenn sie es genoss, so von ihm betüttelt zu werden. Doch jetzt fühlte sie sich derart elend, dass sie sich wünschte, er wäre bei ihr.

"Hilft alles nichts, wenigstens die Katze muss versorgt werden", feuerte sie sich selbst an, während sie sich von der Bettkante nach oben drückte. Pascal begrüßte sie mit einem Miau, das Else unschwer mit "Na endlich" übersetzte, und lief mit aufgeregtem Gurren vor ihr die Treppenstufen hinab. Sie füllte seinen Trockenfutternapf auf und gab ihm eine Schale frischen Wassers, dem sie, wie er es gewohnt war, einen Tropfen Milch zusetzte.

Auf dem Küchentisch lag ein Zettel: "Wenn du was aus dem Supermarkt brauchst, ruf an. Gute Besserung! Edith". Else begann mit mechanischen Bewegungen das herumstehende Geschirr in die Spülmaschine zu räumen, gab Spülmittel in den dafür vorgesehenen Behälter und setzte das Gerät in Gang. Danach leerte sie den Briefkasten: Bankauszüge, drei Briefe, in denen sie von diversen Organisationen um Spenden gebeten wurde, und ein Schreiben einer Theaterwerkstatt an Konrad. Sie setzte sich, um die Kontobewegungen des vergangenen Monats kurz zu überfliegen, als das sanfte Summen der Maschine in ihrem Rücken plötzlich in ein hässliches Krachen überging, das nach wenigen Sekunden völliger Stille wich.

"Na, prost Mahlzeit", schimpfte Else vor sich hin, nachdem ihren Versuchen, den Koloss wieder zum Leben zu erwecken, kein Erfolg beschieden war. "Noch kein halbes Jahr alt, ich wusste, warum ich so ein Scheißding nicht im Haus haben wollte."

Jahrelang hatte sie sich gegen diese Anschaffung gewehrt, bis Edith und Konrad anlässlich ihres 35. Geburtstages vollendete Tatsachen schufen. Widerwillig hatte sie dem geschenkten Gaul einen Stall in ihrer Küche zugewiesen. "Na, dann sollen sich die beiden jetzt auch um die Reparatur kümmern."

Ihre Kopfschmerzen hatten sich seit dem Aufstehen um keinen

Deut gebessert, es war im Gegenteil noch ein leises Rauschen in beiden Ohren dazugekommen, welches ihr Angst einflößte. Sie entschloss sich zu einem Spaziergang; vielleicht würde die frische Luft ihr gut tun. Es war ein warmer Frühlingstag. Daher warf sich Else nur ein leichtes Kleid über und machte sich auf den Weg. Sie durchquerte das Neubaugebiet, wo in den vergangenen Jahren in beachtlicher Geschwindigkeit ein Prachtbau nach dem anderen aus dem Boden gestampft worden war, passierte die Tennisanlage und gelangte auf einen Feldweg, der am Waldrand entlang führte. Obwohl sich bereits die Mittagszeit näherte, war das Licht noch diesig wie in den frühen Morgenstunden. Die Sonne versteckte sich hinter einer Wolkenbank, und ihre Strahlen verliefen wie die Rippen eines Fächers über den verhangenen Himmel. Die sauber geeggten Felder zeigten an, dass hier noch Landwirtschaft betrieben wurde. Von einer Schafherde, die an einer Wiesenböschung graste, wurde sie mit vielstimmigem Mähen begrüßt. Eine Schar Vögel stob bei ihrem Näherkommen auseinander wie eine Handvoll aufgeworfenes Saatgut. Auf einer schmalen Holzbrücke hielt Else inne und erfreute sich, wie sie es als Kind oft getan hatte, an dem Flüsschen, das an dieser Stelle übermütig schäumend in kleinen Wasserfällen über den steinigen Untergrund sprang. Es war der Steg, von dem der Ort vor langer Zeit seinen Namen erhalten hatte. Daher sah Else nach einer kurzen Wegstrecke das alte Nonnenkloster vor sich liegen. Über das exakte Alter dieser Ansiedlung war man sich nie einig geworden. Ein Dokument mit der Unterschrift Ludwig des Dritten hatte sich als Fälschung herausgestellt, aber es gab eine Schenkungsurkunde von Otto dem Ersten, die unzweifelhaft echt war. Die flachgedeckte Basilika, in der die Benediktinerinnen einst ihre Gottesdienste abhielten, war in keinem guten Zustand. Einige wertvolle romanische Malereien im Inneren bewogen den Gemeinderat immerhin dazu, das Gebäude nicht völlig dem Zerfall durch die Witterung preiszugeben. Gut erhalten präsentierte sich hingegen das Äbtissinnenhaus, das als Museum genutzt wurde. Hier hatte man alles, was in der Kirche von Wänden und Decke gefallen war, gesammelt und ausgestellt. Spielranken mit Tierköpfen, spätantike Muschelfriese, karolingische Marmorfragmente und Engelsfiguren mit wallenden Gewändern waren freilich nicht sonderlich geeignet, Scharen von Touristen anzulocken. Durch einen steinernen Torbogen betrat Else den Innenhof des Klosters, der von einer gewaltigen

Sommerlinde, die gewiss einige hundert Jahre auf dem Buckel hatte, dominiert wurde. Am linken Rand des Platzes waren ein paar Gartenhäuschen aufgereiht, die früher den Bediensteten als Wohnung gedient haben mochten. Eine kleine Kreuzkapelle markierte den Eingang zum ehemaligen Friedhof.

"Da soll mich doch der Teufel holen, wenn das nicht Else ist?"

Ein Mann mittlerer Größe mit Schlapphut und Knebelbart kam aus einem der Gartenhäuschen auf sie zu.

"Kennen wir uns?"

"Das will ich meinen!" Er zog den Hut vom Kopf, um ihr einen besseren Blick auf sein Gesicht zu ermöglichen. "Nun musst du dir nur noch den Bart wegdenken."

"Fred? Bist du es wirklich?"

"Und ob! Nicht gerade ein Kompliment, dass du mich nach den paar Jährchen nicht wiedererkennst. Bin ich wirklich so alt geworden?"

Tatsächlich, es war Fred Dolus, ihr alter Freund aus Kindertagen. Der Junge, dem das schwere Schicksal zuteil geworden war, ohne Eltern aufwachsen zu müssen, und den sie dennoch glühend um seine Freiheit beneidet hatte, die in so krassem Gegensatz zu dem stand, was ihr als wohlbehüteter Tochter möglich war. Da er im Nachbarort lebte, hatten sie sich nur zufällig kennengelernt und selten getroffen. Aber mit Fred waren Gespräche von einer Ernsthaftigkeit und Tiefe möglich, an die bei anderen Gleichaltrigen nicht im Entferntesten zu denken war. Daher hatte sich zwischen ihnen rasch ein Vertrauensverhältnis aufgebaut, und nachdem ihr Bruder verunglückt war, hatte sie sich in Freds Armen ausgeweint, da sie sich gegenüber keinem anderen Menschen, auch nicht ihren Eltern, so öffnen konnte. Es war für sie ein schwarzer Tag, als Fred die Provinz, wie er es nannte, verließ, um eine Lehre als Maler und Anstreicher anzutreten. Ein einziges Mal hatte sie ihn seitdem wiedergesehen, als er seinen Pflegeeltern einen Besuch abstattete und sie sich bei dieser Gelegenheit über den Weg liefen. Ihre Krise mit Horst war damals auf dem Höhepunkt, und Else erinnerte sich noch genau an Freds Kommentar: "Soll ich ihm auf die Schnauze hau'n?", der ihr durch seine rustikale Bodenständigkeit geholfen hatte, von den überspannten Beziehungsdiskussionen wieder zurück in die Realität zu finden.

"Aber nein, mein Lieber, du hast dich kaum verändert. Entschuldige bitte, aber ich bin heute ein bisschen durcheinander."

"Probleme? Doch hoffentlich nicht mit deiner besseren Hälfte?"

"Nein, nein, es geht um etwas anderes. Doch ich möchte jetzt nicht Trübsal blasen. Ich freue mich viel zu sehr, dich zu sehen."

"Ganz meinerseits, aber komisch ist es schon, dass es dir immer schlecht geht, wenn wir uns begegnen."

"Das siehst du falsch; immer wenn du auftauchst, ist das Schlimmste gerade überstanden. Insofern bist du ein richtiger Talisman. Falls du vor hast, hier wieder Wurzeln zu schlagen, erwäge ich, meine Hasenpfote zu verschenken. Nun erzähl schon, was treibt dich zurück in die alte Heimat?"

"Irgendwann hat es mir nicht mehr gereicht, immer nur anderer Leute Wohnzimmer zu tapezieren. Wie du weißt, waren Kunst und Kunstgeschichte immer schon mein Steckenpferd. Also habe ich mich für eine Ausbildung zum Restaurator beworben und hatte das große Glück, einen Platz an der Hochschule für bildende Künste in Dresden zu ergattern. Dort habe ich drei Jahre studiert."

"Und jetzt bringst du unser olles Kloster auf Vordermann?"

"So weit ist es noch lange nicht. Noch bin ich nur ein kleiner Volontär. Aber als eine Anfrage aus Nonnensteg in unserem Büro eintrudelte, habe ich natürlich sofort die Hand hochgerissen, und der Chef hatte ein Einsehen. Jetzt wohne ich hier in dem Gartenhäuschen und habe den Auftrag, ein schlüssiges Sanierungskonzept für die Wandmalereien in Kirche und Kapelle auszuarbeiten. Wenn das vor den Augen meiner Vorgesetzten Gnade findet, hängt alles immer noch davon ab, ob das Land Hessen ein paar Euro locker macht; alleine kann eure kleine Gemeinde das unmöglich schultern."

"Ich habe überhaupt keine Zweifel, dass dein Gutachten alle überzeugen wird", versuchte Else ihm Mut zu machen, bevor sie das Thema wechselte: "Woher weißt du eigentlich, dass ich verheiratet bin?"

"Das ist kein Kunststück. So ganz habe ich die Kontakte in den Taunus nie abgebrochen. Und die Hochzeit der jungen Fabrikantin mit dem gutaussehenden Schauspieler war der regionalen Klatschpresse schon eine Meldung wert. Euer Foto, das ich mir damals ausgeschnitten habe, steckt heute noch in meiner Brieftasche."

"Und du, bist du noch solo?" Else konnte sich Fred nicht mit einer Partnerin vorstellen. Nicht dass er kein attraktiver Mann gewesen wäre, aber für sie war er immer noch der Kinderfreund und als solcher hatte er kein Geschlecht. Seine Antwort enttäuschte sie nicht: "Ja, bin bisher ganz gut alleine durchs Leben gekommen, und ich erinnere mich noch gut an deine Worte bei unserer letzten Begegnung: `Mit Männern bin ich fertig, ein für allemal`. Konnte ich ahnen, wie wenig ernst es dir damit war? Sonst hätte ich dir vielleicht einen Antrag gemacht", sagte Fred lachend.

"Wenn du Konrad kennen würdest, wüsstest du, warum ich schwach werden musste."

"Ich kenne ihn zwar nicht, aber immerhin habe ich ihn gesehen, gestern Morgen in der Basilika."

"Konrad in der Kirche, das muss eine Verwechslung sein."

"Nein, dein Göttergatte ist mit seinen schwarzen Haaren schon eine ziemlich einmalige Erscheinung. Aber ihn hat wohl nicht die Andacht an diesen Ort getrieben, er war verabredet. Zumindest kam wenige Minuten nach ihm ein zweiter Besucher, und das kann wohl kaum ein Zufall sein."

"Eine Frau?"

"Nun mal langsam Else, das alte Gemäuer ist gewiss nicht der gemütlichste Platz für ein Schäferstündchen. Die Person trug Hosen, vielmehr konnte ich nicht sehen, da sie mit dem Auto bis fast zum Eingangsportal fuhr."

"Waren die beiden lange zusammen da drin?"

"Keine fünf Minuten, und der oder die andere ging als Erster. Insofern kann ich auch nicht mit Bestimmtheit sagen, dass die beiden sich kannten", versuchte Fred einen halbherzigen Rückzieher.

Später konnte Else es sich nicht erklären, warum sie die folgende Frage gestellt hatte:

"Hast du erkannt, was für ein Auto es war?"

"Ja, ein schwarzer Polo. Hilft dir das weiter?"

V

Obwohl ihre Kopfschmerzen merklich nachgelassen hatten, gelang es Else nicht, sich auf ihre Arbeit zu konzentrieren. Dabei war Mallets "The Borgias", das aufgeschlagen vor ihr auf dem Schreibtisch lag, alles andere als trockene Lektüre. Wenn jemals der Leibhaftige persönlich die Tiara auf dem Haupt trug, dann in Gestalt Rodrigo Borgias. Else grübelte gerade darüber nach, warum Alexander VI, wie sich dieses Ungeheuer in Menschengestalt auf dem Papstthron zu nennen beliebte, so großen Wert darauf gelegt hatte, dass all seine Geliebten verheiratet waren, als ihre Gedanken zum wiederholten Mal abschweiften. Ärgerlich schob sie ihren Stuhl nach hinten, schritt zum Fenster und warf einen geistesabwesenden Blick in den farbenprächtig blühenden Garten. Als ihr auch das nicht half, sich zu sammeln, ging sie in die Küche und durchsuchte den Kühlschrank nach dem Schokoriegel, den sie bereits vor einer Stunde gedankenverloren verspeist hatte.

"Verdammt noch mal, reiß dich zusammen, Else Steigert", raunzte sie sich unfreundlich an, "hat deine Birne gestern doch mehr abgekriegt, als du dir eingestehen wolltest?"

Aber, wie sie sehr wohl wusste, war es nicht der Unfall, der sie derart intensiv beschäftigte, sondern das Gespräch am späten Vormittag. Beschämt erinnerte sie sich, wie sie Fred beim Abschied gebeten hatte, doch die Augen offen zu halten und sie über weitere Beobachtungen auf dem Laufenden zu halten. Daraufhin hatte ihr Jugendfreund verlegen seinen Schlapphut in den Nacken geschoben und sich bekümmert an der Stirn gekratzt.

"Das gefällt mir gar nicht, Else, ich bin doch kein Spitzel. Warum fragst du deinen Mann nicht einfach, mit wem er im Kloster verabredet war? Was ist los mit euch? Gibt es ein Problem in eurer Ehe?"

"Nein, nein", hatte sie sich beeilt zu versichern, "bitte vergiss, was ich gesagt habe. Und lass dich mal bei uns sehen, gleiche Adresse wie früher. Oder komm zu Konrads Premiere am Samstag."

"Versprochen!"

Es war lächerlich, sich darüber Gedanken zu machen. Fred kannte Konrad lediglich von einem alten Zeitungsfoto. Weiß der Geier, wen er in die Kirche gehen sah. Und selbst wenn er sich nicht getäuscht haben sollte, es war völlig absurd zwischen einem schwarzen Polo auf einem Waldweg in Nonnensteg und einem Auto gleichen Typs, das sie Stunden später in Frankfurt über den Haufen zu fahren versucht hatte, irgendeinen Zusammenhang herzustellen. Es machte Else bestürzt, dass eine so läppische Koinzidenz, sie an dem Menschen, den sie über alles liebte, wenn auch nur kurzzeitig zweifeln ließ. Immer noch zornig kehrte sie in ihr Arbeitszimmer zurück. Es hatte keinen Sinn, heute würde sie nichts mehr Vernünftiges zustande bringen.

Sie knallte das Buch zu und fuhr den Computer hoch, um ihren elektronischen Briefkasten zu leeren. Drei E-Mails waren im Laufe des Vormittags eingegangen. In der ersten hatte ihr Wolfgang einige Zahlen aus dem abgelaufenen Geschäftsjahr der Firma zusammengestellt. Sie hatte ihn während der gestrigen Besprechung darum gebeten, da ihre Steuerberaterin diese Werte zur Abfassung der Steuererklärung benötigte. Die zweite Mail kam von der Universitätsverwaltung. Konrad hatte darauf bestanden, dass sie ihre Lehrveranstaltungen der laufenden Woche wegen Krankheit absagte. Man versicherte ihr, die Studierenden davon in Kenntnis zu setzen und wünschte ihr eine gute Genesung. Die dritte Nachricht lautete: "Warum meldest du dich nicht? Hast du den Unfall heil überstanden? Ich mache mir Sorgen. Robert".

Angesichts des unverhohlenen Vorwurfs im ersten Satz stieg erneut Ärger in Else hoch. Vielleicht war sie undankbar, denn immerhin hatte Robert ihr einen längeren Krankenhausaufenthalt, wenn nicht Schlimmeres, erspart. Aber sie hatte nicht die Absicht, sich von dem jungen Burschen moralisch unter Druck setzen zu lassen. Sie zog es vor, selbst zu entscheiden, wann und bei wem sie sich meldete. Diese Mail jedenfalls würde sie nicht beantworten, entschied sie und klickte mit einem grimmig entschlossenen Kopfnicken auf "Löschen".

Else war froh, als sie durch das ins Schloss Fallen der Haustür aus ihrer trüben Stimmung gerissen wurde. Sie ging sofort nach unten und fand Edith in der Küche damit beschäftigt, den Inhalt einer großen Einkaufstüte in den Kühlschrank zu räumen.

"Na, wieder aus dem Koma erwacht", begrüßte ihre Schwägerin sie derb, "ich habe auf dem Markt Fisch gekauft. Was hältst du von Kabeljaufilet auf Bratkartoffeln mit Käse überbacken? Das sollte dich wieder auf die Beine bringen."

"Hmmm, mir läuft schon jetzt das Wasser im Mund zusammen. Doch bevor du ein Mehrgangmenue auf den Tisch zauberst, muss ich dich fairerweise davon in Kenntnis setzen, dass die Spülmaschine heute Morgen ihren Geist aufgegeben hat."

"Na und, wir hatten uns doch mal auf die Arbeitsteilung: 'Ich koche, du spülst' geeinigt", grinste Edith, "aber mach dir keine Sorgen, das ist ein ganz simples Gericht, solide Hausmannskost sozusagen."

Else hegte keinen Zweifel an der Richtigkeit dieser Einschätzung, solange es Edith war, die das Kommando führte. Sie selbst hätte für alles, was über die sprichwörtlichen Spiegeleier hinausgeht, ein Kochbuch konsultiert und der Essenszubereitung eine detaillierte Planungsphase vorangeschickt. Daher beobachtete sie nicht ohne Neid, mit welcher Selbstverständlichkeit Edith einen Topf voll Salzwasser auf den Herd gestellt hatte und nun damit beschäftigt war, die Kartoffeln, die sie in die Spüle gekippt hatte, eine nach der anderen gründlich zu schrubben. Um nicht gänzlich untätig herumzustehen, begann sie, die auf dem Küchentisch bereit liegenden Zwiebeln zu schälen und in kleine Stücke zu schneiden. Edith war mittlerweile dazu übergegangen, den abgespülten und trockengetupften Fisch mit Zitronensaft zu beträufeln, wobei sie von Pascal, der sich einen Logenplatz auf einem der Küchenstühle gesichert hatte, keinen Moment aus den Augen gelassen wurde.

"Hast du das Schwein eigentlich angezeigt?", nahm Edith das Gespräch wieder auf.

"Erstens kann das Schwein auch eine Sau gewesen sein, und zweitens wäre anzeigen sinnlos gewesen. Das Einzige, worauf sich die Zeugen mit Müh und Not einigen konnten, war Automarke und Farbe, doch schwarze Polos gibt es nun wirklich wie Sand am Meer", antwortete Else und fügte so leichthin, wie es ihr möglich war, hinzu, "sogar Konrad ist gestern mit so einem Wagen gesehen worden."

Aber sie hätte Edith besser kennen müssen, die sich von ihrem Plauderton keine Sekunde hinters Licht führen ließ. Mit einem Ruck fuhr deren Kopf in den Nacken, und zwei smaragdgrüne Augen starrten Else durchdringend an: "Aha, ist es endlich soweit. Der Wolf, der jahrelang Kreide gefressen hat, schält sich nun aus seinem Schafspelz und versucht, sich das Vermögen der Millionenerbin unter den Nagel zu reißen."

"Findest du diesen Scherz nicht ein bisschen geschmacklos?", protestierte Else pikiert.

"Wer sagt dir denn, dass ich scherze, meine Liebe. Liest du keine Zeitungen? Auftragsmorde am Ehepartner sind zur Zeit ganz groß in Mode. Und dass du so empfindlich reagierst, spricht Bände. Wenn du mir auf den Kopf zusagen kannst, dass du nicht selbst an diese Möglichkeit gedacht hast, werde ich mich sofort bei dir entschuldigen."

"Lass uns diese groteske Debatte beenden", entgegnete Else scharf, "wenn du deinem eigenen Bruder tatsächlich so viel Schlechtigkeit zutraust, tust du mir leid." Doch als sie an Ediths Gesichtsausdruck ablesen konnte, dass sie sich im Ton vergriffen hatte, milderte sie ab: "Entschuldige bitte meine Dünnhäutigkeit, der Unfall hat mich anscheinend doch etwas mitgenommen."

"Schon in Ordnung", lenkte Edith ein, "die Tatsache, dass wir überhaupt die Möglichkeit eines Verbrechens diskutieren können, ist doch ein gutes Zeichen. Es widerlegt mein Vorurteil, dass sich ein Philosophiestudium und Menschenkenntnis grundsätzlich ausschließen."

Während der nächsten halben Stunde herrschte in der Küche trotziges Schweigen. Edith zerteilte den Kabeljau in Würfel und bestreute diese mit Salz und Pfeffer, Else pellte die gekochten Kartoffeln und schnitt sie in Scheiben. Der Kater hatte sich seinen Anteil am Abendessen hartnäckig erbettelt und machte sich laut schmatzend darüber her. Schließlich vernahm Else mit Erleichterung, dass ein Auto in die Garage gefahren wurde. Als Konrad wenige Augenblicke später das Haus betrat, sah er seine Schwester geriebenen Käse über eine Pfanne mit knusprig braunen Kartoffeln und goldgelb gebratenem Fisch streuen, während seine Frau ein Bund Dill derart verbissen behackte, als ob sie mit diesem Kraut eine lang gehegte persönliche Feindschaft verbände.

"Das riecht ja verführerisch", schwärmte er an Stelle einer Begrüßung und drückte Else einen sanften Kuss auf die Stirn, "mir scheint, hier herrscht dicke Luft, oder wie sonst lässt sich euer eisiges Schweigen interpretieren?"

"Nicht der Rede wert", wiegelte Edith ab, "wir hatten eine kleine Meinungsverschiedenheit hinsichtlich deiner charakterlichen Optionen."

"Oh ja, natürlich, natürlich, darüber wird sich die Fachwelt noch in hundert Jahren die Köpfe heiß reden. Und ich Idiot hatte schon befürchtet, Ihr hättet einen ernsthaften Streit." Konrad schien tatsächlich erleichtert. "Wie geht es dir heute?", wandte er sich an seine Frau.

"Nach dem Aufstehen bescheiden", gab diese widerstrebend zu, "doch dann hat ein ausgedehnter Spaziergang Wunder gewirkt. Ich war beim Kloster und habe mal wieder die Kunstschätze unsrer Region bewundert. Hast du dir eigentlich jemals die Wandmalereien in der alten Kirche angesehen?"

Konrad wirkte unbefangen und antwortete ohne zu zögern: "Selbstverständlich, du selbst hast sie mir gezeigt und zu jedem einzelnen Bild einen langen Vortrag gehalten. Aber das ist Jahre her, also bitte keine Fragen nach Details, Frau Professor."

Edith hatte mittlerweile den Inhalt der Pfanne gerecht auf drei Teller verteilt. Sie drückte ihrem Bruder stumm eine Flasche Wein und Korkenzieher in die Hand, bevor sie drei Gläser aus einem der Hängeschränke angelte. Else war erleichtert, dass sich das Gespräch während des Essens um die Tagesabläufe der beiden anderen drehte und ihr Unfall mit keinem Wort mehr erwähnt wurde. Edith arbeitete am Bühnenbild für "Die Kameliendame", die im Sommer als Freilichtaufführung auf einer der Taunusburgen gespielt werden sollte, und erzählte von ihren Einfällen, mit denen sie ein Pariser Boudoir in das alte Gemäuer zu zaubern gedachte. Konrad berichtet von den Proben, die nun in die entscheidende Phase übergingen, und ein unbefangener Zuhörer hätte es bei all den Pannen, den vergessenen Textstellen und verpassten Einsätzen, die er zum Besten gab, für ausgeschlossen gehalten, dass das Stück bereits in wenigen Tagen vor Publikum gespielt werden sollte. Else jedoch war mit dieser Situation inzwischen wohlvertraut. Es hätte sie überrascht, und wäre sicher auch kein gutes Omen gewesen, wenn dieses Mal im Vorfeld alles reibungslos verlaufen wäre. Für Samstag rechnete sie fest mit einer konzentrierten und gelungenen Vorstellung.

Edith, die schon während des Essens ein Gähnen nicht immer unterdrücken gekonnt hatte, verabschiedete sich, sobald sie den letzten Bissen geschluckt hatte. Da auch Konrad einen harten Tag hinter sich hatte und Else als Rekonvaleszente ohnehin der Ruhe bedurfte, beschlossen die beiden, ebenfalls früh zu Bett zu gehen.

Konrad hatte sich vorgenommen, noch ein paar heikle Textpassagen zu repetieren, aber bereits nach wenigen Seiten fielen ihm vor Müdigkeit die Augen zu. Er gab seiner Frau einen Gute-Nacht-Kuss, knippste seine Leselampe aus, und nur wenige Minuten später erkannte Else an seinen tiefen, gleichmäßigen Atemzügen, dass er eingeschlafen war. Else hingegen konnte keine Ruhe finden. Nachdem sie sich eine halbe Stunde lang von der einen Seite auf die andere gewälzt hatte, gab sie schließlich auf. Behutsam, um Konrad nicht zu wecken, erhob sie sich aus dem Ehebett und schlich barfuß aus dem Zimmer. Die halbvolle Weinflasche und die drei Gläser standen noch auf dem Küchentisch. Sie füllte ihr Glas nur zur Hälfte, nahm aber vorsorglich die Flasche mit hinaus auf die Terrasse. Es war ein milder Frühlingsabend. Dennoch hatte sie sich, um keine Erkältung zu riskieren, eine von Konrads Strickjacken über ihr Nachthemd gezogen. Sie hatte die Lichter im Haus gelöscht, und auch die Fenster des Seitenbaus, über dessen Dachfirst die schmale Sichel des Mondes lugte, waren dunkel; Edith schien bereits zu schlafen. Der wolkenlose Himmel war mit einem Meer von Sternen übersät, die Else genügend Helligkeit lieferten, um sich zu orientieren. Von weither drangen Musikfetzen und Gelächter an ihr Ohr, irgendwo im Dorf wurde gefeiert.

Das heisere Krächzen eines Käuzchens aus einem Baumwipfel ganz in ihrer Nähe ließ Else zusammenzucken. Ein Rascheln, das von einem der Sträucher im Garten zu kommen schien, wertete sie als Zeichen dafür, dass der Schrei des Vogels auch noch andere Lebewesen erschreckt haben mochte. Ihre Gedanken wanderten zurück in ihre Kindheit, als sie aus zahllosen Spuk- und Gespenstergeschichten gelernt hatte, dass der Schrei des Käuzchens einen nahen Tod ankündigt. Es hatte ihre Großmutter viel Überzeugungskunst gekostet, ihr diesen Aberglauben auszureden. Und so ganz ist es ihr nicht gelungen, dachte Else, als sie spürte, wie ihr eine leichte Gänsehaut über beide Arme lief. Könnte es nicht sein, dass das Geräusch im Garten nicht von einem Tier hervorgerufen wurde, sondern dass da in der Dunkelheit wenige Meter von ihr entfernt jemand lauerte, um mit einem scharfgeschliffenen Messer das zu Ende zu bringen, was er mit dem Auto so stümperhaft begonnen hatte. Blitzartig schossen ihr Konrads Worte nach dem Abendessen durch den Kopf:

"Setz dich doch noch ein bisschen nach draußen Else, es ist ein wundervoller Abend. Wenn ich nicht so hundemüde wäre, würde ich dir liebend gerne Gesellschaft leisten." Wann war es in all den Jahren jemals vorgekommen, dass ihr Mann den Wunsch hatte, sich vor ihr schlafen zu legen? Else spürte, wie Panik in ihr aufstieg, zwang sich dann aber energisch dazu, diese törichte Angst zu unterdrücken. Was zum Teufel war in den vergangenen 36 Stunden mit ihr geschehen? Gestern Morgen hatte sie auf dem gleichen Stuhl gesessen und war der glücklichste Mensch unter der Sonne gewesen. Zwischen diesem Hochgefühl und jetzt lagen ein leichter

Unfall, der sehr glimpflich für sie ausgegangen war, und drei im Grunde völlig belanglose Gespräche. Mehr war nicht geschehen, und dennoch ging ein Riss durch ihre Welt, dessen Ursache sie nicht verstand und von dem sie daher nicht wusste, wie sie ihn hätte kitten sollen. Stand ihre Liebe zu Konrad wirklich auf derart tönernen Füßen?

Else nahm einen kräftigen Schluck aus ihrem Glas und rief sich ins Gedächtnis zurück, wie alles begonnen hatte. Sie war mit Wolfgang aus England zurückgekehrt, nicht ohne Konrad das Versprechen abgerungen zu haben, sie in Deutschland zu besuchen, sobald seine Theatertournee zu Ende war. Zu Hause hatte sie bereits nach wenigen Tagen gespürt, dass ihr diese Vereinbarung zu unsicher war, die plötzlich nicht mehr Gewicht zu haben schien, als die unzähligen unverbindlichen Absichtserklärungen zwischen Urlaubsbekanntschaften. Also schrieb sie ihm einen langen Brief, in dem sie mehr von sich preisgab, als es sonst ihre Art war, und aus ihren Gefühlen für ihn kein Geheimnis machte. Sie erinnerte sich an den Namen der Truppe und sie hatte einen Spielplan, auf dem vermerkt war, wann diese in welchem Theater auftreten würde; das musste genügen. Voller Vertrauen in die Findigkeit der englischen Post brachte sie den Brief zum Kasten, geriet aber im letzten Moment nochmals in Zweifel, schämte sich ihrer Offenherzigkeit und war kurz davor, das Schreiben in kleine Stücke zu zerreißen. Ein abendlicher Flirt bei einem guten Tropfen war eine Sache, sich einem nahezu fremden Mann derart an den Hals zu werfen, eine andere. Letztlich trug jedoch die Furcht, diesen Mann nie mehr wiederzusehen, den Sieg über ihren Stolz davon. In den folgenden beiden Wochen litt Else Höllenqualen, bis sie endlich von einem Brief mit dem Bild der Queen auf beiden Marken erlöst wurde. Mit zitternden Fingern und mit Herzklopfen wie vor ihrem ersten Rendezvous zerfetzte sie den Umschlag und stieß einen Schrei der Erleichterung aus. Konrad hatte sie nicht auflaufen lassen! Er dankte ihr sehr für ihre Offenheit und zahlte mit gleicher Münze zurück. Da er keinen Hehl daraus machte, was er für sie empfand, wuchs in Else die Zuversicht, dass auch er ein Wiedersehen herbeisehnte. Von dieser Euphorie getragen, fand sie die Kraft zu einem längst überfälligen Schritt. Sie hatte sich zwar von Wolfgang losgekauft, aber den Preis dafür noch nicht beglichen. Sie lud daher Herrn Dr. Liebig zu einer Unterredung und teilte ihm ohne Umschweife mit, dass er entlassen sei. Er nahm diese Nachricht gelassener auf, als sie befürchtet hatte.

"Es ist mir nicht entgangen, dass Sie mit Herrn Trapp, der mich nicht leiden kann, gut befreundet sind, um es vorsichtig auszudrücken. Aber Sie begehen einen schweren Fehler. Private Zu- oder Abneigungen sind kein guter Ratgeber, wenn es um Entscheidungen dieser Tragweite geht."

"Herr Trapp hat damit nicht das Geringste zu tun", log Else ohne mit der Wimper zu zucken, "unsere Zusammenarbeit war wohl von Anfang an ein Missverständnis. Ich habe mir von Ihnen Ideen und Initiativen erhofft, die meine Firma in der Sache, und das ist nun mal die Papierfabrikation, weiterbringen. Vorgelegt haben Sie stattdessen ausschließlich Pläne zur Umstrukturierung, um Personal einzusparen."

"Wo ist da ein Widerspruch. Natürlich bringt es Ihr Unternehmen weiter, wenn Sie bei gleicher Produktivität die Betriebskosten senken. Dadurch werden Sie konkurrenzfähiger", protestierte ihr Gegenüber energisch.

"Was Sie dabei völlig ignorieren, ist die Motivation der Leute, die den Bach hinuntergegangen wäre, wenn sie einen Ihrer großartigen Pläne zu Gesicht bekommen hätten. Von sozialer Verantwortung will ich gar nicht reden. Ich möchte Sie nicht mit Begriffen langweilen, die Ihnen offenbar fremd sind."

"Sie haben überhaupt keinen Grund, beleidigend zu werden. Im Zeitalter der Globalisierung..."

"Machen wirs kurz", schnitt ihm Else das Wort ab, "Sie werden die Entlassung verkraften. Melden Sie Ihren Headhuntern, dass Sie wieder auf dem Markt sind, und in spätestens drei Monaten werden Sie in einem anderen Betrieb Ihr unseliges Treiben fortsetzen können, eine Hierarchiestufe höher, versteht sich."

Damit war das Gespräch beendet. Dr. Liebig verließ wutschnaubend den Raum und zum Monatsende auch die Firma, selbstverständlich entschädigt mit einer Abfindung in Höhe eines Lottogewinns. Die gesamte Belegschaft, Frau Breisig ausgenommen, atmete auf. Else übertrug Liebigs Kompetenzen an Wolfgang, nicht aus schlechtem Gewissen, sondern weil Sie mittlerweile davon überzeugt war, dass er der richtige Mann für diese Aufgabe war. Die Herren Krug und Reschke, die was Dienst- und Lebensalter anbelangte eher für diese Beförderung prädestiniert waren, ertrugen diese Entscheidung ohne zu murren, da sie noch davon ausgingen, Wolfgang würde per Heirat über kurz oder lang ohnehin ihr Chef.

In den darauffolgenden Monaten entwickelte sich zwischen Else und Konrad ein reger und sehr persönlicher Briefwechsel. Else erfuhr, dass Konrad und Edith aus einem kleinen Ort in Norddeutschland stammten. Auch sie hatten ihre Eltern früh verloren. Die Mutter war Schauspielerin gewesen und hatte ihrem Sohn Talent und Begeisterung für diesen Beruf in die Wiege gelegt. Die Tochter hingegen schien mit zahlreichen Begabungen gesegnet, zwischen denen sie sich nicht so recht entscheiden zu können schien. Sie hatte unter anderem eine Schreinerlehre absolviert, die Prüfung für das Diplom als Fremdsprachensekretärin bestanden und war gerade dabei, sich für Gärtnerei zu begeistern, als sie sich während eines Urlaubs in London unsterblich in einen englischen Kunstmaler verliebte und beschloss, den Rest ihres Lebens zusammen mit ihm auf der Insel zu verbringen. Hier kam Edith ihre Vielseitigkeit zupass, die es ihr leicht machte, immer wieder einen Job zu finden, um sich über Wasser zu halten, denn das Leben in der britischen Metropole erwies sich als kostspielig und das Einkommen eines Künstlers war, vorsichtig ausgedrückt, unregelmäßig. Die finanzielle Unsicherheit hinderte sie keineswegs daran, das Boheme-Leben in vollen Zügen zu genießen, im Gegenteil. Dieser Zustand würde mit Sicherheit noch andauern, hätte sie nicht durch einen unglücklichen Zufall - sie öffnete versehentlich den Brief einer Bank, der nicht an sie adressiert war - erfahren, dass ihr Liebster, für dessen Lebensunterhalt sie sich all die Jahre krummgelegt hatte, ein Millionenvermögen sein Eigen nannte, diese Tatsache aber für zu unbedeutend hielt, um sie ihr gegenüber jemals zu erwähnen. Durch diesen Vertrauensbruch stürzte für Edith eine Welt zusammen. Sie verließ auf der Stelle mit Sack und Pack die Atelierwohnung, mietete sich in einer Pension ein und schickte einen Hilferuf an Konrad. Der riet ihr, ersteinmal in England zu bleiben, und versprach, sie baldmöglichst zu besuchen. Als er kam, hatte Edith, die inzwischen nicht untätig geblieben war, bereits alle Weichen für ihr zukünftiges Theaterunternehmen gestellt, und Konrad, den nichts nach Deutschland zurückzog, benötigte für seine Entscheidung nur wenig Bedenkzeit.

So geschah es, dass Else und Konrad soviel von der Familiengeschichte des jeweils Anderen erfuhren, dass sie sich, als der Zeitpunkt des Wiedersehens heranrückte, längst nicht mehr fremd waren. Es war ein sonniger Herbsttag, an dem Konrad mit einem üppigen Strauß roter Rosen vor ihrer Tür stand. Else, an sich keine Freundin solch plagativer Gesten, hätte es auch völlig in Ordnung gefunden, wenn er in einer goldenen Kutsche, gezogen von vier prächtigen Schimmeln, vorgefahren wäre, um sie zu einem Besuch auf sein Schloss zu bitten. Die Begrüßung verlief so herzlich, als wären sie alte Freunde, und es bereitete ihnen auch keinerlei Mühe, den vertrauten Ton ihrer Korrespondenz im Gespräch wieder zum Leben zu erwecken. Da das herrliche Wetter zu einem Spaziergang einlud, schritten sie stundenlang Hand in Hand durch die in herbstlichen Farben leuchtenden Taunuswälder, wobei sie sich viel zu erzählen hatten. Für den Abend hatte Else einen Tisch im Schinderhannes, der Dorfkneipe, reservieren lassen. Ihr war klar, dass sie damit die Gerüchteküche des Örtchens zum Überkochen bringen würde, aber sie scheute das Risiko, ihre neue Eroberung durch die Darbietung ihrer Kochkünste leichtfertig aufs Spiel zu setzen, und sie kannte Konrad bereits gut genug, um zu wissen, dass dieser auf den Besuch eines schicken Restaurants keinen gesteigerten Wert legte. Maria bemühte sich zwar nach Kräften, irgendetwas über den gutaussehenden jungen Mann herauszufinden, der da zusammen mit der Steigerts Else bei ihr zu Abend aß, doch ihre Mühe blieb vergeblich. Die beiden blockten auch den raffiniertesten Versuch, sie in ein harmloses Gespräch zu verwickeln, freundlich aber bestimmt ab, und Else genoss es fürstlich, mitanzusehen, wie die korpulente Wirtin vor Neugier fast zu platzen schien.

Es war noch weit vor Mitternacht, als sie wieder zu Hause ankamen. Für Else war damit der heikelste Punkt des Abends erreicht. Sie hatte diese Situation in den vergangenen Wochen wieder und wieder in Gedanken durchgespielt, aber die Kühnheit, die sie in ihren Phantasien so überreichlich an den Tag gelegt hatte, drohte ihr nun abhanden zu kommen. Andererseits war ihr Verlangen so stark, dass sie gar nicht in Erwägung ziehen mochte, so kurz vor dem Ziel einen Rückzieher zu machen. Dann jedoch ging alles viel leichter, als sie zu hoffen gewagt hatte. Während sie noch fieberhaft nach den passenden Sätzen suchte, nahm Konrad ihre Hand und lächelte sie erwartungsvoll an, worauf sie ihn wie hypnotisiert schnurstracks in ihr Schlafzimmer führte. In schweigendem Einverständnis entledigten sie sich ihrer Kleidung, und erst als sie sich nackt gegenüberstanden, ergriff er wieder das Wort:

"Wir haben uns noch kein einziges Mal geküsst."

"Wenn für dich die Reihenfolge so wichtig ist, tu dir bitte keinen Zwang an."

Else war, obwohl sie es in ihrem bisherigen Leben auf nicht mehr als zwei feste Partnerschaften gebracht hatte, sexuell durchaus nicht unerfahren, und ihr war die Befangenheit der ersten Nacht wohlvertraut, die meist nur unvollkommen durch die wilde Intensität der jungen Leidenschaft überdeckt werden kann. Umso überraschter registrierte sie, mit welch ruhiger Selbstverständlichkeit sie sich näher kamen. Erst als sich ihre Körper aneinander gewöhnt hatten, wurde ihr Liebesspiel lebhafter. Sie bedeckte seinen behaarten Bauch mit Küssen und knabberte hingebungsvoll an seinen Brustwarzen, während er begann, sie mit zärtlichen Händen auf schmalen Serpentinen zum Gipfel zu streicheln. Und als dann die Sterne in Elses Kopf zu explodieren begannen, gab es keine Vergangenheit und keine Zukunft mehr, sondern nur noch ihren gemeinsamen Leib auf diesem Bettlaken und ein bedingungsloses Jetzt.

Später, nachdem sie lange Zeit erschöpft in Konrads Armen geruht hatte, war es Else, die das zufriedene Schweigen brach:

"Kannst du dir vorstellen, darauf nochmal zu verzichten?"

"Oho, das klingt ja fast wie ein Heiratsantrag?"

"Und wenn es einer wäre, wie würdest du darauf antworten?"

"Ich halte das für keine glückliche Idee. Die Menschen in so einem kleinen Dorf sind in ihrem Urteil meist erbarmungslos. Für sie wäre ich der hungerleidende Künstler, der sich an das Vermögen der reichen Fabrikantin über deren Bett heranmacht."

"Weich mir nicht aus."

"Nein, Else, ich wünsche mir nichts sehnlicher, als mit dir zusammenzuleben. Aber dazu muss man nicht heiraten."

"Du hast keine Ahnung, wie erbarmungslos in kleinen Dörfern wilde Ehen abgeurteilt werden."

"Es gibt da noch etwas, dass ich dir sagen muss. Ich kann keine Kinder mehr zeugen."

"Damit wärst du für meinen Vater als Schwiegersohn gestorben. Da dieser aber nicht mehr am Leben ist: Einspruch abgelehnt."

"Was macht dich so unglaublich sicher. Wir haben noch keine vierundzwanzig Stunden zusammen verbracht."

"Ist dir nicht klar, dass uns das Schicksal zusammengeführt hat.

Wir sind gleichaltrig, haben dieselben Interessen, sind beide, von Edith abgesehen, ganz ohne Familie und dann unsere Namen: Konrad und Else, das klingt doch wie Raubritter und Burgfräulein, aber nicht nach Ende des 20.Jahrhunderts."

"Du hast vergessen, dass wir gleichgroß sind und die gleiche Schuhgröße haben", spottete Konrad.

"Warum sträubst du dich so, machst du dir Sorgen um Edith?"

"Ich bitte dich, nein. Sie ist eine erwachsene Frau und steht längst wieder fest mit beiden Beinen im Leben. Die gemeinsame Arbeit mit ihr wird mir fehlen, aber so eine Fabrik lässt sich ja wohl schlecht über den Kanal transportieren."

"Bring deine Schwester doch mit. Du siehst, das Haus hier ist groß genug, und der Seitenbau, den meine Großmutter bewohnt hat, wird, seit sie in die Anstalt musste, ohnehin als Gästewohnung genutzt."

Sie redeten und redeten, und als die Sonne aufging, waren sie übereingekommen, dass Konrad so bald wie möglich seine Zelte in England abbrechen sollte, um nach Nonnensteg zu übersiedeln. In der Ehefrage hatte die Vernunft gesiegt. Else räumte widerstrebend ein, dass es nicht schaden könne, sich erst etwas besser kennenzulernen. Es war für Konrad freilich nicht damit getan, nach London zurückzufliegen und dort seine Koffer zu packen. Das Theaterprogramm für die Wintersaison war längst geplant, und wenn auch noch nicht mit den Proben begonnen worden war, so erwies es sich als unmöglich, in kurzer Zeit adäquaten Ersatz für Konrad zu rekrutieren. Da er seine Freunde und Kollegen nicht im Stich lassen wollte, erklärte er sich bereit, bis zum Jahresende zu spielen. Else litt unter der neuerlichen Trennung und erwartete voll Sehnsucht seine Rückkehr. Pünktlich zu Weihnachten war es dann soweit, dass sie ihren Liebsten wieder in die Arme schließen konnte. Auch Edith war mitgekommen, und obwohl sie sich anfangs zierte, gelang es Elses Hartnäckigkeit, ihr den Seitenbau schmackhaft zu machen.

"Soll ich hier vielleicht als Anstandsdame das junge Glück überwachen", schnaubte sie verächtlich. Und als diese erste Hürde überwunden war: "Falls ich hier einziehen sollte, zahle ich Miete, wie es sich gehört. Auf Almosen bin ich nicht angewiesen." Aber auch das konnte ihr Else ausreden, indem sie glaubhaft versicherte, dass es gar nicht mit Geld zu bezahlen wäre, wenn sich endlich ein

Mensch mit Sachverstand des Gartens annehmen würde.

Bereits in den ersten Tagen nach ihrer Ankunft erwies sich Edith in anderer Hinsicht als Glücksfall. Sie konnte wundervoll kochen, und ihr Bruder stand ihr in dieser Hinsicht nur wenig nach. Entsetzt schlug sie die Hände über dem Kopf zusammen, als sie in der Speisekammer auf das Sortiment von Konserven, Fertiggerichten und Tütensuppen stieß, mit deren Hilfe sich Else seit dem Tod ihres Vaters ernährt hatte. Wolfgang hatte darauf bestanden, seinen eigenen Haushalt zu führen, wofür ihm Else im Nachhinein dankbar war, denn dadurch verlief die Trennung von ihm weniger schmerzlich. Gemeinsame Mahlzeiten hatten sie meist in einem Lokal eingenommen. Aber nicht nur Elses Ernährungsgewohnheiten erfuhren eine radikale Änderung. Sie bemerkte bald, dass ihr das Zusammenleben mit den neuen Hausgenossen gut tat, unabhängig von der wachsenden Liebe zwischen Konrad und ihr. Obwohl die beiden Geschwister kein Problem auf die leichte Schulter nahmen, sondern, wenn es sein musste, einen ganzen Abend erbittert streiten konnten, falls ihre Standpunkte unvereinbar schienen, bewältigten sie die Schwierigkeiten des Alltags mit einer Leichtigkeit, die Else fremd war und die nur langsam auf sie abzufärben begann. Und während sie bislang mit beiden Füßen fest am Boden auf schnurgerader Strasse durchs Leben marschiert war, angetrieben von dem preußischem Pflichtbewusstsein, zu dem sie erzogen worden war, gab es nun Momente, in denen sie einige Zentimeter über der Erde schwebend verspielt bald hierhin, bald dorthin huschte. Sie genoss diesen Zustand, ohne jedoch den Vorwurf in ihrem Innern, sie verplempere unnütz ihre Zeit, gänzlich zum Verstummen bringen zu können.

Konrad gelang es rascher als erwartet, ein erstes Engagement an Land zu ziehen, und als Else im Sommer vorsichtig das Thema Heirat erneut auf den Tisch brachte, hatte er seine Vorbehalte aufgegeben.

"Ich bin einverstanden. Aber sei dir im Klaren darüber, dass du damit auf einen Erben für die Fabrik verzichtest. Immerhin ist die Firma seit vier Generationen im Besitz der Steigerts."

"Was erwartest du von mir? Soll ich mich irgendeiner schielenden Missgeburt nur wegen ihrer fruchtbaren Lenden hingeben?"

"Faszinierend, wie du es schaffst, die Alternativen so präzise auf den Punkt zu bringen. Übrigens habe ich nichts dagegen, deinen

Namen anzunehmen. Müller ist nicht der Hit, wenn man auf den großen Bühnen dieser Welt reüssieren will."

"Aber Schatz, bei deinem Talent könntest du Stinkestiefel heißen und würdest trotzdem berühmt. Was hältst du davon, wenn wir das Aufgebot für die Nacht bestellen, in der das neue Jahrtausend beginnt?"

Dieser romantische Einfall erwies sich jedoch deshalb als undurchführbar, weil zuviele andere Paare zuvor bereits die gleiche Idee hatten. Also gaben sich Konrad und Else im Januar des Jahres 2000 das Ja-Wort. Dieses Ereignis gehörte tagelang zu den wichtigsten Gesprächsthemen in Nonnensteg, aber ganz anders, als Konrad dies ursprünglich befürchtet hatte. Mit Erstaunen hatte Else in den vergangenen Monaten beobachtet, wie es Konrad anscheinend mühelos schaffte, durch seine offene, unkomplizierte Art die Sympathie der meisten Leute, mit denen er in Kontakt kam, zu erringen, ganz ohne ihnen nach dem Mund zu reden. Er war nicht nur bei den Frauen beliebt, dafür hätte sie jedes Verständnis dieser Welt aufgebracht, sondern gleichermaßen bei den Männern. Sogar zwischen ihm und Wolfgang, der, wie Else naiv voraussetzte, doch quasi sein natürlicher Feind war, entwickelte sich bald eine echte Freundschaft. Die Menschen mögen ihn nach dieser kurzen Zeit mehr als mich nach über dreißig Jahren, konstatierte sie nicht ohne einen Anflug von Neid. Aber dieser Schatten der Missgunst wurde rasch wieder von der Sonne des Glücks überstrahlt, die ihre Wärme und Leuchtkraft aus der Tatsache bezog, dass sie, Else Steigert, den Rest ihres Lebens an der Seite dieses Prachtexemplares von Mann verbringen würde.

Die Nacht war kühler geworden, und Else zog leicht fröstelnd die Strickjacke vor ihrer Brust zusammen. Sie leerte ihr Glas, froh darüber, dass sich endlich ein Gefühl der Müdigkeit bei ihr einzustellen begann. Das Eintauchen in die Vergangenheit hatte seinen Zweck nicht verfehlt. Die Gespenster der vergangenen Tage waren verblasst, und Else spürte, dass ihre alte Kraft zurückzukehren begann. Als sie wenige Minuten später wieder neben dem friedlich schlummernden Konrad lag, hinderte sie kein hinter Sträuchern lauernder Bandit am Einschlafen, und kein schwarzer Polo spukte durch ihre Träume. Lediglich eine Bemerkung Freds bescherte ihr eine etwas unruhige Nacht. Warum nur hatte sie Konrad nicht einfach gefragt, ob er gestern im Kloster eine Verabredung hatte?

VI

"Hast du eine Ahnung, wo meine blaue Sommerhose versteckt sein könnte? Du weißt schon, die mit dem breiten, weißen Gürtel."
In Konrads Stimme schwang ein leicht gereizter Unterton mit. Wie immer vor einer Premiere hatte sich seine Nervosität von Tag zu Tag gesteigert, und Else, obwohl mit diesem Phänomen vertraut, war dennoch froh, dass der große Moment nun kurz bevorstand.
"Hilft es dir weiter, wenn ich dir Edgar Allan Poes entwendeten Brief als Hinweis gebe?"
"Bitte Else, mir ist jetzt nicht nach Ratespielen zumute."
"Mein Gott, bist du heute langweilig. Der gewiefte Schurke wählt als Versteck immer einen Platz, der so offensichtlich ist, dass genau dort sich niemand die Mühe macht zu suchen. In deinem Fall: Sieh mal im Kleiderschrank bei den Hosen nach."
"Ach, und du glaubst also wirklich, das hätte ich nicht bereits getan. Wie soll ich heute Abend Hunderte von Fremden von meiner Brillanz überzeugen, wenn schon meine eigene Frau mich für hochgradig debil hält?" Er klang nun ernsthaft beleidigt.
"Wirf einen Blick unter das blaue Jackett, zu dem die Hose, wie ich sehr wohl weiß, eigentlich nicht gehört. Aber ich dachte mir, heute blau und morgen blau."
Wenige Augenblicke später drangen aus dem Schlafzimmer Rufe des Entzückens wie von einem Kind, das gerade sein Osternest gefunden hat.
"Apropos heute blau", Edith stand in der offenen Terrassentür und hatte offenbar das Ende des Dialogs mitgehört, "ich fahre heute Abend mit Hochstädter, wenn du willst, kannst du auch mitkommen und dein Auto zu Hause lassen."
"Nachtigall, ich hör dir trapsen", erklang Konrads Stimme vom oberen Treppenabsatz, "was für eine Wohltat, dass meine Schwester ihren Männerhass endlich überwunden zu haben scheint."
"Red keinen Blödsinn", giftete Edith zurück, "der Mann könnte mein Vater sein. Aber er hat Kultur. Manche Dinge vermisst man eben, wenn man aus einer Weltstadt in ein solches Kaff zieht. Tes-

tosteron gehört übrigens nicht dazu."

"Danke, dass du dich vor den Kindern so gewählt ausdrückst. Ich kann mich an deftigere Formulierungen aus deinem Mund erinnern", erwiderte Konrad, "ich muss nun leider los, meine Lieben. Bei Erich gibt es noch einiges für die Premierenfeier vorzubereiten, und wie ihr wisst, muss er all seine Schäfchen Stunden bevor es Ernst wird um sich versammeln. Wie ein Fußballtrainer, der kurz vor dem Anpfiff sämtliche wichtigen Spielzüge mit der Mannschaft durchgeht."

"Toi, toi, toi, ich bin sicher, du wirst großartig sein", gab ihm Else während einer innigen Umarmung mit auf den Weg. Wieder allein begann sie, sich Gedanken über ihre Abendgarderobe zu machen. Einerseits wollte sie sich nicht übertrieben herausputzen, andererseits erschienen ihr Jeans und Bluse dem Anlass nicht angemessen. Ihre Wahl fiel schließlich auf ein gelbes Leinenkleid, von dem sie wusste, dass es Konrad gut gefiel. Wie die Anprobe ergab, erwies sich ihre Sorge, sie habe im letzten Jahr ein paar Pfunde zuviel zugelegt, als unbegründet.

Da sich ein Monteur zur Reparatur der Spülmaschine angesagt hatte, wagte sie es nicht, das Haus für einen Spaziergang zu verlassen. Also setzte sie sich an den Schreibtisch und war bald darauf in ihre Arbeit versunken. Stunden später stellte sie durch einen Blick auf ihre Uhr verärgert fest, dass sie umsonst gewartet hatte. Schon die Zeitangabe: "irgendwann zwischen 12 und 16 Uhr" hatte sie als Zumutung empfunden, aber dass sie nun auch noch versetzt worden war, schlug dem Fass den Boden aus. Zornig hackte sie die Nummer der Oberurseler Firma in die Telefontastatur, lud ihre Empörung bei einem Anrufbeantworter ab, der sich davon völlig ungerührt zeigte, und als die Hupe von Dr. Hochstädters Mercedes vor dem Haus sie daran erinnerte, dass es Zeit war aufzubrechen, war ihre Wut längst verraucht.

Das Kurhaus Bad Camberg war fast bis auf den letzten Platz besetzt, und Else registrierte mit Genugtuung, während sie sich zu ihrem Sitz durchkämpfte, dass alles, was in Nonnensteg Rang und Namen hatte oder zu haben glaubte, anwesend war. Das Stück hieß "Strohwitwenverbrennung", der Autor war ein Engländer, von dem sie nie zuvor gehört hatte. Die Handlung bestand aus einer eigenartigen Mischung aus Wirtschaftskrimi und Beziehungsdrama mit der Quintessenz: Jeder betrügt jeden.

Es gab anspruchsvolle, nicht leicht zu verstehende Passagen, gespickt mit geistreichen Anspielungen, aber auch eine Reihe schlüpfriger Szenen, die von Situationskomik und derben Texten lebten. Else gewann den Eindruck, dass der Verfasser sich nicht so recht zwischen Avantgarde und Boulevard hatte entscheiden können. Konrad spielte einen Spediteur, der in einen groß angelegten Betrug um EU-Subventionen verwickelt war, gleichzeitig aber von seinen Hintermännern, seinen Fahrern und seiner Frau auf jeweils andere Art und Weise hintergangen wurde. Wie Else es vorausgesehen hatte, meisterte er seine Rolle großartig und wurde dafür am Ende mit lang anhaltendem Beifall belohnt. Er genoss die Begeisterung sichtlich und stachelte das Publikum durch überschwängliche Verbeugungen zu immer neuen Ovationen an.

Von der privaten Premierenfeier im Keller von Erichs Haus hatten viele, eingeladen oder nicht, Wind bekommen. Doch Erich war auf einen solchen Ansturm vorbereitet. Der Kühlschrank war bis in den letzten Winkel mit Flaschen vollgestopft, und die Kisten und Kästen, die sich hinter der Hausbar auftürmten, hätten auch einen hartgesottenen Zecher davon überzeugt, dass die Nachschublinie an diesem Abend nicht zum Problem werden würde. Eigens zu diesem Anlass waren lange Biertische aufgestellt worden, auf denen sich Vasen mit frisch gepflückten Blumensträußen, Kerzen und Schalen mit Oliven oder Salzgebäck abwechselten. In einer Ecke des Raumes wartete ein liebevoll zusammengestelltes Büfett auf hungrige Mäuler. Der Hausherr hatte sich unmittelbar nach dem Schlussapplaus aus dem Theater verabschiedet, und als nun die ersten Gäste in aufgekratzter Stimmung die Kellerstufen hinabpolterten, stand schon eine Batterie entkorkter Proseccoflaschen für den ersten Toast bereit. Erich Reeg war ein kräftig gebauter Mittfünfziger, dem man seine Jahre nicht ansah, es sei denn man ließ seinen vollkommen kahlen Schädel als Indiz für fortgeschrittenes Alter gelten. Hinter ihm lag ein abenteuerliches Leben, das Else nur in Bruchstücken bekannt war. Er hatte ein Taxi durch Moskau chauffiert, in einer Marseiller Hafenkneipe gekellnert und auf einer Missionsstation in Afrika den Eingeborenen Sprachunterricht erteilt. Wieviele der zahlreichen Anekdoten, die über ihn erzählt wurden, wahr waren, wieviele allein der Legendenbildung dienten, vermochte Else nicht abzuschätzen.

Tatsache war jedenfalls, dass er sich vor etwa sieben Jahren im

Taunus niedergelassen hatte. Nachdem zwei Versuche, mit jeweils sehr viel jüngeren Männern sein privates Glück zu finden, gescheitert waren, widmete er seine ganze Energie dem Aufbau einer Theatergruppe. Wie vieles in seinem Leben ging er auch dieses Projekt mit einer Besessenheit an, die seinen Mitstreitern Hochachtung und Bewunderung abnötigte, aber das Arbeiten mit ihm nicht immer zum Vergnügen machte. Konrad hingegen war bereits nach dem ersten Zusammentreffen von Erichs Qualitäten überzeugt. Dabei mochte eine Rolle gespielt haben, wie Else mutmaßte, dass Erichs Ensemble an keinem festen Spielort zu Hause war, sondern Proben seiner Kunst an Theatern in ganz Hessen darbot. Vielleicht erinnerte dies Konrad aufs Angenehmste an sein Zigeunerleben in England, das er so geliebt hatte.

Else, die Erich bei der Bewältigung des ersten Ansturms unter die Arme gegriffen hatte, hielt nun die Zeit für gekommen, ihrem Mann zu seinem großartigen Erfolg zu gratulieren. Als sie in dem nunmehr gut gefüllten Raum nach ihm Ausschau hielt, glaubte sie ihren Augen nicht zu trauen. Er lehnte, ein Glas Sekt in der Linken, lässig an der Tür, die zum Gartenaufgang führte, und war in ein intensives Gespräch mit Robert Neuhaus vertieft. Was hatte Robert hier zu suchen? Wie war es möglich, dass sie seine auffällige Erscheinung im Kurhaus übersehen hatte? Else empfand es bereits als Affront, dass jemand, der zu ihrem Uni-Leben gehörte, die Frechheit besaß, die Stadtgrenzen von Frankfurt zu überschreiten. Umso mehr brachte es sie aus der Fassung, dass ein Mann, der sie intimer kannte, als es ihr mittlerweile lieb war, hier so nonchalant mit ihrem Ehegatten plauderte. Sie winkte Robert, der gerade in ihre Richtung blickte, einen flüchtigen Gruß zu. Als er sich endlich in Richtung Büfett entfernte, hatte Else ihr Gleichgewicht wiedergefunden und ging mit einem strahlenden Lächeln auf Konrad zu.

"Ich wusste gar nicht, dass du Herrn Neuhaus kennst."

Konrad besaß die entnervende Angewohnheit, nicht explizit gestellte Fragen zu ignorieren: "Ein sehr scharfsinniger junger Bursche. Und mit einem exzellenten Geschmack, er wollte nämlich ein Autogramm von mir", prahlte er und fügte schmunzelnd hinzu, "ich bin mir allerdings nicht sicher, ob ihn deine Vorlesungen nicht doch mehr faszinieren als meine Vorstellungen."

Else war froh, dass er sie bei seinen letzten Worten in die Arme nahm und ihr einen Kuss auf den Mund drückte. Dieser kurze Moment genügte, um ihre Verlegenheit zu überspielen.

"Herzlichen Glückwunsch Konrad, ein toller Erfolg."

Damit entließ sie ihn in den Kreis seiner Kollegen und näherte sich Horst Wigand, der, von den Gesprächsgruppen abgesondert, alleine auf einer der Bänke Platz genommen hatte und dadurch etwas verloren wirkte. Else hegte schon lange keinen Groll mehr gegen ihn, auch wenn die Erzählung Barbaras an alte Wunden gerührt hatte. Was ihr hingegen, als sie ihn so zusammengekauert da sitzen sah, unbegreiflich schien, war, dass sie sich jemals in dieses unscheinbare Männchen hatte verlieben können.

"Hallo Else, sag mir wie du das aushältst. Vielleicht kann ich ja auf meine alten Tage noch etwas dazulernen", begrüßte er sie, und deutete mit einer Bewegung des Kopfes an, dass sich seine Bemerkung auf eine Szene in Elses Rücken bezog. Sie drehte sich um und sah wie Claudia Dickler, die weibliche Hauptdarstellerin, einen Arm um Konrads Schulter gelegt hatte und ihm mit übermütigem Lachen zuprostete.

"Ich begreife nicht, wovon du sprichst", entgegnete sie verständnislos.

"Na das blonde Gift und dein Konrad. Die beiden haben es doch schon vorhin auf der Bühne vor allen Leuten miteinander getrieben."

"Schade Horst, dass es dir niemand richtig erklärt hat. Die beiden sind Schauspieler. Das bedeutet, sie tun nur so als ob."

"Ich sehe, du hast deinen Sarkasmus nicht verlernt", seine Stimme klang verächtlich, "und wenn sie sich auch noch ein Schild mit der Aufschrift 'praktizierende Lesbierin' um den Hals hängen würde, würde mich das an deiner Stelle nicht kalt lassen. So sehr kann sich auch eine Schauspielerin nicht verstellen."

"Doch, doch, das geht. Sieh dich an, nur weil du einen schicken Anzug trägst, sprichst du von 'miteinander treiben'. Dabei hat mir deine Frau gebeichtet, dass 'ficken' viel eher Deinem Wortschatz entspricht."

Blanker Hass loderte in seinen Augen auf. Else kannte diesen Blick. Da sie keine Lust hatte, den Streit eskalieren zu lassen, drehte sie sich, bevor er etwas erwidern konnte, auf dem Absatz um und ging davon. Sie steuerte den Nachbartisch an, der nicht nur optisch von einer grauhaarigen Frau in eleganter Garderobe dominiert wurde. Sie hieß Renate Wild, war Schriftstellerin, eine lokale Berühmtheit und darüber hinaus trotz des Altersunterschiedes Elses beste Freundin. Ihr Gegenüber war gerade dabei einer staunenden Zuhörerschaft zu erklären, welche Textpassagen bei der Aufführung fehlerhaft waren und wieviele Einsätze trotz intensiven Probens vermasselt wurden.

"Mach dir darüber keine Gedanken, Erich", beruhigte ihn Else, während sie sich neben ihn auf die Bank fallen ließ, "niemand im Publikum hat auch nur das Geringste von diesen Pannen bemerkt."

"Da wir gerade bei Pannen sind", meldete sich Renate mit sonorer Stimme zu Wort, "der Titel des Stücks ist ja wohl ein Flop. Oder bin ich als Einzige zu beschränkt, um ihn zu verstehen?"

"Nicht nur der Titel", fühlte sich nun auch Barbara Wigand zu Kritik ermutigt, "die Sprache war insgesamt ein wenig abgehoben. Ich weiß nicht, wieviele Leute aus unserem Dorf etwas mit dem Wort 'olfaktorisch' anfangen konnten."

"Da unterschätz mal die Nonnensteger nicht", gab Renate zu bedenken, "es kommt schon sehr auf das Fremdwort an. Den gleichen Leuten, die 'Solidarität' nicht aussprechen können, ohne sich die Zunge zu verknoten, geht ein Begriff wie 'Metastasen' fließend über die Lippen, wenn sie morgens beim Bäcker über den Nebenrindentumor der Nachbarin tratschen."

"Ich gebe zu, der Text ist nicht ohne Schwachpunkte", räumte Erich ein, "was halten Sie denn davon, selbst mal ein Stück für unser Theater zu verfassen, Frau Wild?"

"Oh untertänigsten Dank! Ich fühle mich geehrt, dass der große Regisseur von meinem bescheidenen Talent Notiz nimmt. Aber zur Zeit bin ich mit meiner Arbeit nicht nur ausgelastet, sondern auch zufrieden."

"Sie sind Schriftstellerin?" mischte sich nun ein Herr mit braunem Sakko und Lederkrawatte in die Unterhaltung ein. Else kannte ihn nicht, hatte aber beobachtet, dass er von Konrad mit einer Umarmung begrüßt worden war. Obwohl er etwa in ihrem Alter war, hatte er das unreife Gesicht eines Kindes.

"Ich habe noch nie in meinem Leben neben einer richtigen Schriftstellerin gesessen. Sagen Sie mir, was ist der Grund, aus dem sie schreiben?"

Renate zog eine Augenbraue nach oben und warf ein Ende ihres bunten Seidenschals schwungvoll über die linke Schulter: "Entschuldigen Sie meine Direktheit, aber Ihre Frage erscheint mir ein bisschen einfältig. Oder fragen Sie auch Ihren Friseur, warum er Haare schneidet?"

"Aber das lässt sich doch unmöglich vergleichen, Sie sind Künstlerin. Ihre Bücher werden von Tausenden von Leuten gelesen. Da können Sie mir doch nicht erzählen, Ihre Motivation wäre die gleiche wie die eines Gebrauchtwarenhändlers."

Renate wiegte bedächtig ihren Kopf von einer Seite zur anderen, bevor sie reagierte: "Ja und nein, viele Kollegen beantworten Ihre Frage tatsächlich dahingehend, dass sie außer Schreiben nichts Ordentliches gelernt haben, aber irgendwie ihr Brot verdienen müssen; andere würden Ihnen eine Geschichte von einem weißen Blatt Papier erzählen, das sie wochenlang mit wachsender Frustration angestarrt haben, bevor plötzlich etwas in ihnen, das durch den Willen nicht zu steuern ist, zu schreiben beginnt. Und das sie in dieser kreativen Phase sofort tot umfallen würden, wenn sie ihre Arbeit unterbrächen."

"Und Sie, zu welcher Gruppe gehören Sie?"

"Ich vermag keine dieser Versionen zu glauben, beide sind mir zu kokett. Immerhin gibt es einen Schriftsteller, dessen Äußerungen zu diesem Thema ich für wahrhaftig halte, aber der ist schon fast zweihundert Jahre tot."

Als alle Augenpaare erwartungsvoll auf sie gerichtet waren, fuhr sie fort: "Restif de la Bretonne ging als junger Bursche oft an der Seine spazieren, wobei er eine gewisse Technik entwickelte, seine Hoden am Ufergeländer zu reiben. Dieses Lustgefühl versuchte er später als Erwachsener wiederzuerwecken, und nur durch das Schreiben ist ihm dies gelungen. Voilà, über zweihundert Bücher sind eine Empfehlung für diese Art der Motivation. Was nun mich angeht ..."

"Else, was ist mit dir, bist du verletzt?" Else schrak zusammen, als sie so unvermittelt angesprochen wurde. Sie fuhr sich, Renates Blickrichtung folgend, mit beiden Händen ins Gesicht. Blut lief ihr über die Finger.

"Kein Grund zur Panik, Nasenbluten."

"Kopf nach hinten". Erich sprang auf und drückte ihr kurz darauf eine Küchenrolle in die Hand. Wenig später legte er ihr einige mit einem Handtuch umwickelte Eiswürfel in den Nacken.

"Erschrick nicht, es ist kalt, doch es wird dir helfen. Du weißt ja, wo oben das Badezimmer ist, falls du dein Kleid auswaschen willst."

"Danke Erich, aber der Aufwand würde sich nicht lohnen. Bis die Bluterei aufhört, sind die Flecken längst angetrocknet. Für den Rest des Abends gebe ich eben Lady Macbeth."

Zehn Minuten später warf sie ein Bündel blutgetränkter Tücher in den Abfall und wusch sich auf der Toilette die Blutspuren aus dem Gesicht. Es war Zeit, nach Robert Ausschau zu halten. Auch wenn sie über sein Erscheinen hier alles andere als erbaut war, hatte sie nicht die Absicht, ihn völlig zu ignorieren. Sie entdeckte ihn neben Edith und Dr. Hochstädter sitzend. An diesem Tisch war eine heftige Debatte zwischen Wolfgang Trapp und Schulze-Wegmann im Gange. Wolfgangs Brille war bis auf die Nasenspitze vorgerutscht und drohte abzustürzen, seine Sommersprossen glühten: "Sie reden wie immer völlig am Problem vorbei. Wir stecken mitten in einer Rezession und bräuchten staatliche Investitionen auf allen Ebenen. Stattdessen ereifern Sie sich über eine mögliche Verletzung der Maastricht-Kriterien und zerbrechen sich den Kopf darüber, ob die Renten im Jahr 2050 noch sicher sein werden."

Auch sein Kontrahent schien sichtlich erregt. Um mehr Luft zu bekommen, hatte er den Krawattenknoten gelockert. Seine Halsschlagader war bedrohlich angeschwollen: "Mehr Staat ist natürlich wieder alles was Ihnen einfällt, dabei ist genau das Gegenteil richtig. Wenn der Staat den Menschen mehr Geld in den Taschen lassen würde, wären wir schon einen großen Schritt weiter. Dann müssen die Lohnnebenkosten sinken, damit unser Land wieder wettbewerbsfähig wird, und dass die Altersvorsorge mit dem Umlageverfahren nicht mehr zu finanzieren ist, weiß jedes Kind."

Er hatte jeder seiner Aussagen mit einem kräftigen Faustschlag auf den Tisch Nachdruck verliehen und wurde auch optisch durch heftiges Kopfnicken seiner neben ihm sitzenden Gattin unterstützt. Wolfgang hingegen winkte geringschätzig ab: "Diesen Unsinn können Sie Sabine Christiansen erzählen, aber nicht mir. Die Lügen, die die Leute im Fernsehen von sich geben, nachzuplappern, ersetzt nicht das Denken. Bei den Lohnnebenkosten kenne ich mich ein bisschen aus. Die sind, wenn wir über Produktionsausweitung nachdenken, einer von zwanzig Faktoren, nicht mehr und nicht weniger. Was die angebliche Untauglichkeit des Umlageverfahren angeht, sollten Sie einmal durchrechnen, wie viel mehr alleine an Verwaltungskosten die von Ihnen propagierten Alternativen verschlingen würden. Und zu Ihrem 'mehr Eigenvorsorge, weniger Staat' befragen Sie mal die Telekom-Aktionäre, die Ihnen gutgläubig in die Falle gegangen sind."

"Jetzt werden Sie aber billig", empörte sich der Abgeordnete, "bei all Ihren Vorwürfen sollten Sie nicht vergessen, dass meine Partei zur Zeit nicht an der Regierung ist ..."

"An dieser Stelle wäre ein Wowereit-Zitat passend", warf Wolfgang hämisch dazwischen, was Schulze-Wegmann sichtlich aus dem Konzept brachte. Um Zeit zu gewinnen, beging er einen gravierenden Fehler: "Wenn Sie mir nicht glauben wollen, fragen Sie doch einen unserer jungen Mitbürger, was er davon hält, dass wir, wenn es nach Ihnen ginge, weiterhin auf Kosten seiner Generation leben würden." Dabei zeigte er mit dem Finger auf Robert Neuhaus.

Der ließ sich diese Aufforderung nicht entgehen. Er strich sich die Locken aus dem Gesicht, nahm einen tiefen Zug aus seinem Bierglas und begann dann mit arroganter Stimme zu dozieren: "Ich lausche Ihren Ausführungen nun seit einer knappen Stunde, meine Herren, und ziehe frei nach Karl Kraus folgendes Resümee: Fast alles was Sie sagen ist so falsch, dass noch nicht einmal das Gegenteil davon richtig ist. Bei Ihrer Analyse der Situation fehlt vollständig das entscheidende Faktum, die deutsche Wiedervereinigung. Diese kostet uns jährlich 75 Milliarden Transferleistungen. Schlagen Sie diese Summe dem Bundeshaushalt zu, und Ihr Gerede über Reformstau und notwendigen Umbau der sozialen Sicherungssysteme entpuppt sich als das, was es ist: heiße Luft. Des Weiteren entsetzt es mich, dass Sie alles und jedes unter dem Gesichtspunkt 'mehr oder weniger Arbeitsplätze' beurteilen. Über diesem Totschlagargument scheinen Ihnen sämtliche vernünftigen und moralischen Kategorien abhanden gekommen zu sein. Stellen Sie sich vor: 1945, die Amerikaner marschieren ein, um die Konzentrationslager zu befreien. Da fällt Ihnen Herr Schulze-Wegmann in den Arm mit dem Einwand, das würde die Arbeitsplätze der Wärter gefährden."

Der FDP-Politiker war dunkelrot angelaufen und musste sichtlich an sich halten, dem jungen Mitbürger nicht an die Gurgel zu springen: "Was Sie da von sich geben ist maßlos und unverschämt, und Ihren KZ-Vergleich finde ich geschmacklos", stieß er hervor, doch Robert Neuhaus ließ sich nicht beirren:

"Mit diesem Einwand habe ich gerechnet, da ich während Ihrer Debatte mehrfach feststellen durfte, dass Ihnen bereits einfache logische Verknüpfungen Schwierigkeiten bereiten. Geschmacklos kann bestenfalls sein, Handlungen oder Personen der NS-Zeit mit heutigen zu vergleichen. Ereignisse dieser Epoche zur Verdeutlichung einer These heranzuziehen, ist hingegen völlig legitim, nichts anderes habe ich mit meinem Beispiel getan. Im Übrigen befinde ich mich mit dieser Wahl auf der Höhe der Zeit. Wie ich heute den Gazetten entnommen habe, denken Leute, die Ihnen geistig gewiss näherstehen als mir, bereits wieder über Euthanasie nach."

Schulze-Wegmann japste nach Luft, zum ersten Mal an diesem Abend gefror das stereotype Dauerlächeln auf dem Gesicht seiner Frau, Wolfgang Trapp konnte ein schadenfrohes Grinsen nicht unterdrücken.

"Was die von Ihnen erwähnten Telekom-Aktionäre angeht", wandte sich Robert nun an ihn, "ich habe 1998 Aktien dieser Firma für einen ansehnlichen Betrag gekauft und sie im Jahr 2000 für das Sechsfache wieder abgestoßen. Von dem Erlös kann ich seitdem bequem mein Studium finanzieren. Wer das Papier gehalten hat, weil ihm aus Geldgier oder Dummheit 500% Gewinn in 2 Jahren nicht genug waren, hat mein Mitgefühl nicht."

Robert erhob sich. "Es ist spät geworden. Meine Herrschaften, ich darf mich empfehlen. Bitte verzeihen Sie mir meine Offenheit. Wenn Sie an Ihre eigene Jugend zurückdenken, immer vorausgesetzt, Sie sind jemals jung gewesen, werden Sie mir meine Worte hoffentlich nachsehen." Er deutete eine leichte Verbeugung an und verließ den Kellerraum.

"Was war denn das für ein Monster", platzte es aus Wolfgang heraus. Da ihr Weinglas leer war, hatte Else eine Ausrede, um sich vor der Antwort zu drücken. Sie ging zur Theke und schenkte sich nach, als plötzlich das Kindergesicht neben ihr auftauchte.

"Sind Sie der Vampir persönlich oder nur eines seiner Opfer?"

Er hatte sichtlich mehr getrunken, als ihm gut tat, und nutzte die Blutflecken auf Elses Kleid als Vorwand, um ihr schamlos in den Ausschnitt zu starren.

"Bevor Sie das herauszufinden versuchen, sollten Sie eine Portion Tsatsiki zu sich nehmen. Im ungünstigen Fall wird Ihnen Ihre Alkoholfahne nämlich wenig helfen."

"Gestatten Göckel, Klaus Göckel ist mein Name, und Sie sind die Frau von Konrad." Er legte einen Arm um ihre Hüfte.

"Schön für Sie, auf einen so wundervollen Namen zu hören. Schön für mich wäre es hingegen, wenn Sie Ihre Hände bei sich behalten würden."

Mit einem gekränkten Augenaufschlag ließ er sie los. "Seien Sie doch nicht so streng zu mir, diese Streitaxt im Abendkleid", er wies auf Renate Wild, "hat mich schon genug malträtiert."

"Sie kennen Konrad?" versuchte Else ein vernünftiges Gespräch einzuleiten.

"Kennen, kennen, wir sind zusammen aufgewachsen", lamentierte er, "Mann, Mann, Mann, wer hätte geglaubt, dass der Conny mal so 'ne große Nummer wird. Ich bin in Frankfurt auf Fortbildung, habe nur durch Zufall seinen Namen in der Zeitung gelesen und mir gesagt, das musst du dir ansehen, und es hat sich rentiert."

"Ja, er ist ein ausgezeichneter Schauspieler", pflichtete Else ihm bei, "wenn Sie, wie Sie sagen, mit ihm aufgewachsen sind, kannten Sie doch sicher auch seine Eltern. Was die wohl heute zu seinem Erfolg sagen würden."

"Würden, würden. Mann, Mann, Mann, Sie sind ja noch besoffener als ich", er lachte ob dieser Erkenntnis vergnügt in sich hinein, entschloss sich dann aber doch noch, seinen Satz zu Ende zu bringen, "ich werde dem alten Müller am Montag berichten, was ich hier gesehen habe, und ich wette hundert zu eins, er wird stolz wie ein Pfau auf seinen Sohn sein."

VII

Die Gespenster, die Else vor wenigen Tagen für immer vertrieben zu haben glaubte, waren zurückgekehrt. Bisher war sie fest davon überzeugt gewesen, dass Konrad sie noch nie belogen hatte. War es möglich, dass er ihr in einer so wichtigen Angelegenheit die Unwahrheit auftischte? Nach einer unruhigen Nacht entschloss sich Else, den Stier am Frühstückstisch bei den Hörnern zu packen: "Nimmt dein aufdringlicher Freund Klaus an spiritistischen Sitzungen teil? Er wollte mir doch tatsächlich weiß machen, er würde morgen mit deinem Vater reden."

Konrad winkte lachend ab: "Der Bursche war stockbesoffen und wusste nicht mehr, was er sagt. Wir sind zusammen zur Schule gegangen, danach haben wir uns aus den Augen verloren. Damals war er hinter jedem Rock her, und, wenn ich deine Umschreibung richtig interpretiere, hat sich daran bis heute nicht viel geändert."

Seine Stimme klang sorglos, aber Else kannte ihren Mann gut genug, um zu spüren, dass ihm das Thema unangenehm war. Und so betrunken, dass er baren Unsinn reden würde, war ihr Klaus Göckel nicht vorgekommen.

Am Nachmittag wollte Konrad, wie es nach einer Premiere zwischen ihnen Tradition war, alle Szenen durchsprechen. Er legte großen Wert auf ihr Urteil, das ihm Hinweise gab, an welchen Stellen er sein Spiel noch verbessern konnte. Aber an diesem Sonntag war Else keine konzentrierte Gesprächspartnerin, da ihre Gedanken immer wieder zu dem Geschehen in Erichs Keller abschweiften. Schließlich gab er enttäuscht auf: "Es hat keinen Sinn, Else, du bist heute nicht bei der Sache. Lass uns an einem anderen Tag weitermachen."

In der Tat war Else froh, als das Wochenende vorbei war. Arbeit erschien ihr das beste Mittel, um ihren fruchtlosen Grübeleien ein Ende zu setzen. Am Montagmorgen überraschten Edith und Konrad sie durch das Angebot, mit ihnen Pilze zu suchen.

"Pilze? Ich dachte immer, die sammelt man im Herbst."

"Für ein Landei bist du ganz schön ahnungslos", wies Edith sie zurecht, "der Mai ist der beste Morchelmonat. Dr. Hochstädter hat uns den Weg zu einem Kiefernwäldchen beschrieben, wo es von den Biestern nur so wimmeln soll. Überbackene Makkaroni mit Morcheln und Tomaten ist eines meiner Lieblingsrezepte."

"Dann Waidmannsheil! Auf meine Hilfe müsst ihr verzichten, da ich einen Termin in der Firma habe. Fürs Essen könnt ihr aber fest mit meiner Unterstützung rechnen."

Kaum war die Tür hinter den beiden ins Schloss gefallen, als das Telefon klingelte. Else hob ab und nannte ihren Namen. Am anderen Ende meldete sich eine Männerstimme in breitem hessischen Dialekt: "Sinn Sie dess mit dem Anrufbeantwodder?"

"Mit wem spreche ich bitte?"

"Hawermehl, Owerursel, Sie hawwe uns auf unserm Anrufbeantwodder übelst beschimpft."

"Ah, jetzt weiß ich, worum es geht. Sie haben mich am Samstag übelst versetzt."

"Nedd Samsdaach, Mittwoch war verabred. Da hawwe Sie enn Fehler gemacht."

"Hören Sie, Mittwoch und Samstag kann man nun wirklich nicht verwechseln."

"In unnserm Aufdrachsbuch steht Middwoch, weil samsdaachs schaffe mir doch gar nedd. Dess war Ihne Ihrn Fehler."

"Wie auch immer, lassen Sie uns einen Ersatztermin finden."

"Sie gewwes also zu."

"Nichts gebe ich zu, aber es ist doch vollkommen sinnlos, darüber zu streiten, wer von uns beiden sich geirrt hat."

Es entstand eine Pause. Als Else bereits befürchtete, die Verbindung sei unterbrochen worden, meldete sich ihr Gesprächspartner wieder zu Wort:

"Sie meinne wohl, weil Sie e Frau Dogder sinn, könnde se uns kleine Leud schigganiern."

"Das würde mir im Traum nicht einfallen. Mittwoch passt mir, aber kommen Sie bitte am Vormittag."

"Ich selbsd komm da nedd, dess machd unnsern Hassan."

"Also Mittwoch."

"Iss noddiert, awwer es war Ihne Ihrn Fehler."

"Danke, auf Wiederhören."

Entnervt legte Else auf. Herr Krug, einer ihrer Geschäftsführer, hatte sie um eine vertrauliche Besprechung gebeten, und es war allmählich Zeit, sich auf den Weg zu machen. Sie wusste den ungewöhnlich Luxus zu schätzen, heute zwischen zwei Autos wählen zu können, und entschied sich für den Renault. Wenige Minuten später bog sie mit ihm auf den Hof der Steigertschen Fabrik ein und fand vor der Altpapierhalle einen schattigen Parkplatz. Sie passierte die Maschinenhalle, winkte einem Arbeiter beim Vorbeigehen einen Gruß zu und betrat das Verwaltungsgebäude. In einer Ecke des Foyers wurde Besuchern die Gelegenheit geboten, sich über die Firmengeschichte zu informieren. 1911 hatte Elses Urgroßvater, Franz Steigert, die Jacquard Weberei gekauft, um sie in eine Papierfabrik umzuwandeln. Ein Lochkarten-Webstuhl erinnerte an die frühere Nutzung des Gebäudes. Neben diesem war ein Foto der ersten Papiermaschine zu sehen, und die schwere Zeit des 1. Weltkrieges mit Ausfuhrverboten und Kohlerationierung war ebenso beschrieben wie der mühevolle Aufschwung in den 20er-Jahren.

Über das darauf folgende Jahrzehnt wurde mit dem lapidaren Kommentar "1933-1945 NS-Diktatur" hinweggegangen, aber aus der Nachkriegszeit war dokumentiert, wie der Sohn des Firmengründers geschickt eine Gruppe von Grundstücken in Nonnensteg zusammengekauft hatte, um darauf Wohnhäuser für seine Arbeiter und Angestellten zu errichten. Von den Mieteinnahmen dieser Steigert-Siedlung hätte Else auch heute noch bequem ihren Lebensunterhalt bestreiten können. Über all dem thronten drei Generationen Steigert in Öl porträtiert und am Ende der Reihe eine schlicht gerahmte Fotografie Elses, die sich strikt geweigert hatte, einen vierten solchen Schinken mit ihrem Konterfei anfertigen zu lassen.

Als Else die Treppe nach oben gestiegen war, kam ihr Wolfgang, der sie kommen gesehen haben musste, entgegen.

"Morgen Else, kannst du bitte nachher, bevor du wieder gehst, mal bei mir reinschauen. Im Moment stecke ich mitten in einem Interview."

Sie versprach ihm, daran zu denken, und schloss die Tür zu ihrem Büro auf. Lange brauchte sie nicht zu warten. Krug war, wie sie es von ihm erwartet hatte, auf die Minute pünktlich. Was sein Äußeres anging, wirkt er mit dem korrekt gescheitelten Haar und dem unscheinbaren grauen Anzug auf Else nicht zum ersten Mal wie die Karrikatur des perfekten Buchhalters. Aber sie hatte in den vergangenen Jahren seinen Sachverstand in Finanzierungsfragen schätzen gelernt und konnte sich gut daran erinnern, dass ihr Vater ihn oft als seinen loyalsten Angestellten bezeichnet hatte.

"Die Angelegenheit ist heikel", begann er, nachdem er auf dem ihm von Else angebotenen Sessel Platz genommen hatte, "es ist mir sehr wichtig, dass das, was ich Ihnen sagen möchte, unter uns bleibt." Dabei warf er einen unbehaglichen Blick zu dem offenstehenden Fenster, sein rechtes Auge begann nervös zu zucken.

"Mein Gott, Herr Krug, wir sind doch hier nicht beim CIA. Aber wenn es sie beruhigt."

Nachdem Else seiner unausgesprochenen Bitte nachgekommen war, sprudelte es aus ihm heraus: "Fragen Sie mich nicht, woher ich meine Informationen habe. Ich kann es nicht preisgeben, weil es einen guten Freund den Job kosten könnte. Es geht um Herrn Trapp. Er hat vor etwa sechs Monaten bei unserer Hausbank einen privaten Kredit aufgenommen, eine sechsstellige Summe."

Bei den letzten Worten weiteten sich seine Augen vielsagend, und seine linke Hand schoss mit nach oben gestrecktem Zeigefinger vorwärts. Else begriff nicht, worauf er hinaus wollte: "Wenn ich Sie richtig verstanden habe, handelt es sich um eine Privatsache, also nichts, was uns beide etwas angeht."

"Warten Sie ab, warten Sie ab", der Zeigefinger begann nach links und rechts zu pendeln, "er hat gegenüber der Bank angegeben, das Geld für einen Anbau an seinem Haus und die Erweiterung des Dachgeschosses zu benötigen. Herr Trapp und ich sind Nachbarn", seine Stimme bekam einen triumphierenden Unterton, "und er hat im letzten halben Jahr keine baulichen Veränderungen vorgenommen und plant ganz offensichtlich auch keine solchen."

Else hatte Mühe sich vorzustellen, wodurch die Planungen eines Menschen für einen anderen offensichtlich sein könnten, beschloss jedoch, auf diesen Aspekt nicht näher einzugehen:

"Dann wird er das Geld für etwas Anderes benötigt haben."

"Eine solche Summe, niemals!" Er schüttelte heftig den Kopf. "Lassen Sie sich von einem Mann mit Lebenserfahrung sagen, dass in einem solchen Fall nur drei Möglichkeiten in Frage kommen: Frauen", bei der Erwähnung dieser pikanten Alternative überzog eine leichte Röte das Antlitz des Geschäftsführers, "Rauschgift oder Glücksspiel. Sie kennen Herrn Trapp gut genug, um selbst zu beurteilen, was in seinem Fall das Wahrscheinlichste ist. Es liegt mir fern, ihm irgendetwas zu unterstellen, aber in Anbetracht der Position, die er in unserer Firma einnimmt, hielt ich es für meine Pflicht, Sie hiervon in Kenntnis zu setzen."

Else dankte ihrem Besucher für seinen uneigennützigen Einsatz und versprach ihm, in Zukunft ein wachsames Auge auf Herrn Trapp zu werfen. Als sich die Tür hinter ihm geschlossen hatte, atmete sie tief durch. War das ein Wink des Schicksals, um ihr vor Augen zu führen, wohin Verfolgungswahn führen kann, oder steckte Wolfgang tatsächlich in Schwierigkeiten? Ohne eine Antwort auf diese Frage gefunden zu haben, widmete Sie sich den Papieren auf ihrem Schreibtisch. Nachdem sie diese durchgelesen und sich einige Notizen zu ihr unklaren Sachverhalten gemacht hatte, erinnerte Sie sich an das Versprechen, das sie Wolfgang gegeben hatte. Sie fand ihn in seinem Büro über ein Blatt mit langen Zahlenkolonnen gebeugt.

"Was liegt an?"

"Es geht um die freie Ingenieurstelle, die wir neu besetzen wollen. Es gibt jede Menge vielversprechende Bewerber, die sich nächste Woche vorstellen werden. Dummerweise habe ich genau dann ein paar Tage Urlaub. Könntest du das übernehmen. Reschke wird Ihnen fachlich auf den Zahn fühlen, aber deine Menschenkenntnis wäre mir wichtig."

Else, die sich nicht daran erinnern konnte, das Wolfgang überhaupt jemals Urlaub genommen hatte, sagte sofort zu:

"Gern, wenn es nicht mit meinen Terminen an der Uni kollidiert."

"Nein, dafür habe ich schon gesorgt", grinste Wolfgang.

"Hast du vorhin tatsächlich ein Interview gegeben?"

"Aber ja, der Taunus-Rundblick hat neuerdings eine Rubrik 'mittelständische Unternehmen in unserer Region' und diese Woche waren wir an der Reihe."

"Na, hoffentlich hast du nicht zu viel über unsere Sorgen gejammert. Es gibt bereits genügend Menschen, die Angst haben, ihren Arbeitsplatz zu verlieren."

Else nutzte ihre Anwesenheit in der Fabrik, um mit möglichst vielen ihrer Angestellten zu reden. Sie begann im Sekretariat bei Frau Breisig, die den Rauswurf Dr. Liebigs mittlerweile verschmerzt hatte und Else, was den Firmenklatsch anging, mit Vergnügen auf den neuesten Stand brachte. Danach folgte ein Rundgang durch die Produktionshallen, und erst am späten Nachmittag spürte sie, dass ihre Aufnahmekapazität erschöpft war. Sie fuhr nach Hause, und als sie sah, dass der Audi nicht mehr in der Einfahrt stand, fiel ihr ein, dass Konrad zu einer Vorbesprechung unterwegs war. Das Ensemble der Kameliendame, in der er den Armand Duval spielen sollte, traf sich heute zum ersten Mal. Edith saß mit einem Messer in der Hand auf der Terrasse, und ein Blick in den Korb, der vor ihr auf dem Tisch stand, überzeugte Else davon, dass der Tipp des Arztes sein Geld wert gewesen war. Nachdem sie einige Minuten über Belangloses geplaudert hatten, erinnerte sich Else an das merkwürdige Gespräch des Vormittags:

"Sag mir, Edith, wozu könnte ein Mann, der alles hat, was er zum Leben braucht, eine sechsstellige Geldsumme benötigen?"

"Da fragst du die Falsche, ich bin Fachfrau für siebenstellige Summen", bellte diese zurück, "dabei wäre es mir egal gewesen, dass ich dieses Arschloch all die Jahre durchgefüttert habe. Wenn er wenigstens eine vernünftige Wohnung gekauft hätte. Stattdessen mussten wir in einem Dreckloch hausen, das er großkotzig sein Atelier genannt hat. Dass ich nicht lache."

Zu spät bemerkte Else, dass sie mit beiden Füßen im Fettnapf gelandet war:

"Es tut mir leid, an deine Geschichte habe ich jetzt überhaupt nicht gedacht. Entschuldige bitte."

Aber die Angesprochene schien ihre Worte des Bedauerns nicht zu hören. Das Blut war aus ihrem Gesicht gewichen, ihre Lippen murmelten kaum hörbar: "Das gibts doch nicht. Das kann nicht sein."

"Was ist mit dir, Edith, fühlst du dich nicht wohl?"

"Sieh dir das an", mit diesen Worten streckte sie Else den Pilz, den sie gerade aus dem Korb genommen hatte, entgegen, "eine Frühjahrslorchel, Gyromitra Esculenta, kann von Laien, aber nur von Laien, mit einer Speisemorchel verwechselt werden und ist hochgiftig. Kannst du mir verraten, wie das Ding in meinen Korb kommt?"

"Irren ist menschlich. Reg dich nicht auf, sei doch froh, dass du es noch rechtzeitig entdeckt hast."

Aber Edith war nicht zu beruhigen:

"Irren! Ich höre wohl nicht richtig. du traust mir doch nicht im Ernst eine Nachlässigkeit zu, die uns alle das Leben hätte kosten können? Ich habe bereits Pilze gesammelt, als du noch in den Windeln gelegen hast."

"Ich habe das in keiner Weise als Vorwurf gegen dich gemeint. Vielleicht ist ja Konrad nicht der große Pilzkenner. Oder hast du ihn damals immer mit dem Kinderwagen mit in den Wald geschoben?"

"Ach Konrad, der hat von Pilzen weniger Ahnung als eine Kuh vom Klavierspielen. Deswegen hatte er heute Morgen die strikte Anweisung, mir alles, was er gepflückt hat, zur Begutachtung vorzulegen. Daran hat er sich auch gehalten."

"Habt ihr den Korb für einen Moment aus den Augen gelassen? Waren verdächtige Spaziergänger unterwegs? Gerade in Kiefernwäldern soll sich seit Wochen der unheimliche Nonnensteger Pilzmörder herumtreiben", versuchte Else die Sache ins Lächerliche zu ziehen, aber Edith war nicht zum Scherzen zumute.

"Der Korb war tatsächlich eine halbe Stunde unbeaufsichtigt, aber da stand er schon hier auf der Terrasse", bemerkte sie nachdenklich, "irgendetwas stimmt hier nicht."

Else konnte die ganze Aufregung nicht recht nachvollziehen. Der Glaube an die Infalibilität des Papstes war ihr schon als Kind lächerlich erschienen, warum sollte sie als Erwachsene ihrer Schwägerin den Rang einer unfehlbaren Pilzesammlerin zugestehen. Typisch für Edith, dass sie einen Fehler nicht einfach zugab, sondern ein solches Theater veranstaltete.

Else hatte den Vorfall fast vergessen, als etwa eine Stunde danach ihr Handy klingelte. Es war Konrad: "Hallo Schatz, die Meinungen, wie man Dumas im Freien inszenieren sollte, gehen hier ganz schön auseinander. Das bedeutet, die Geschichte wird sich noch eine ganze Weile hinziehen. Bitte wartet nicht mit dem Abendessen auf mich."

Als Else das Gerät ausschaltete, spürte sie zum ersten Mal in ihrem Leben, wie die Angst vor einer tödlichen Gefahr in ihr hochkroch.

VIII

Immer mehr spürte Else, dass sie der Situation alleine nicht mehr gewachsen war. Sie musste mit einem Menschen über ihren ungeheuerlichen Verdacht sprechen, aber mit wem? Dem beißenden Spott Ediths wollte sie sich kein zweites Mal aussetzen. Auch Wolfgang kam dafür nicht in Frage; es wäre beiden Männern gegenüber nicht fair, wenn sie sich beim ersten ernsthaften Problem mit Konrad ausgerechnet an seinen Vorgänger wenden würde. Und Fred? Ihm hatte sie früher bedingungslos vertraut, aber das war viele Jahre her und, was schwerer wog, er kannte Konrad überhaupt nicht. Endlich kam ihr der rettende Einfall: Natürlich Renate Wild! Warum war sie nicht sofort darauf gekommen? Nachdem sie die Freundin angerufen und sich mit ihr für Freitag zum Frühstück verabredet hatte, fühlte sie sich augenblicklich erleichtert.

Am gestrigen Abend hatte Else kurz mit dem Gedanken gespielt, Konrad reinen Wein einzuschenken, diesen dann aber rasch wieder verworfen. Wie auch immer ein solches Gespräch ausgegangen wäre, es hätte die Axt an die Wurzeln ihres gemeinsamen Glückes gelegt und dieses über kurz oder lang zerstört. Sie war fest davon überzeugt, dass das große klärende Gespräch, das reinigende Gewitter, bei dem man sich alles verbal um die Ohren haut, um sich dann nach angemessener Frist wieder versöhnt in die Arme zu sinken, zu den armseligsten Lebenslügen vieler Paare gehört. Denn was folgt, ist meist kein echter Neuanfang, sondern mühsam kaschierte Resignation. Was für eine naive Vorstellung, zu glauben, durch eine Entschuldigung ließe sich Gesagtes ungeschehen machen. Die Folgen unüberlegter Handlungen kann man in vielen Fällen beheben, ohne dass ein Schaden zurückbleibt. Worte hingegen schlagen Wunden, die, nur oberflächlich vernarbt, ein Leben lang immer wieder aufbrechen und heftig zu bluten beginnen. Horst Wigands Ohrfeige hatte eine ohnehin zerrüttete Beziehung im wahrsten Sinne des Wortes schlagartig beendet, ein traumatisches Erlebnis war es für Else nicht. Hingegen gab es Sätze aus frühen Kindertagen, die aus ihr auch heute noch, wenn jene, ausgelöst durch eine zufällige Bemerkung, in ihr hochstiegen, ein von Weinkrämpfen geschütteltes Bündel Elend zu machen in der Lage waren. Wie würde Konrad es jemals verwinden können, wenn er erführe, dass sie es auch nur einen Augenblick lang für möglich gehalten hatte, dass er ihr nach dem Leben trachtet? Eine Idee, die jetzt auch Else wieder vollkommen absurd erschien, als sie in gleißendem Sonnenlicht auf den Poelzig-Bau zuschritt.

Sie nahm ihre schwere Umhängetasche von den Schultern, bevor sie das Hochhaus betrat, das früher als Hauptsitz der IG-Farben galt, nun aber ihren Arbeitsplatz beherbergte. Wie gewohnt vertraute sie sich dem Paternoster an, der sie mit vernehmlichen Knarren nach oben beförderte, und stand kurz darauf ihren Seminaristen gegenüber. Irritiert registrierte sie, dass Robert Neuhaus nicht anwesend war, während sie sich für ihr Fehlen in der vergangenen Woche entschuldigte. Robert hatte noch nie eine ihrer Veranstaltungen versäumt. Seine Abwesenheit löste ein ungutes Gefühl in ihr aus, ohne dass sie sich den Grund dafür zu erklären vermochte. So musste sie sich zur Konzentration förmlich zwingen, als Christine Breuninger, eine ebenso attraktive wie eifrige Studentin, ihr Referat über Julius II zu verlesen begann. Am Ende des Vortrags verteilte Else wie üblich Lob und Kritik:

"Sie haben die Machtkonstellationen und das daraus resultierende Abstimmungsverhalten beim ersten Konklave 1503 sehr schön dargelegt, Christine. Weniger klar wurde mir, was sich denn in den wenigen Wochen, in denen Pius III im Amt war, Entscheidendes verändert hat, sodass della Rovere plötzlich leichtes Spiel hatte. Und den Mut, den Sie Erasmus für seinen 'Julius Exclusus' attestierten, muss ich leider ein wenig relativieren. Die Satire erschien wohlweislich erst nach dem Tode von Julius und zwar anonym."

Ans Plenum gewandt fuhr sie fort: "Es ist nicht unumstritten, ob Erasmus tatsächlich die Verantwortung für diese Schmähschrift trägt. Für Sie als angehende Historiker ist es ein interessantes Problem, die entsprechenden Argumente gegeneinander abzuwägen. Wir werden darauf zu gegebener Zeit zurückkommen. Lassen Sie mich noch eine kunsthistorische Ergänzung anbringen, die Sie", Elses Blick wanderte wieder zu Christine, "über dem Dauerzwist Julius-Michelangelo zu erwähnen vergaßen. Ein Weinbauer grub auf seinem Gut in der Nähe der Titusthermen die Laokoon-Statue aus. Beachten Sie den feinen Sinn für Ironie, den die Geschichte dadurch unter Beweis stellt, dass sie die Wiederentdeckung dieses Mahnmals antiker Torheit ausgerechnet in jene Zeit fallen lässt. Doch nun möchte ich Ihre Aufmerksamkeit auf die Grundüberzeugung della Roveres lenken: Tugend ohne Macht ist lächerlich. Wie stehen Sie heute zu einer solchen These, und was bedeutet es, wenn sie sich ein Papst zu Beginn des 16. Jahrhunderts zur Maxime auserwählt?"

Es folgte eine lebhafte Diskussion, in die Else nur hie und da regulierend eingriff. Sie war mit dem Verlauf der Veranstaltung zufrieden, zumal es am Ende ohne große Mühe gelang, einen Ersatztermin für das ausgefallene Referat zu vereinbaren.

"Wie ich sehe, fehlt heute nur Herr Neuhaus, kann jemand ihn von der Verlegung in Kenntnis setzen?", fragte Else, während sie sich von ihrem Stuhl erhob, und als sie sah, dass sich in ihrer Zuhörerschaft die Begeisterung über diesen Auftrag sehr in Grenzen hielt, fügte sie hinzu: "Na gut, dann werde ich das übernehmen."

Wenigstens habe ich dadurch einen willkommenen Vorwand, dachte sie, während sie auf dem Weg zum Parkplatz Roberts Nummer wählte. Sie musste lange klingeln lassen, bevor er sich meldete.

"Hier Else, wo hast du gesteckt? Ich habe dich vermisst."

Seine Antwort bewies, dass sie ihre dunklen Ahnungen nicht getrogen hatten: "Du wirst es nicht glauben, ich bin in Nonnensteg. Frau Tarengo ist so freundlich, mir ihre Arbeiten zu zeigen. Es ist sehr interessant."

Obwohl Else bei dieser Neuigkeit um ein Haar das Telefon aus der

Hand gefallen wäre, brachte sie es fertig, unbeeindruckt zu klingen: "Schön, ich bin gerade auf dem Weg nach Hause. Wenn du Lust hast, können wir noch ein Bier zusammen trinken. Es gibt nur ein Lokal im Dorf, das kannst du nicht verfehlen. In einer knappen Stunde werde ich da sein."

"Was zur Hölle ist in Edith gefahren", schimpfte Else vor sich hin, als sie den Motor anließ. Doch noch vor Erreichen der Autobahn hatte sie sich selbstkritisch eingestanden, dass es allein ihre Schuld war, wenn das Auftauchen eines ihrer Studenten in ihrem Heimatort zum Problem wurde. Sie konnte sich noch lebhaft an den Abend erinnern, an dem die unglückselige Affäre ihren Anfang genommen hatte. Sie war mit ihren Seminaristen in eine Äppelwoi-Kneipe gezogen, um das Ende des Semesters zu begießen. Die Unterhaltung wurde zunächst von dem drohenden Irakkrieg dominiert, dann wandte sich das Interesse der US-amerikanischen Politik im Allgemeinen zu, und über das Kyoto-Protokoll landete man schließlich bei Umweltproblemen. Mehr als einmal hatte Robert Neuhaus Else durch seine bizarre Logik verblüfft. Er hatte zuletzt eine ganze Weile geschwiegen, bevor er sich erneut einmischte: "Das ist ja alles gut und schön, was Ihr über Luftverschmutzung, Klimawandel, Wasserknappheit et cetera erzählt. Aber merkt denn keiner, dass all eure tollen Vorschläge sinnlos, ja vergeudete Zeit sind, solange die Weltbevölkerung in dem Maße wächst wie sie es tut."

"Nun mal langsam, Robert", unterbrach ihn Eva, eine schmächtige junge Frau mit Nasenring und grellblauen Haarsträhnen, "wenn in einem armen Land in Afrika zuviele Menschen für zuwenig Ressourcen vorhanden sind, dann kann man das daraus resultierende Problem auf zwei verschiedene Arten definieren. Es enttäuscht mich, dass gerade du auf die infame Propaganda der Kapitalisten hereinfällst."

"Das sind linke Latrinenparolen", winkte der Angesprochene ab, "sieh dir doch die Statistiken an. Die Katastrophe lässt sich auch durch eine noch so gerechte Umverteilung nicht abwenden."

"Was schlagen Sie also vor?" mischte sich Else neugierig in die Debatte.

"Liegt die Antwort nicht auf der Hand? Geburtenkontrolle und eine vernünftige Familienplanung! Und damit wären wir bei der Institution, die dieses menschliche Grundrecht weltweit zu boykottieren versucht."

"Sie meinen die katholische Kirche. Aber darauf zu warten, dass die an Einfluss verliert oder einer vernünftigen Argumentation zugänglich wird, ist angesichts der knappen Zeit gleichbedeutend mit Resignation."

"Vollkommen richtig", stimmte Robert ihr zu, "aber warum denken Sie nicht weiter? Wenn ich mich für ökologische Fragen engagieren würde, was ich wohlgemerkt nicht vorhabe, dann würde ich als Erstes den Papst erschießen."

"Das ist doch nur lächerlich, was du von dir gibst", meldete sich ein Anderer zu Wort, "in diesem Fall würdest du in den Knast wandern, irgendein anderer Grufti würde sich die Tiara über seinen verkalkten Schädel stülpen und alles bliebe beim alten."

"Das typische Scheinargument all jener, die sich weigern, für ihre Überzeugungen Verantwortung zu übernehmen", entgegnete ihm Robert, "glaube mir, spätestens nachdem ich den zweiten umgelegt hätte, würde der nächste seine Ansichten über Empfängnisverhütung gründlich überprüfen."

Wie schon während des gesamten Abends war Else auch jetzt unklar geblieben, ob der junge Mann seine grotesken Thesen ernst meinte oder nur zur Provokation vortrug. Er war ohne Zweifel einer ihrer intelligentesten Studenten, und sein langes, braungelocktes Haar, das ihm Ähnlichkeit mit Albrecht Dürer verlieh, gefiel ihr. Daher war es nicht nur der pure Übermut, der sie ihn fragen ließ, ob er noch etwas Flüssiges auf seiner Bude habe, als sie ihn auf dem Nachhauseweg vor seiner Wohnung absetzte.

Sie durchquerten einen langen Hausflur, der mit einer Vielzahl von Fahrrädern und einem Kinderwagen vollgestellt war, und stiegen auf ausgetretenen Steinstufen hinauf in den 2.Stock. Robert führte sie in einen karg möblierten Raum, der als Schlaf- und Arbeitszimmer genutzt wurde, und Else, die auf größtmögliches Chaos vorbereitet war, zeigte sich von der peniblen Ordentlichkeit, die jedem Gegenstand seinen genauen Platz zugewiesen zu haben schien, überrascht. Als sie sich dann, jeder mit einem Glas Whiskey in der Hand, gegenübersaßen und redeten, war wiederum sie es, die die Initiative ergriff. Sie war es, die das steife Siezen vom Tisch wischte, die die Unterhaltung unmerklich in private Gewässer manövrierte und ihm schließlich ins Ohr flüsterte, wie gut er ihr gefiel, wobei sie begann, sich an den Knöpfen seines Hemdes zu schaffen zu machen. Dabei konnte sie nicht einmal ein Übermaß an Alkohol als Entschuldigung für ihre Frivolität ins Feld führen, denn wie immer, wenn sie mit dem Auto unterwegs war, hatte sie sich beim Trinken merklich zurückgehalten. Es war vielmehr ein stetig wachsendes Gefühl der Überlegenheit, das sie vorwärtstrieb. Es bereitete ihr Vergnügen zu sehen, wie sich dieser ansonsten bis an die Grenze zur Arroganz selbstsichere junge Bursche von Minute zu Minute unbehaglicher fühlte in einer Situation, die ihm in dieser Form offensichtlich neu war. Aber gierig auf ihren nackten Körper fehlte ihm der Wille, sich ihren Verführungskünsten zu widersetzen. Als Else spürte, dass seine Hände zitterten, während er ihr den schwarzen Schlüpfer über die Pobacken streifte, verband sich ihre Lust mit einem Machtrausch und erschrocken nahm sie zur Kenntnis, wie sehr sie diese Mischung genoss.

"Du hast doch hier sicher irgendwo ein paar Verhüterli herumliegen?"

"Nein", kam es kleinlaut zurück, und dann beinahe trotzig, "ich habe kein Aids oder sowas."

Else lachte laut auf: "Vergiss nicht, bevor du den Papst erschießt, dir von ihm den Verwendungszweck von Kondomen erklären zu lassen. Aber keine Sorge, es geht auch ohne." Mit diesen Worten drückte sie seinen Oberkörper auf das Laken, spreizte seine Beine auseinander und begann damit, ihre Finger zärtlich über seine empfindlichsten Stellen wandern zu lassen. Else ließ sich viel Zeit. Es machte ihr Spaß, seine Männlichkeit in ihrer Hand wachsen zu lassen, ihn an den Rand des Abgrunds zu führen, um dann im letzten Moment mit geschicktem Griff den Sturz ins Nichts zu unterbinden. Erst als er nach langer Achterbahnfahrt gequält aufstöhnte: "Ich kann nicht mehr", erlöste sie ihn mit sanften Lippen. Robert blieb ihr in dieser Nacht nichts schuldig, und als er auf dem abgewetzten Teppichboden kniete, während Else mit beiden Händen in seinen Locken wühlte, stellte sie, die seine behende Zunge schon in vielen Diskussionen bewundert hatte, fest, dass ihre Einschätzung keiner Korrektur bedurfte.

Obwohl sie in den darauffolgenden Wochen vieles gemeinsam unternahmen, kam es zwischen ihnen nie wieder zu Intimitäten dieses Ausmaßes. Dies nicht etwa, weil Else sich Konrad gegenüber schuldig gefühlt hätte. Schon die Formulierung, sie habe ihren Mann betrogen, kam ihr lächerlich vor, da ein Betrug doch eine Verabredung oder ein Versprechen voraussetzte, das sie nie gegeben hatte. Else war fest davon überzeugt, dass es sich auf die eine oder andere Weise immer bitter rächt, einen Menschen ganz für sich alleine haben zu wollen, und konnte sich nicht vorstellen, dass der ihr seelenverwandte Konrad in diesem Punkt anderer Ansicht war.

Sorge bereitete ihr hingegen Robert, der ihre gemeinsame Nacht nicht, wie Else es als selbstverständlich angenommen hatte, als cooles Intermezzo einordnete, sondern drauf und dran war, sich Hals über Kopf in Else zu verlieben. Sie war grenzenlos verblüfft darüber, dass ein 22-jähriger einer so altmodischen Regung überhaupt noch fähig ist, und musste sich nicht zum ersten Mal eingestehen, wie vorurteilsbeladen ihr Bild von der Generation war, die sie unterrichtete. Sie versuchte mit Zuckerbrot und Peitsche, Robert von dieser fixen Idee, wie sie es nannte, abzubringen. Sie bot sich ihm als gute Freundin an oder warf ihm knallhart an den Kopf, sie werde ihn niemals lieben, beides ohne Erfolg. Oft war sie zuversichtlich, dass die Kette von demütigenden Zurückweisungen ausreichen müsse, um seine Zuneigung endlich in Hass umschlagen zu lassen und ihm so die Kraft, sich von ihr zu lösen, zufließen werde, jedoch nur um schon am nächsten Tag die Botschaft "Du fehlst mir" in ihrem Computer vorzufinden.

Eigentlich erstaunlich, dass er mich nicht vor den Polo gestoßen hat, dachte Else, als sie den Wagen vor dem Eingang der Gastwirtschaft parkte. Ihre Augen benötigten einen Moment, um sich vom hellen Sonnenlicht auf die dämmrige Beleuchtung im Innern umzustellen. Zu dieser Tageszeit war die Kneipe noch fast leer. Ein Mann kauerte auf einem der Barhocker vor dem Tresen. Mit der Rechten umklammerte er sein halbvolles Bierglas, mit der Linken lupfte er seinen speckigen Hut und deutete eine Verbeugung an, die Else durch ein grüßendes Anheben der Hand erwiderte. Im Nebenraum lief der Fernsehapparat, doch die Stimme des Reporters, der ein Fußballspiel zu kommentieren schien, wurde durch die Klänge einer bayrischen Blaskapelle aus den Lautsprecherboxen übertönt. Maria, die Wirtin, liebte Volksmusik und ließ ihre Gäste skrupellos an diesem Kunstgenuss teilhaben. Else steuerte auf den Ecktisch zu, an dem sie Robert entdeckt hatte.

"Ist ja ein ganz gemütlicher Laden hier", begrüßte er sie, "aber die Musik ist Folter."

Lachend erzählte Else, wie sie Konrad zum ersten Mal in den

Schinderhannes geschleppt und er auf dem Nachhauseweg trocken kommentiert hatte: "Getrüffelten Griesbrei mit Bohnenkernen habe ich auf der Dessertkarte schmerzlich vermisst. Dafür kann ich nun endlich etwas mit dem Begriff 'musikalisches Stalingrad' anfangen. Man kann eben nicht alles gleichzeitig haben", womit sie auch Robert ein Grinsen entlockte.

"Warum eigentlich Schinderhannes? Hat der Ofenloch nicht im Hunsrück sein Unwesen getrieben?"

"Nicht nur, und geboren wurde er immerhin im Hintertaunus", klärte Else ihn auf, "der Mann hieß übrigens Johannes Bückler, Ofenloch war nur ein Deckname. Aber nun erzähl schon, was du bei Edith zu suchen hattest."

"Nichts Besonderes", entgegnete Robert, wobei seine Stimme ein wenig beleidigt klang, "nachdem mich andere am Samstag wie Luft behandelt haben", bei diesen Worten warf er Else einen vielsagenden Blick zu, "hatte ich ein anregendes Gespräch mit deiner Schwägerin über das ganze Drumherum beim Theaterspielen. Als sie gemerkt hat, dass ich das interessant finde, hat sie mich eingeladen, mir anzusehen, wie es konkret abläuft, wenn sie an einem Bühnenbild arbeitet. Da ich schon ahnte, dass dir das nicht passt, habe ich einen Termin vorgeschlagen, an dem du an der Uni beschäftigt bist. Vergeblich, denn wie sich herausgestellt hat, bleibt dir nichts verborgen."

"Von nicht passen kann doch keine Rede sein", log Else, "ich war lediglich von deiner Anwesenheit in Nonnensteg überrascht."

"Hast du deinem Mann eigentlich jemals von uns erzählt?", wechselte Robert abrupt das Thema.

"Ich fürchte, das hätte ihn nicht sonderlich interessiert."

"Auch nicht, dass wir zusammen geschlafen haben?"

"Zusammen geschlafen würde ich das nicht nennen", bemerkte Else süffisant, was von Robert mit einem grimmigen Nicken quittiert wurde.

Wie jedes ihrer Gespräche in den vergangenen Wochen so begann sich auch dieses bald in versteckten Vorhaltungen und halbherzigen Dementis zu erschöpfen. Else bereute längst, den Vorschlag zu diesem fruchtlosen Treffen gemacht zu haben. Gerade hatte sie Maria durch einen Wink zu verstehen gegeben, sie möge die Rechnung bringen, als der Zecher an der Theke von seinem Hocker kletterte, zunächst den Seitenausgang zur Toilette ansteuerte, es sich dann aber plötzlich anders überlegte und mit unsicheren Schritten auf die beiden zuschwankte. Eine Wolke aus Bierdunst und Schweißgeruch schlug Else entgegen, als er sich mit den Händen auf die Tischplatte stützte und ihr mit rotgeäderten Augen zuzwinkerte: "N'Abend Frau Doktor, ist das der neue Freund? Oder sollte ich besser sagen die neue Freundin?" Er schüttelte sich vor Lachen über das, was er für einen gelungenen Witz hielt, wobei ihm die Spucke aus einer Zahnlücke im Unterkiefer über das Kinn lief und von dort auf den Tisch tropfte.

"Was redest du da Friedrich? Der junge Mann ist einer meiner wissbegierigen Studenten", entgegnete ihm Else, doch ihr Einwand stieß auf taube Ohren.

"Na, na, na", grinste der Angetrunkene, wobei er vielsagend mit der linken Hand wedelte und seinen glasigen Blick zwischen den beiden hin- und herwandern ließ, "ich wünsche jedenfalls eine angenehme Nacht." Mit diesen Worten lupfte er erneut den Hut, unter dem eine Strähne ungepflegten grauen Haares zum Vorschein kam, und ging leise vor sich hinkichernd von dannen.

"Was für ein widerlicher Zombie", entfuhr es Robert, nachdem der Alte den Schankraum verlassen hatte.

"Das war Friedrich Brandes", klärte Else ihn auf, "er fuhr den Traktor, dessen Umkippen meinen Bruder das Leben gekostet hat. Man hat ihn damals wegen fahrlässiger Körperverletzung zu einer Geldstrafe verurteilt, doch meine Eltern haben ihm nie die Schuld an dem Unfall angelastet. Es war vorher unzählige Male gut gegangen, und wir Kinder liebten die Traktorfahrten mit Bauer Brandes. Aber seit jenem Tag schien ein Fluch die Familie Friedrichs nicht mehr zur Ruhe kommen zu lassen. Seine Frau starb wenige Jahre später an einem seltenen, unheilbaren Nervenleiden. Die Ehe des Sohnes ging in die Brüche, worauf dieser das Interesse an der Arbeit verlor und den Hof nach und nach herunterwirtschaftete. Als die Zwangsversteigerung nicht mehr abzuwenden war, hat er sich in der Scheune erhängt. Spätestens da hat der Alte offenbar den Entschluss gefasst, sich zu Tode zu saufen."

"Das ist sein gutes Recht", kommentierte Robert mitleidlos, "aber warum pöbelt er so unverschämt in der Kneipe herum, anstatt sich zu Hause am Küchentisch den Gong zu geben?"

"Ach er ist eigentlich ganz umgänglich, aber er hasst die Steigerts. Dafür gibt es zwar keinen vernünftigen Grund, doch ich kann es ganz gut nachempfinden. Mein Anblick erinnert ihn unweigerlich an den Tag, an dem es mit seinem Leben bergab ging."

"Das ist mir zu weit hergeholt", grantelte Robert, "irgendeinen Zusammenhang zwischen dem Unglück und seinen späteren familiären Schicksalsschlägen zu konstruieren. Oh, ich muss los", stellte er mit einem Blick auf seine Armbanduhr fest, "danke für die Einladung, wir sehen uns an der Uni und wenn du Hilfe brauchst, weißt du ja, wie du mich erreichen kannst."

Er sprang auf, legte ihr zum Abschied die Hand auf die Schulter und schritt mit wippender Lockenpracht zur Tür. Amüsiert bemerkte Else, dass es niemanden in der mittlerweile gut gefüllten Gaststube gab, der diesen Abgang nicht mit neugierigem Blick verfolgte.

Erst Stunden später begann Else, sich über Roberts merkwürdigen letzten Satz zu wundern. Wie kam er auf die sonderbare Idee, sie könne Hilfe benötigen, und wobei sollte ausgerechnet er ihr von Nutzen sein? Sie lag bäuchlings im Pyjama auf ihrem Bett, einen Band mit Essais von Montaigne aufgeschlagen vor sich auf dem Kopfkissen. Konrad hatte sich in sein Arbeitszimmer zurückgezogen, um den Text für seine neue Rolle zu büffeln.

Gerade hatte Else sich nach den ersten Sätzen von "Que philosopher c´est apprendre á mourir" unzufrieden eingestanden, dass ihr Französisch unbedingt aufpoliert werden müsse, als ihre Gedanken zu den Ereignissen des Nachmittags abschweiften.

Hatte Roberts Bemerkung etwas mit Brandes zu tun? Nein, das ergab keinerlei Sinn. Bezog sie sich auf das Geschichtsseminar? Unwahrscheinlich, er war zwar ein guter Student, aber so weit, dass er ihr auf diesem Sektor hätte unter die Arme greifen können, war es nun doch noch nicht.

Ihre Grübeleien wurden jäh durch einen markerschütternden Schrei unterbrochen. Es klang wie der Hilferuf eines Kindes in großer Not. Else sprang unwillkürlich auf, doch es dauerte einige Sekunden bis sie den Schock überwunden und begriffen hatte, wem es ans Leben ging: Pascal! Sie eilte aus dem Zimmer und wäre fast mit Konrad zusammengeprallt, der gleichermaßen alarmiert aus seinem Arbeitszimmer gestürzt kam. Sie fanden den Kater am Fuß der Treppe unter einem Wäscheschrank. Sein in heftigen Krämpfen zuckender Körper war fest gegen die Wand gepresst, aus seinem Maul floss ein schmales Rinnsal hellroten Blutes, das sich langsam auf den Fliesen ausbreitete. Zum zweiten Mal stieß er jenen erbarmungswürdigen Klagelaut aus, der Else Tränen des Mitleids in die Augen trieb.

"Um Himmels Willen, Konrad, versuch den Tierarzt zu erreichen. Dr. Jungwein, die Nummer steht im Notizbuch neben dem Telefon."

"Der kann, selbst wenn ich ihn erwischen sollte, doch frühestens in einer halben Stunde hier sein. Das ist zu spät; Hochstädter muss uns helfen."

Während Konrad davoneilte, um zu telefonieren, redete Else beruhigend auf das Tier ein. Sie hatte Pascals Lieblingsdecke aus seinem Katzenkorb geholt und versuchte auf dem Bauch liegend behutsam, den Kater unter dem Schrank hervorzulocken. Konrad, der mittlerweile zurückgekehrt war, unterstütze sie von der gegenüberliegenden Seite, und ihre Bemühungen waren gerade von Erfolg gekrönt, als es auch schon an der Haustür klingelte und Dr. Hochstädter mit seinem Arztkoffer in der Hand davor stand.

"Das ist für mich aber ein ungewöhnlicher Patient", bemerkte er gutgelaunt, was Else dem Ernst der Situation nicht angemessen erschien, "dann wollen wir mal sehen, was sich machen lässt." Er ging auf die Knie, tastete vorsichtig über den Körper des Tieres, und bat dann Else, dem Kater das Maul zu öffnen.

"Besser wenn Sie das machen. Wir wollen den armen Kerl nicht noch mehr in Panik versetzen."

"Dacht ich mirs doch", frohlockte er, nachdem Else seiner Bitte nachgekommen war, "sehen Sie, keine Wunde, es sind die Schleimhäute, die bluten. Da ist etwas mit der Gerinnung nicht in Ordnung. Ich habe ähnliche Symptome bei Menschen gesehen, denen man Marcumar zu hoch dosiert hatte."

"Und, können Sie ihm helfen?" stieß Else hervor.

"Ich denke schon", antwortete der Doktor ruhig, während er eine Spritze aufzog, "ich injiziere ein Vitamin-K-Präparat, danach sollte es ihm besser gehen."

Dr. Hochstädter behielt Recht. Nach einer Weile entspannte sich der Körper Pascals merklich, und auch seine Klagelaute, die er zuletzt leiser und in größeren Abständen ausgestoßen hatte, versiegten nun ganz. Doch erst als auch die Blutung nachzulassen begann, ging der Arzt ins Badezimmer, um sich die Hände zu waschen. Danach wandte er sich, während er seine Sachen zusammenpackte, nochmals an Else:

"Ich bin sicher, er ist jetzt über dem Berg. Bringen Sie ihn aber auf alle Fälle morgen zu einem Tierarzt. Der wird nicht nur, wie ich hoffe, meine Diagnose bestätigen, sondern auch ein Mittelchen zur Hand haben, das ihm hilft, rascher wieder richtig auf die Beine zu kommen."

"Was hat ihm denn eigentlich gefehlt?", wollte Else wissen, "wie kommt es, dass sich die Blutgerinnung verändert?"

"Das ist eine typische Vergiftungserscheinung. Irgendein Coumarinderivat nehme ich an. Genaueres kann ich Ihnen erst nach der Obduktion sagen", erklärte der Arzt, unbekümmert darüber, dass der Scherz bei seinen Zuhörern wenig Anklang fand.

Else hatte eine Idee: "Ein giftiger Pilz vielleicht?"

"Nein, nein, ich bin auf dem Gebiet zwar kein Experte, aber etwas Derartiges habe ich noch nie gehört. Fragen Sie mal bei Ihren Nachbarn nach, ob jemand beispielsweise Köder gegen Wühlmäuse ausgelegt hat. Da sind Sie eher auf der richtigen Spur."

Else brache Dr. Hochstädter zur Tür und schüttelte ihm zum Abschied kräftig die Hand: "Ich weiß gar nicht, wie ich Ihnen danken soll, Doktor."

"Auch bei diesem Problem kann ich Ihnen helfen", erwiderte der Arzt lakonisch, "warten Sie einfach, bis ich Ihnen meine Rechnung zukommen lasse."

Und als er Elses entgeisterten Gesichtsausdruck wahrnahm, fügte er lachend hinzu: "Jetzt gucken Sie nicht so zermatscht. Sie müssten doch wissen, dass ich kein Wucherer bin. Und um Ihren Kater sollten Sie sich auch nicht zu große Sorgen machen. Katzen sind zäh, Sie wissen doch: Sieben Leben."

Es war die erste Fehleinschätzung des Arztes an diesem Abend. Denn das Entsetzen in Elses Gesicht hatte weder mit seiner Liquidation, noch mit ihrer Angst um das kranke Tier zu tun. Vielmehr war ihr gerade eingefallen, wie sich Pascal an diesem Morgen in einem unbeobachteten Augenblick zur allgemeinen Erheiterung über ihren Tunfischsalat hergemacht hatte.

IX

Am nächsten Morgen lag Pascal apathisch in seinem Korb und verweigerte das Fressen, aber die Blutung war zum Stillstand gekommen, und er schien keine Schmerzen mehr zu haben. Sobald Else mit ihm sprach, drehte er sein Köpfchen in ihre Richtung und lies ein leises, klägliches Miauen hören. Alle Nachbarn hatten entrüstet von sich gewiesen, etwas mit dem Giftanschlag auf den Kater zu tun zu haben, und Edith schwor Stein und Bein, dass die Frühjahrslorchel längst in der Biotonne vermodere. Am liebsten wäre Else unverzüglich zum Tierarzt gefahren, aber sie war dazu gezwungen, zu Hause herumzusitzen und auf den Monteur zu warten. Einen Moment lang hatte sie mit dem Gedanken gespielt, den Reparaturtermin zu verlegen, doch als sie sich ihr letztes Gespräch mit der Firma Habermehl in Erinnerung rief, verwarf sie diese Idee rasch. Sie gab Montaigne eine zweite Chance, dieses Mal mit der Unterstützung eines Wörterbuches, und war bald so in ihre Lektüre versunken, dass sie Umgebung und Zeit vergaß. Erst als ein milder Frühlingswind die Schläge der Kirchturmuhr vom Dorf zu ihrem geöffneten Fenster herüberwehte, zählte sie mechanisch mit: Zehn, Elf, Zwölf.

Mehr resigniert als zornig hob Else den Telefonhörer ab und wählte. Die ihr wohlbekannte Stimme ertönte:

"Hawermehl, Owerursel."

"Hier Steigert, habe ich mich schon wieder mit dem Tag vertan, oder warum haben Sie mich heute hängen lassen?"

"Ach die Frau Dogder, oin Moment", eine kurze Pause trat ein, in der das Geräusch von heftigem Umblättern aus dem Hörer drang, "nee, Middwoch iss schon in Ordnung, awer Sie sinn erst nächst Woch dran."

"Hören Sie, wir hatten am Montag diesen Mittwoch vereinbart, von nächster Woche war keine Rede."

"Ei ja nee, wenn ich diesen Middwoch gemeint hädd, dann hädd ich doch nedd Middwoch gesachd, sondern üwwermorsche", Herr Habermehl lachte leutselig, "ja e kloi bissje müssese schon middenke, wenn dess alles so klabbe soll."

Else bemerkte, wie nun doch Wut in ihr hochstieg. Sie behielt jedoch die Fassung und fragte mit ruhiger Stimme nach:

"Wollen Sie mich auf den Arm nehmen? Angeblich stehe ich doch

schon seit Ewigkeiten für diesen Mittwoch in Ihrem Auftragsbuch."
"Jetzt werrnse doch nedd gleich pambisch. Sie hawwe da drinn
gestanne, awer nachmiddachs. Sie wollde awer uff oimal vormid-
dachs, ei da muss ich doch en ganz noie Termin mache", konterte
er entrüstet, und dann halblaut, mehr zu sich selbst als an seine
Gesprächspartnerin gerichtet: "Loid gibds, dess glaubsde nedd."
Wie schon bei der ersten Auseinandersetzung streckte Else auch
dieses Mal kurz angebunden die Waffen, indem sie sich für den
Mittwoch nächster Woche Datum und Uhrzeit explizit bestätigen
ließ. Da ihr noch mehr als eine Stunde Zeit blieb, bis die Praxis Dr.
Jungweins wieder öffnete, und sie es als Sakrileg empfunden hätte,
nach Habermehl, so als wäre nichts geschehen, zu Montaigne zurückzukehren, erbarmte sie sich der Geschirrberge, die sich in der
stillschweigenden Hoffnung auf eine bald wieder funktionierende
Spülmaschine in der Küche aufgehäuft hatten.
Als sie im Begriff war die Schüssel mit den letzten Spuren des
Tunfischsalats an der verschmierten Innenwand im heißen Wasser
zu versenken, hielt sie inne. Wäre es nicht ratsam, diese Reste von
einem Chemiker untersuchen zu lassen? Sie stellte sich einen hage-
ren Herrn in weißem Kittel vor, der, nachdem sie ihm ihr Anliegen
unterbreitet hatte, ungläubig nachhakte: "Habe ich Sie richtig verstanden? Ihre Katze hat etwas Unrechtes gefressen, und deshalb
möchten Sie überprüfen lassen, ob jemand Ihnen nach dem Leben
trachtet?" Und dann sah sie den gleichen Mann, wie er an einem
Labortisch mit Bunsenbrenner und Reagenzgläsern hantierte, dabei
unaufhörlich den Kopf schüttelte und vor sich hin brabbelte: "Loid
gibds, dess glaubsde nedd."
Mit einem heftigen Ruck stieß Else die Schüssel in die Spülbrühe.
Auch mit klarem Kopf gelang es ihr immer weniger, zu beurteilen,
ob sie einer realen Bedrohung ausgesetzt war oder ob sie unter
Verfolgungswahn litt und Gespenster sah. Diese Ungewissheit,
dieses immer wieder aufkeimende Misstrauen begann wie ein
schleichendes Gift in ihren Alltag einzusickern und die Liebe zu
ihrem Mann zu unterminieren.
Noch am gleichen Abend blieb Else die Erfahrung nicht erspart,
dass dieser heimtückische Feind auch vor ihrer Schlafzimmertür
nicht Halt machte. Auch nach mehr als drei Jahren Ehe genoss sie
den gemeinsamen Sex noch wie in der ersten Nacht. Konrad sorgte
dadurch für Abwechslung, dass er gelegentlich seine aktuelle Büh-

nenrolle in ihr Liebesspiel mit einbezog, und Else malte sich erwartungsvoll aus, welche Qualitäten Monsieur Duval im Bett vorzuweisen haben könnte. Aber irgendetwas in ihr hatte sich verändert. Nicht dass ihre Zuneigung zu Konrad Schaden genommen hätte, auch quälte sie nicht die Angst, ihr Mann könne sie während des Liebesaktes erwürgen. Doch in ihrem Hinterkopf blinkte ein rotes Licht, welches durch keine noch so große Willensanstrengung zum Verlöschen zu bringen war. Diese Warnlampe machte es ihr unmöglich, sich ganz fallen zu lassen, und verdarb somit alles. Enttäuscht lag Else im Arm ihres Mannes, und empfand es als bezeichnend, dass ihr ausgerechnet jetzt, ihr gestriges Gespräch mit Robert in den Sinn kam.

"Führen wir eigentlich eine offene Ehe?" fragte sie unvermittelt.

"Oho, das klingt, als ob du einen Seitensprung beichten möchtest. Kompliment, mein Schatz, der Zeitpunkt ist geschickt gewählt, direkt nach dem Orgasmus verzeihen Männer nahezu alles."

"Blödsinn", bog sich Else die Tatsachen zurecht, "unser gemeinsamer Freund Horst hat mich auf die Idee gebracht, als er dich am Samstag im Nahkampf mit Claudia beobachtete."

"Das kann ich mir lebhaft vorstellen", lachte Konrad, "dass dem Wigand beim Anblick der Kollegin Dickler das überschüssige Sperma ins Hirn gestiegen ist. Um jedoch auf deine Frage zurückzukommen, ich führe keine offene Ehe, was auch immer das sein mag. Jeder sollte das tun, was er für richtig hält oder was er nicht lassen kann. Entscheidend ist für mich, stets die Verantwortung für meine Handlungen zu übernehmen. All die Versuche, das eigene Verhalten durch eine allgemeine Theorie oder ein Modell zu erklären oder zu rechtfertigen, halte ich für armselig."

"Au weia, das riecht mir viel zu stark nach Einsamer Wolf und dem Gesetz der Wildnis", spottete Else, "vergiss nicht die Colts umzuschnallen, bevor du zum Zähneputzen gehst. Oder hast du etwa deinen Faustkeil schon unterm Kopfkissen."

Konrad ließ sich nicht entmutigen: "Vielleicht habe ich mich ungeschickt ausgedrückt. Lass es mich mit einem Beispiel versuchen. Vor langer Zeit hatte ich einen Freund, der sich mit kaltem Verstand dafür entschieden hatte, sein Leben im Alkohol zu ertränken. Er ruinierte damit nacheinander seine berufliche Laufbahn, seine Familie, seine Gesundheit, einfach alles. Ich habe seinen Entschluss respektiert und jeden törichten Versuch unterlassen, ihn zu retten.

Irgendwann saßen wir auf seiner Bude zusammen, und er zeigte mir seine Sammlung von Zeitungsausschnitten. Es waren kleine, belanglose Artikel mit einheitlichem Tenor. Etwa so: Ein 120-jähriger im hinteren Balkan wird nach dem Geheimnis seines langen Lebens gefragt, worauf er den staunenden Journalisten offenbart, er habe seit frühster Jugend täglich ein Wasserglas voll Schnaps gekippt und sich auf diese Weise seine unverwüstliche Gesundheit bewahrt."

Konrad legte eine nachdenkliche Pause ein. Er hatte sich, während er redete, im Bett aufgesetzt, seine Miene war ernst geworden. Langsam kehrte er aus der Vergangenheit zurück:

"Es war das Ende unserer Freundschaft; seit jenem Tag habe ich ihn verachtet."

"Aber Konrad", unterbrach ihn Else aufrichtig entsetzt, "wie kannst du nur so unmenschliche Maßstäbe anlegen? Der arme Tropf hat seine Zeitungsschnippsel als Trostpflästerchen benutzt, um seine beschissene Existenz halbwegs zu ertragen. Wir arbeiten alle mit solch kleinen Tricks."

Konrad schien immer noch in Gedanken versunken:

"Er war nicht authentisch, Else, gerade du müsstest das doch verstehen, denn du bist authentisch, obwohl du zweieinhalb Jahrtausende Philosophiegeschichte in deinem Kopf hast und über einen scharfen Verstand verfügst. Du könntest dir damit für jede Lebenssituation Krücken de luxe zusammenbasteln und hast es, solange ich dich kenne, niemals getan. Das ist einer der Gründe, warum ich dich so liebe."

"Danke für die Blumen, aber spekuliere nicht darauf, mich durch Schmeicheleien einlullen zu können. Wie kommst du dazu, zu entscheiden wo Authentizität anfängt und wo sie aufhört? Du musst zugeben, dass das, was du als meinen unveränderlichen Wesenskern wahrzunehmen glaubst, entscheidend davon abhängen könnte, welche Bilderbücher ich als kleines Kind auf dem Schoß meiner Großmutter durchgeblättert habe?"

Else hatte das Bett verlassen und ging mit großen Schritten im Zimmer auf und ab. Konrad lächelte resigniert:

"Ja, natürlich lässt sich alles bis zur Unkenntlichkeit relativieren. Das ist deine déformation professionelle. Sieh dich nur an, du bewegst dich wie vor der Wandtafel in einem deiner Hörsäle. Ihr Wissenschaftler seid nicht in der Lage zu begreifen, dass man ein

Glas Wein auch mal trinken sollte, anstatt es ständig weiter zu verwässern. Bitte setz dich wieder hin, Else. Wie soll ich den roten Faden behalten, wenn dauernd deine nackten Brüste vor meinen Augen auf und ab wippen?"

"Ach, und ich war bis heute der Ansicht, die Behauptung, Männer würden mit dem Schwanz denken, sei eine Propagandalüge der Feministinnen", konterte Else schnippisch, "wie auch immer, ich werde auch weiterhin, altmodisch wie ich nun mal bin, versuchen, alle Argumente gegeneinander abzuwägen, während du es offenbar vorziehst, die Leute nach Gutsherrenart in Authentische und Nicht-Authentische einzuteilen."

Konrad dachte eine Weile nach, ehe er antwortete:

"In gewisser Weise tue ich das tatsächlich, doch nicht, wie du unterschwellig behauptest, im Sinne eines allgemeingültigen Urteils. Es geht mir einzig und allein um mein ganz persönliches Wohlbefinden, wenn ich mit diesen Menschen in Kontakt stehe. Falls jemand es vorzieht, wie eine Wanze unter der Tapete zu leben, kann ich das respektieren - übrigens im Gegensatz zu dir sogar ohne zu spotten -, sobald dieser Jemand aber immer dann, wenn das Zimmer frisch tapeziert wird, zu mir kommt, um mir vom großen Abenteuer seines Lebens vorzuschwärmen, dann habe ich ein Problem."

Als Else am nächsten Morgen an diesen Wortwechsel zurückdachte, fiel ihr auf, dass sich auch an diesen kleinen, polemischen Auseinandersetzungen, die Konrad und sie, seit sie sich kannten, gleichermaßen genossen, etwas verändert hatte. Äußerlich war das Geplänkel nach gewohntem Muster abgelaufen, aber sie hatte dabei phasenweise Aggression, ja sogar echte Feindseligkeit empfunden, und sie hoffte, dass dies Konrad trotz der zeitweiligen Schärfe ihres Tones entgangen war.

Nicht zum ersten Mal in den letzten Tagen hatte Else das Gefühl, dass ihr Lebensglück dabei war, unmerklich zu zerbröseln, während sie tatenlos zusah, unfähig den Zerfallsprozess zu stoppen. Entsprechend unkonzentriert ging sie ihr Tagwerk an. Erst vor der Bürotür ihrer Steuerberaterin fiel ihr ein, dass sie den Ordner mit den wichtigsten Unterlagen zu Hause auf dem Schreibtisch vergessen hatte. Und als sie sich am Nachmittag auf den Weg nach Frankfurt machte, hatte sie das Ortsschild von Nonnensteg bereits hinter sich, bevor sie sich der Medizin erinnerte, die sie Pascal zweimal täglich unter das Futter zu mischen hatte. Ihre Vorlesung über englische Geschichte in der zweiten Hälfte des 17. Jahrhunderts las sie ganz gegen ihre Gewohnheit weitgehend vom Blatt ab, und selbst dabei musste sie sich mehrfach korrigieren.

Else war klar, dass es nicht mehr lange so weitergehen konnte, und vor diesem Hintergrund war sie erleichtert, als sie am Freitag mit einer Tüte voll Brötchen und Croissants in der Hand an Renate Wilds Tür klingelte. Diese bewohnte ein altes Fachwerkhaus im Ortskern des Dorfes, und, was die Gemütlichkeit anging, hielt das Innere der Wohnung, was das Äußere des Gebäudes versprach. Renate hatte den Frühstückstisch in ihrem Arbeitszimmer gedeckt. Aus einer Schar von Schälchen, gefüllt mit Marmeladen und raffinierten Quarkmischungen, ragten zwei Becher hervor, deren Inhalt durch gehäkelte Eierwärmer in Form von Hühnerköpfen verborgen war. Ein Aroma von Räucherstäbchen, das unverkennbar im Zimmer schwebte, wurde von dem Duft frisch gekochten Kaffees überlagert, welcher einer bauchigen Porzellankanne entströmte, die auf einem Stövchen thronte. Der Raum wurde beherrscht durch einen wuchtigen Schreibtisch, der senkrecht vor dem einzigen Fenster stand, und von bis zur Decke reichenden Bücherregalen, die das Zimmer an allen vier Wänden umrundeten. Lediglich einem schwarz lackierten Klavier war es gelungen, eine Bresche in diese Phalanx zu schlagen. Über dem Instrument hing ein Bild von Gustav Klimt, in dem Else einen Ausschnitt aus dessen Beethoven-Fries erkannte, als sie sich mit zufriedenem Grunzen auf das weiche Sofa plumpsen ließ.

Wie viele Nonnensteger war sie der Schriftstellerin über viele Jahre hinweg mit distanzierter Hochachtung begegnet. Erst als Renate einen Roman über das Leben Meister Eckharts veröffentlichte, erkannte Else die geistige Verwandtschaft, die sie mit der Autorin verband. Sie hielt den Dominikaner für einen der klügsten Menschen, die je auf deutschem Boden gelebt hatten, und war beglückt, eine ähnliche Einschätzung aus den zum großen Teil fiktiven Passagen des Buches herausfiltern zu können. So fand sie den Mut, die Frau mit den zierlichen, fast puppenhaften Gesichtszügen anzusprechen, und aus diesem Kontakt entstand bald eine beiderseitige Zuneigung. Die vielseitige Renate, die literarisch nur schwer einzuordnen war, hatte in den letzten Jahren ihr Talent für historische

Kriminalromane entdeckt, und Else bereitete es ein diebisches Vergnügen, ihre Fachkenntnisse in die Manuskripte der Freundin einfließen zu lassen. Ihre Konferenzen fanden in der Regel im Haus der Steigerts statt, und daher sog Else nun zum allerersten Mal die Atmosphäre des Raumes in sich auf, in dem so viele blutrünstige Einfälle das Licht der Welt erblickt hatten. Ihre Gastgeberin, berüchtigt für ihre modischen Eskapaden, überraschte sie mit einem schlichten cognacfarbenen Überwurf aus Baumwolle, der eher an eine Mönchskutte als an ein Kleid erinnerte.

Um nicht gleich mit der Tür ins Haus zu fallen, schnitt Else zunächst ein Thema an, über das sie schon seit geraumer Zeit mit Renate reden wollte. Seit Jahren fand im Schinderhannes einmal im Monat ein mittlerweile bereits legendärer Drei-Personen-Stammtisch statt, der von Renate, Horst Wigand und Schulze-Wegmann bestritten wurde. Es war Else unbegreiflich, dass eine Frau wie Renate es offenbar genoss, einen Teil ihrer Zeit mit diesen beiden Männern zuzubringen.

"So übel sind die beiden gar nicht", entgegnete Renate auf ihre Vorhaltungen, "bei deinem Ex bist du, wie ich meine, nicht objektiv, was ich gut verstehen kann. Der Horst hat ein Problem mit seinem Selbstwertgefühl, dadurch erklären sich seine Eifersuchtsanfälle."

"Anfälle? Bei ihm sind das nicht nur Anfälle, sondern eine fixe Idee. Und darüber hinaus ist er ein Choleriker."

"Ja sicher, kleine Töpfe kochen leicht über. Aber bei unseren Treffen ist er auf Du und Du mit dem, was er für die Prominenz von Nonnensteg hält. Ob du es glaubst oder nicht, das macht aus ihm einen ganz anderen Menschen."

Else war keineswegs überzeugt. "Hältst du es etwa für normal, dass jemand Schaufensterpuppen sammelt?", gab sie zu bedenken, bevor sie in ihr Honigbrötchen biss.

"Zugegeben ein sehr originelles Hobby", bestätigte Renate, "doch warum sollte es mich stören, solange ich nicht mit ihm unter einem Dach leben muss. Um ehrlich zu sein, mir sind jene Typen suspekter, die stolz darauf sind, das Ulmer Münster aus Salzstangen nachgebaut zu haben."

"Und Schulze-Wegmann", ließ Else nicht locker, "wenn ich mich nicht sehr täusche, gehört der doch zu den Leuten, die bei Lévi-Strauss an Jeans denken?"

"Auch da bist du, meine ich, ungerecht. Wenn du etwas mehr über diesen Herrn wüsstest, würdest du ihn bedauern. Es ist die alte Geschichte: Eltern, die ihn krank vor Ehrgeiz durch das Gymnasium boxten, obwohl dies seinen Fähigkeiten nicht entsprach. Was bleibt einem jungen Mann dann übrig, der zwar das Abiturzeugnis in der Hand hält, aber für nichts wirklich begabt ist und an nichts richtig Interesse hat? Genau! Er studiert Jura. Auch danach hatte er kaum eine Wahl. Das Einzige, was er im Leben gelernt hatte, war, sich auf Parteitagen mit Intrigen und Ellbogen nach oben zu kämpfen; also wurde er Berufspolitiker. Nun hat er sein Einfamilienhaus mit Frau, zwei Kindern, Hund und Swimmingpool, seine Geliebte in einem Wiesbadener Vorort und versucht, sich für bedeutend zu halten, weil er im Landtag sitzt. Da hast du doch alle Ingredienzen beisammen, die ein verpfuschtes Dasein ausmachen."

"Findest du das in Ordnung, dass Leute mit solchen und ähnlichen Biographien unser Land regieren?" murrte Else.

"Das ist eine ganz andere Frage", räumte Renate ein, "aber du lieferst mir das nächste Stichwort. Es ist nämlich nicht so, um dich zu beruhigen, dass ich von den Rendezvous nicht auch profitieren würde. Wir spielen Lügenkanzler, und der Verlierer zahlt die gesamte Rechnung."

"Der geizige Horst lädt zwei Personen zum Abendessen ein!", Else fiel vor Überraschung das Buttermesser aus der Hand, das ohne Schaden anzurichten klirrend auf ihrem Teller landete, "und was zum Teufel ist Lügenkanzler?"

"Eine meiner kleinen Erfindungen", antwortete Renate kokett, "jeder der beiden bringt eine kleine Geschichte mit, wer dem dicken Kohl seinerzeit den Bimbeskoffer in die Hand gedrückt hat und warum der sich über die Herkunft des Schwarzgeldes ausschweigt. Ich bin die Schiedsrichterin und entscheide, welche Story plausibler klingt."

"Und da gehen euch die Einfälle nicht aus?" staunte Else.

"Ganz im Gegenteil. In den ersten Monaten lief es etwas dröge an. Sie orientierten sich weitgehend an dem, was so in den Zeitungen gemutmaßt wurde, dieser Leuna-Sache zum Beispiel. Doch inzwischen entwickeln die Jungs einen tollen Einfallsreichtum. Dir brauche ich nicht zu sagen, dass ich all diese Ideen sammle, für eine Schriftstellerin eine wahre Fundgrube."

"Trotz alledem", beharrte Else, "sind die zwei für eine Frau deines

Formats nicht der adäquate Umgang."

"Hör mir bloß mit Format und Niveau auf", Renate verzog angewidert das Gesicht, "hast du eine Ahnung, wieviele Abende ich schon mit Leuten meines Schlages in Kronberg, Königsstein oder sonstwo vergeudet habe. Diese literarisch interessierten Besserwisser sind für mich ein Gräuel. In deren Gegenwart ist es unmöglich, ein Gebäck in ein Getränk zu tauchen, ohne dass sich jemand dadurch an Proust erinnert fühlt, und sobald du dich versprichst, kannst du dir hundertprozentig sicher sein, dass irgendein Halbgebildeter meint, Freudsche Fehlleistung dazwischenplärren zu müssen. Wenn du endlich ein stilles Eckchen gefunden zu haben glaubst, taucht plötzlich der Gastgeber an deiner Seite auf, hält dir eine Flasche Rotwein unter die Nase und erzählt dir zum x-ten Male von dem winzigen Weingut in Südfrankreich, das so versteckt liegt, dass man es nie, nie, niemals finden würde, wenn man nicht schon dort gewesen wäre, und wie er als Stammkunde pfiffig einen Sonderrabatt für das edle Tröpfchen ausgehandelt hat. Du sitzt daneben und hast weder den Mut ihn zu fragen, ob denn ein Mann mit seiner geistigen Ausstattung sich beim ersten Besuch nicht heillos verirrt haben müsse, noch das Herz ihm zu offenbaren, dass es die gleiche Brühe, natürlich mit anderem Etikett, in jedem französischen Supermarkt zum halben Preis zu kaufen gibt."

Durch die Heftigkeit, mit der Renate die Situation schilderte, wurde Else nicht zum ersten Male bewusst, dass ihre Freundin im Grunde ein einsamer Mensch war. Das Thema Männer hatten sie in früheren Gesprächen bereits erschöpfend abgearbeitet. Für Renate stand unumstößlich fest, dass bei ihrer ausgeprägten Eigenständigkeit, verbunden mit einer Vielzahl von Marotten, eine Partnerschaft von vornherein zum Scheitern verurteilt wäre. Deshalb versuchte Else es anders:

"Wenn du mit diesen Leuten nichts anfangen kannst, warum versuchst du es nicht mit normalen Frauen wie mir?"

"Ach Else, weil du, was deine und die nachfolgende Generation angeht, eine große Ausnahme bist. Und sei versichert, wenn du jemals eines meiner Marmeladentöpfchen naserümpfend zur Seite schieben würdest, weil du auf deine Figur achten musst, würde ich dich sofort hinauswerfen. Ein Mensch, dessen Gedanken ständig um das eigene Körpergewicht kreisen, stellt für mich ein Problembewusstsein unter Beweis, das ihn für jede ernsthafte Debatte disqualifiziert. Das seichte Geschwätz über Kalorien und Diäten langweilt mich unendlich. Und das aus gutem Grund", fügte Renate schmunzelnd hinzu, während sie beide Hände vielsagend über ihrem Bauch faltete. In der Tat stand ihr stämmiger Körper in eigenartigem Gegensatz zu den zierlichen, von glatten, grauen Haaren eingerahmten Gesichtszügen.

"Auch mit Gleichaltrigen habe ich es versucht", fuhr Renate fort, "die hatten zwar genug vom Leben verstanden, um sich nicht mehr über ihre Pfunde den Kopf zu zerbrechen, dafür hatte ich nach kurzer Zeit das Gefühl, in der Selbsthilfegruppe "Klimakterium, Fluch oder Segen?" gelandet zu sein. Kannst du nachempfinden, dass man sich unausgesetzt über Hormonpräparate, Schlafstörungen, Schweißausbrüche und ähnliche Unappetitlichkeiten auszubreiten gewillt ist. Ich genehmige mir seit einiger Zeit für das Geld, das ich früher für Tampons ausgegeben habe, eine leckere Pizza. Das ist das Wesentliche, was sich bei mir durch die Wechseljahre verändert hat."

"Hör auf, hör auf", stoppte Else sie lachend, "du bist gerade dabei, das Bild der sensiblen Künstlerin mit reichem Innenleben bei mir zu zerstören, und zu einer Pizza mampfenden Proletin zu mutieren."

"Ein reiches Innenleben ist die schlimmste Ausgeburt der Langweile; das sage übrigens nicht ich, sondern Sartre, doch ich denke, er hat Recht. Anders sieht es mit der Phantasie aus, die zum Schreiben unabdingbar ist. Aber lassen wir das", sie beugte sich nach vorne, um die beiden leeren Kaffeetassen wieder zu füllen, "schließlich haben wir uns getroffen, um über deine Schwierigkeiten zu reden. Bist du bereit zu erzählen?"

Else nickte und gab sich in der Folge große Mühe, eine möglichst lückenlose Schilderung der relevanten Ereignisse der letzten elf Tage zu liefern. Hin und wider wurde ihr Redefluss durch Zwischenfragen unterbrochen. Als sie geendet hatte, entstand eine lange Pause, bevor Renate das Wort ergriff:

"Willst du meine ehrliche Meinung hören?"

"Ich bitte darum, deswegen bin ich hergekommen."

"Das sind Hirngespinste, du redest dir etwas ein. Zum einen halte ich mir meine Menschenkenntnis zugute, und wenn es jemanden gibt, dem ich ein solch infames Verbrechen nicht zutraue, dann ist dies dein Mann. Aber konzentrieren wir uns auf die Fakten.

Anschlag Eins: Ausgerechnet ein Polo, der nun wirklich nicht die Mordwaffe per se ist. Dann auf einer belebten Straße in Frankfurt, anstatt hier auf dem flachen Land, wo es weniger Zeugen gegeben hätte und man sicher gewesen wäre, auch wirklich dich und niemand anderen auf den Kühler zu nehmen."

"Einspruch", mischte Else sich ein, "bei dem Sauwetter waren so wenig Leute unterwegs, dass es ein Leichtes war, auf mich zu zielen, und falls ein Profi hinter dem Steuer saß, konnte es ihm egal sein, wieviele Zeugen zusehen würden, da das Nummernschild mit Sicherheit gefälscht war."

"Das setzt voraus", gab Renate zu bedenken, "dass man mit dem heftigen Regenguss im richtigen Moment gerechnet haben müsste, was mir trotz immer präziserer Wettervorhersagen eine haarsträubende These zu sein scheint. Und niemand konnte doch im voraus wissen, wann du das Café in Richtung Uni verlassen würdest."

"Jetzt enttäuschst du mich aber, Renate. Ich kann dir mühelos zwei Personen namentlich nennen, die auf die Sekunde genau wussten, wann ich aus dem Café ging. Dies an einen wartenden Attentäter weiterzumelden ist doch im Handyzeitalter überhaupt kein Problem. Und das Unwetter muss auch nicht notwendigerweise eingeplant gewesen sein. Wer weiß, seit wievielen Tagen der Bursche schon auf den passenden Moment gewartet hat."

"Du bist hartnäckiger als ich dachte", Renate nickte ihr anerkennend zu, "kommen wir zu Anschlag Zwei: Vorausgesetzt es stimmt, was Edith dir über die Giftigkeit des Pilzes erzählt hat, und ich sehe keinen Grund, daran zu zweifeln, hältst du Konrad für so skrupellos, dass es ihm egal gewesen wäre, seine Schwester mit auf dem Gewissen zu haben?"

"Da fehlt es mir ein wenig an Erfahrung, um beurteilen zu können, wie viel Skrupel für einen Mörder angemessen sind", antwortete Else sarkastisch, "du hast hoffentlich Verständnis dafür, dass ich jemandem, der mich umzubringen gedenkt, alles zutraue."

"Ganz vage wird es bei Anschlag Drei", ließ Renate sich nicht beirren, "was auch immer Pascal gefressen haben mag, es kam doch sicher schon hundert Mal vor, dass er dir etwas vom Teller stibitzte. Warum sollte zwischen diesem Sachverhalt und seiner Erkrankung ein Zusammenhang bestehen. Und wenn dein Salat tatsächlich vergiftet war, dann mit einer Dosis, die nicht einmal für eine Katze tödlich war. Stümperhafter geht's nimmer."

"Entschuldige, dass mein Kater noch lebt", Else fühlte sich gekränkt, "du hättest das arme Tier sehen müssen, wie es sich unter dem Schrank gequält hat. Die Rettung durch Dr. Hochstädters Spritze kam im letzten Augenblick, inter gladium et coagulum sozusagen."

"Deine Argumente werden dadurch, dass du unsachlich wirst, nicht überzeugender, Else. Glaube mir, ich habe als Autorin seit Jahren Erfahrung damit gesammelt, mir die abstrusesten Mordmethoden auszudenken, um meine Leser nicht zu langweilen. Die Geschichte, die du mir berichtet hast, würde ich ihnen nicht anzubieten wagen. Und falls ich die Chuzpe hätte, soetwas aufzuschreiben, würde mein Lektor es mir als krass unwahrscheinlich um die Ohren hauen."

"Lass mich zusammenfassen", entgegnete Else, "Konrad trifft sich an entlegenem Ort heimlich mit einem Polofahrer; am gleichen Tag werde ich von einem Auto dieses Typs beinahe überrollt. In meinem Kochtopf schwimmt ein lustiger kleiner Fliegenpilz; Konrad meldet sich überraschend vom Abendessen ab. Mein Kater frisst meinen Tunfischsalat und windet sich wenig später in lebensgefährlichen Krämpfen. Einem Lektor, der dies alles als Zufälle durchgehen ließe, würde ich als Verlegerin seine Entlassungspapiere um die Ohren hauen."

"So kommen wir nicht weiter", resümierte Renate mit ruhiger Stimme, "ich schlage vor, wir wenden uns einem möglichen Motiv zu. Fällt dir außer den Klassikern 'Geld' und 'eine andere Frau' noch etwas ein?"

"Nein, ich habe in den letzten Tagen oft darüber nachgedacht. In Frage kommt eigentlich nur eine Mischung aus beidem. Denn Konrad verfügt durch unsere Heirat über mehr Geld, als er für seine Bedürfnisse benötigt, und wenn es nur darum ginge, dass er eine andere Frau liebt, könnte er sich doch einfach scheiden lassen."

"Darf ich daraus schließen, dass ihr bei eurer Heirat einen Ehevertrag abgeschlossen habt?"

"Ja, so etwas Ähnliches. Zwar war ich damals bis über beide Ohren verliebt und bin es eigentlich auch heute noch, aber ich war nicht naiv genug, vorauszusetzen, dass unser Glück ein ganzes Leben lang anhalten müsse. Und ich wäre nicht das Kind meiner Eltern, wenn ich zugelassen hätte, dass Konrad im Falle einer Trennung die Hälfte der Firma einstreichen würde. Geld und Beine zusammenhalten war eine der Maximen, die mir mein Vater mit auf den Lebensweg gegeben hat. Ich hätte es nicht übers Herz gebracht, ihn in beiden Punkten zu enttäuschen."

"Das bedeutet, wenn Konrad mit einer neuen Flamme ein sorgloses Leben führen möchte, geht das nur über deine Leiche."

"Ja, das ist sachlich richtig, auch wenn du dich ruhig um etwas zartfühlendere Formulierungen bemühen könntest."

Nachdenklich fügte Else hinzu: "Dass eine andere Frau im Spiel ist, vermag ich nicht zu glauben. Konrad ist zwar ein außergewöhnlicher Schauspieler, aber so kann sich kein Mensch verstellen."

"Das meinen die Ehefrauen immer, bevor ihnen die Augen geöffnet werden", widersprach Renate, "und du scheinst mir ein leuchtendes Beispiel für diese Gefühlsduselei abzugeben. Seit einer Stunde versuchst du mir einzureden, dass dein Liebster dich um die Ecke bringen will, aber dass er mit einem anderen Weib in die Kiste springen könnte, Gott bewahre. Merkst du denn gar nicht, was für einen Unsinn du redest?"

"Du hast ja Recht", gab Else kleinlaut zu, "eigentlich halte ich es auch nicht für möglich, dass Konrad mir ein Leid zufügen will, wenn ich nur wüsste, wie ich das, was geschehen ist, einordnen soll."

"Nun lass mal den Kopf nicht hängen, wir beide kriegen das schon hin", Renate hatte neben Else auf dem Sofa Platz genommen und legte ihr fürsorglich den Arm um die Schultern, "wer könnte denn als deine Nebenbuhlerin in Frage kommen?"

"Keine Ahnung. Barbara Wigand und Claudia Dickler waren die Namen, die in diesem Zusammenhang zuletzt gefallen sind, aber das hat sicher nichts zu bedeuten. Konrad hat eine ganze Reihe attraktiver Kolleginnen und eine große Schar weiblicher Verehrer."

"Da kommen wir also auch nicht weiter", stellte Renate enttäuscht fest, "wie wir es auch drehen und wenden, das einzig halbwegs Konkrete scheint mir Konrads ominöses Treffen mit dem großen Unbekannten im Kloster zu sein, von dem wir durch deinen Freund Fred wissen. Unterstellen wir mal, es würde sich dabei tatsächlich um einen Berufskiller handeln. Dann kannst du sicher sein, dass der für einen solchen Job nicht nur eine Stange Geld, sondern auch eine saftige Vorauszahlung verlangt hätte. Würdest du es bemerken, wenn von einem eurer Konten ein größerer Geldbetrag abgehoben würde?"

"Absolut. Wir haben ein gemeinsames Girokonto mit überschaubaren Summen, um den Lebensunterhalt zu bestreiten. Darüber hinaus gibt es Vermögenskonten, bei denen Konrad sich bedienen könnte. Zufällig habe ich mir gestern für meine Steuerberaterin die aktuellen Zahlen von den Banken besorgt. Es fehlt kein Heller. Auf die Firmenkonten hat Konrad keinen Zugriff."

"Dann bin ich mit meinem Latein am Ende. Es bleibt mir nur, meine anfängliche Einschätzung zu wiederholen. Ich kann mir nicht vorstellen, dass du in Gefahr schwebst. Versprich mir trotzdem, dich sofort bei mir zu melden, sobald etwas Ungewöhnliches geschieht."

"Versprochen. Und danke, dass du mir solange zugehört hast."

"Mit danke ist es nicht getan. Die Zeit, die ich dir geopfert habe, musst du schon abarbeiten."

Lachend drückte sie Else einen Schnellhefter in die Hand.

"Die Vorarbeiten zu meinem neuen Krimi. Er spielt in Frankreich zur Zeit der Revolution, und ich habe eine Menge Fragen an dich in grüner Tinte an den Rand geschrieben. Bitte pass gut darauf auf, denn wie immer habe ich keine Kopie davon gemacht. Die Zettel sind für mich daher quasi unersetzlich."

Else versprach ihr, sie wie ihren Augapfel zu hüten, und die beiden Frauen umarmten sich zum Abschied. Auf dem ganzen Heimweg wurde Else das Gefühl nicht los, dass ihr während des Gesprächs mit Renate ein wesentlicher Punkt entgangen war.

X

Eigentlich paradox, dachte Else, während sie kochend heißen Melissentee in eine Thermoskanne füllte, dass mich ausgerechnet eine Strohwitwenverbrennung zur Strohwitwe macht. Am frühen Nachmittag war ein blendend gelaunter Erich laut hupend vorgefahren und hatte den bereits reisefertig wartenden Konrad in seinen Kleinbus geladen. Die Kritiken der Premiere waren gut bis überschwänglich ausgefallen, was zur Folge hatte, dass Erich über die bereits vertraglich vereinbarten Vorstellungen hinaus eine ganze Reihe von weiteren Anfragen diverser Veranstalter ins Haus geflattert war. "Wenn wir die Sache terminlich einigermaßen gebacken kriegen, können wir das Stück bis zum Jahresende spielen", rieb er sich frohlockend die Hände. An diesem Wochenende standen zwei Aufführungen an der Bergstraße auf dem Programm, und da am spielfreien Samstag ein Jazzkonzert unter freiem Himmel angeboten wurde, hatte Else mit Konrad vereinbart, dass sie nachkäme, sofern das Wetter mitspielt. Für heute freute sich Else auf einen gemütlichen Abend im Bett. Sie trug die Kanne zusammen mit einer Teetasse nach oben und stellte sie auf ihr Nachttischchen, auf dem bereits zwei Nachschlagewerke über die Zeit der französischen Revolution bereitlagen. Aus Kissen baute sie sich eine stabile Rückenlehne, und im Radio wählte sie einen Sender mit leichter Musik, die ihr den notwendigen Schwung vermitteln sollte, ohne sie in der Konzentration zu stören. Renates Mappe lag auf einem hölzernen Pult, mit dessen Hilfe sich Else schon seit langem das Lesen und Schreiben im Bett komfortabler gestaltete.

Wie sie es gewohnt war, unterzog sie das Manuskript drei Arbeitsgängen: Zunächst las sie alles von Anfang bis Ende, um möglichst genau zu verstehen, worum es ging, was ihr oft nur unvollständig gelang, wenn sich das Werk wie im vorliegenden Fall noch in der Entwurfsphase befand. Als Nächstes widmete sie sich den Anmerkungen, die mit grüner Tinte an den Rand des ansonsten mit Bleistift geschriebenen Textes gekritzelt waren. Dabei ging es meist um sehr konkrete Fragen, deren Antworten Renate zum großen Teil schon vorrecherchiert hatte, die aber noch der Ergänzung oder Präzision bedurften. Nach etwa einer Stunde hatte Else alle Lücken mit Bemerkungen wie "Die Assignaten waren ab 1.8.1793 obligatorisch", "Die Leichen wurden nicht auf dem Place de Grève, sondern auf dem Place des Morgues gesammelt" und "Die Sondersteuer betrug 3 Sous pro Brot" gestopft. Erst jetzt begann der eigentlich lustvolle Teil ihrer Beschäftigung. Sie versetzte sich in die Rolle der Autorin und stellte eine lange Liste von Vorschlägen zusammen, mit deren Hilfe ein möglichst lebendiges und farbenfrohes Bild der Zeit vor dem geistigen Auge der Leserschaft entstehen sollte. Es bereitete ihr stets großes Vergnügen, viele dieser Ideen später im fertigen Buch wiederzufinden. "Schreibe Weißfisch statt Friseur (Puder!)", "Theater: Die Wetterfahne von Saint-Cloud (Anspielung auf Fouché)", "Bei den Spielkarten wurden die Könige durch die Freiheiten ersetzt", "Die Ventôse-Dekrete ermöglichten, das Land verdächtiger Bürger kostenlos an Bedürftige zu verteilen", "Der Branntwein wurde gepanscht, aber dann mit langschotigem Pfeffer scharf gemacht", lauteten einige der Sätze, mit denen Else viele Seiten in ihrer zierlichen, akkuraten Handschrift füllte. Es war schon nach Mitternacht, als ihr endlich die Augen zufielen, worauf sie den letzten Schluck Tee austrank, das Schreibpult zur Seite stellte, den Kissenberg abbaute und mit sich zufrieden das Licht löschte.

Else hatte keine Ahnung, wodurch sie geweckt worden war, als sie mitten in der Nacht aus dem Schlaf aufschreckte. Verstört blickte sie zur Uhr, die kurz nach drei anzeigte. Ihr erster Gedanke galt Pascal. Obwohl er sich in den letzten Tagen zusehends erholt hatte, war ein Rückfall nicht auszuschließen. Sie setzte sich im Bett auf und lauschte, doch es war kein Laut zu hören. War es möglich, dass sie lediglich schlecht geträumt hatte? Einerlei, sie würde kein Auge mehr zutun können, ohne der Sache auf den Grund gegangen zu sein. Daher streifte sie ein paar dicke Socken über die nackten Füße und ging zur Tür, die sie einen spaltbreit öffnete. Friedliche Stille im ganzen Haus. Else schlüpfte aus dem Zimmer und stieg die Treppe hinab, wobei sie instinktiv darum bemüht war, sich möglichst lautlos zu bewegen. Der helle Mondschein, der durch das Milchglas der Haustür fiel, tauchte den Flur in ein gespenstisches, unwirkliches Licht. Was am Tag ein Kleiderständer mit Regenmantel zu sein schien, hatte nun verblüffende Ähnlichkeit mit der Silhouette eines Gehenkten am Galgen. Der Kater lag in seinem Korb, und das gleichmäßige Auf und Ab seines Körpers zeigten Else, dass er wohlauf war. Irritiert bemerkte sie, dass die Tür zum Wohnzimmer halb offen stand, obwohl sie sicher war, diese gestern vor dem Zubettgehen geschlossen zu haben. Ein kühler Luftzug wehte ihr entgegen, als sie den Raum betrat. Was sie dann zu sehen bekam, ließ ihr das Blut in den Adern erstarren. Ein Fensterflügel stand weit offen, die Scheibe war zertrümmert, und der Parkettfußboden mit Glassplittern übersät. Das alleine hätte jedoch keineswegs ausgereicht, um Else in Angst und Schrecken zu versetzen. Was sie jedoch gänzlich aus der Fassung brachte, war der im Mondlicht schimmernde schwarze Lack des auf der gegenüberliegenden Straßenseite geparkten Polos. Else bemühte sich, die in ihr aufsteigende Panik im Zaum zu halten. Sie musste jetzt um jeden Preis einen kühlen Kopf bewahren. Das Zimmer, in dem sie sich befand, bot keine Möglichkeit, sich zu verstecken, es sei denn der

Eindringling hätte sich in den schmalen Spalt zwischen Couch und Wand gezwängt.

Während sie noch mit sich kämpfte, ob sie diese unwahrscheinliche Möglichkeit überprüfen sollte, hörte sie es: Das leise, kaum wahrnehmbare Geräusch schleichender Schritte, die langsam näher kamen. Mit einem Satz war Else hinter der Tür verschwunden und hielt mit zitternden Knien nach einer Waffe Ausschau. Aber keine der Blumenvasen befand sich in ihrer Reichweite, und sie verfluchte sich innerlich dafür, dass sie all die schweren Aschenbecher, die früher haufenweise hier herumstanden, nach dem Tode ihres Vaters aus dem Haus gegeben hatte. Else wagte kaum mehr zu atmen, denn die Schritte hatten vor dem Zimmereingang Halt gemacht. Das Herz schlug ihr bis zum Hals, als die Tür vorsichtig einige Zentimeter weiter aufgestoßen wurde. Keinen Meter von ihr entfernt stand, nur durch eine dünne Holzfläche von ihr getrennt, die Person, die in ihr Haus eingedrungen war, um sie umzubringen, schoss es ihr durch den Kopf. Was diese wohl in ihren mordlustigen Klauen halten mochte? Ein Schlachtermesser? Eine Drahtschlinge? Diese Frage wurde ihr sofort beantwortet, denn das Erste, was sich für Else sichtbar in den Raum schob, war der Lauf einer Pistole. In genau diesem Augenblick spürte Else, dass sie unnatürlich ruhig wurde. So als hätte sie bereits mit dem Leben abgeschlossen, war ihre Angst wie weggeblasen, und es gelang ihr, wieder klar zu denken. Versteckspielen würde sie nicht retten. Der einzige Trumpf in ihrem Blatt war, dass ihr Gegner noch keine Ahnung hatte, wo sie sich befand, und den durfte sie nicht verschenken. Else handelte rasch und entschlossen. Die Anspannung der vergangenen Minuten entlud sich in einem gellenden Schrei, während sie die Waffe mit beiden Händen packte und nach oben riss. Die Überraschung gelang, doch als sie mit einem Gefühl des Triumphes registrierte, dass sie ihrem Angreifer die Pistole entrissen hatte, traf sie ein Faustschlag ins Gesicht, und ihr wurde schwarz vor Augen. Während Else benommen einige Schritte nach hinten taumelte, flammte das Deckenlicht auf, und eine wohlbekannte Stimme rief: "Else, was treibst du denn hier?"

Im Türrahmen stand Edith, und das Grün ihrer vor Überraschung aufgerissenen Augen kontrastierte harmonisch mit der Farbe ihres Morgenmantels, dessen Gürtel sich durch den Kampf geöffnet hatte, wodurch er den Blick auf nackte Haut freigab. Else, der im

Moment der Sinn nicht nach ästhetischen Betrachtungen stand, stieß keuchend hervor: "Ich wohne hier. Vielleicht erinnerst du dich."

"Das ist mir bekannt, aber um ein Haar hätte ich..."

"Das Nummernschild, schnell", fiel ihr Else ins Wort, als vor dem Haus ein Motor ansprang. Sie stürzte zum Fenster, konnte aber nur noch einem ohne Licht davonbrausenden Wagen hinterherschauen. "Verdammt!"

Mittlerweile hatte sich auch Edith aus ihrer Erstarrung gelöst und bemühte sich, Pascal zu beruhigen, der sich, durch den Lärm verstört, auf seinen Kratzbaum geflüchtet hatte.

"Die Terrassentür stand offen", bemerkte sie, als sie ins Zimmer zurückkehrte, "nun wissen wir also auch, wie der Kerl das Haus wieder verlassen hat. Komm, auf den Schreck brauche ich einen großen Kognak."

Die beiden Frauen setzten sich in die Küche. "Wieso bist du denn um diese unchristliche Uhrzeit überhaupt auf den Beinen", wollte Else wissen, während sie sich einen nassen Lappen auf ihre brennende rechte Gesichtshälfte presste.

"Du weißt doch, dass ich bei Vollmond nicht schlafen kann. Ich saß deshalb bis nach zwei vor der Glotze. Danach habe ich mich mit einem Buch ins Bett gelegt, als ich plötzlich durch das Geräusch splitternden Glases alarmiert wurde. Ich warf mir schnell etwas über, um nach dem Rechten zu sehen, und auf der Vorderseite des Hauses bin ich dann fündig geworden."

"Du warst vor dem Haus. Dann musst du doch auch den schwarzen Polo gesehen haben", warf Else erregt ein.

"Tut mir leid, darauf habe ich nicht geachtet. Mir wäre es im Traum nicht eingefallen, eine Verbindung zwischen deinem Unfall und diesem Einbruch zu konstruieren."

"Warum hast du nicht sofort die Polizei verständigt, als dir klar war, was geschehen ist?"

"Machst du Witze? Es war drei Uhr nachts, und das nächste Polizeirevier ist, wenn ich mich recht erinnere, in Idstein. Bevor der erste Beamte hier erschienen wäre, hätten die doch bequem alles, was im Haus nicht niet- und nagelfest ist, in einen Möbelwagen verladen können. Nein, die Sache musste ich schon selbst in die Hand nehmen."

"Und, was hast du getan?"

"Da ich keinen blassen Schimmer hatte, ob die Kerle nicht zu zweit sind, lief ich zurück in meine Wohnung und habe mir dieses Schätzchen hier als Verstärkung geholt", sie nahm die auf dem Tisch liegende Waffe und wog sie anerkennend in ihrer Hand, "ein Erbstück von meinem Vater, nicht mehr das neuste Modell, aber es funktioniert noch. Als Nächstes habe ich mir überlegt, dass es eine ziemliche Eselei wäre, durch die Eingangstür, also quasi auf dem Präsentierteller, ins Haus zu stolzieren. Zum Glück fiel mir ein, dass es zwischen Wohnhaus und Seitenbau eine Verbindungstür gibt. Die ist zwar seit hundert Jahren nicht mehr benutzt worden, und ich musste meinen Schuhschrank zur Seite räumen, um sie freizulegen, aber sie war Gott sei Dank nicht verschlossen. Als ich dann aus eurer Abstellkammer, die du euphemistisch als dein Bügelzimmer zu bezeichnen pflegst, in den Flur einbog, sah ich gerade noch einen Schatten ins Wohnzimmer huschen. Den Rest der Geschichte kennst du."

"Allerdings", Else ging zur Spüle, um ihren Lappen mit kaltem Wasser zu tränken, "ich hatte keine Ahnung, dass du so einen mörderischen Schlag am Leib hast."

"Da hättest du erstmal deinen Kampfschrei hören sollen. Mir standen sämtliche Haare zu Berge. Ein Kopfjäger aus Neu-Guinea war so ziemlich das Harmloseste, was ich danach hinter der Tür vermutet habe. Es blieb mir gar nichts anderes übrig, als hart zuzuschlagen, um meine Haut zu retten."

Nachdem sie ihre Gläser geleert hatten, machte sich Else daran, die Scherben auf dem Wohnzimmerboden zusammenzufegen. Mittlerweile entfernte Edith vorsichtig die Reste der Scheibe aus dem Rahmen und verschloss die Fensteröffnung mit Hilfe von Karton und Klebeband. Danach beschlossen beide zu versuchen, trotz der Aufregung noch ein paar Stunden Schlaf zu finden.

Die Sonne stand schon hoch am Himmel, als Else mit dröhnendem Schädel erwachte. "Warum haben es in letzter Zeit alle auf meinen armen Kopf abgesehen?", fragte sie sich auf dem Weg ins Badezimmer wehleidig. Der Anblick, der sich ihr im Spiegel darbot, war nicht dazu angetan, ihre Laune zu heben. Die rechte Augenpartie war geschwollen und schillerte in den schönsten Regenbogenfarben. Sie nahm sich eine Packung Aspirin aus dem Medizinschrank und ging nach unten, um die Näpfe der Katze zu füllen, die ungewohnt rücksichtsvoll darauf verzichtet hatte, ihr Fressen einzumiauen, und sich stattdessen auf der Terrasse sonnte. Else nahm die Eisschale aus dem Gefrierfach des Kühlschranks und brach sich einige Würfel heraus, die sie in einer Schüssel mit zurück in ihr Schlafzimmer nahm. Zwei Tage kalte Umschläge würden hoffentlich ausreichen, um sie wieder wie ein Mensch aussehen zu lassen. ‚Sie konnte sich die Witzeleien lebhaft ausmalen, denen sie ausgesetzt wäre, wenn sie derart entstellt in der Fabrik oder im Hörsaal auftauchen würde. Unabhängig von ihrem äußeren Erscheinungsbild war mit den bohrenden Kopfschmerzen an eine Fahrt nach Bensheim nicht zu denken. Sie rief daher Konrad an und erklärte ihm, eines der für nächste Woche vorgesehenen Bewerbungsgespräche hätte überraschend vorgezogen werden müssen. Ihre Anwesenheit in der Firma sei dabei unumgänglich.

Er zeigte sich ob ihrer Absage ehrlich betrübt, gab sich alle Mühe, sie umzustimmen, musste sich jedoch schließlich in das Unvermeidliche fügen. Es fiel Else nicht leicht, ihren Mann zu belügen, aber ihr war klar, dass er sich sofort ins Auto gesetzt hätte und zurückgeeilt wäre, wenn sie ihm wahrheitsgetreu berichtet hätte, was vergangene Nacht geschehen war. Und ein neben ihr auf dem Bett sitzender Konrad, der ihre Hand hielt, war das Letzte, was sie in der momentanen Situation hätte ertragen können. Auch einer Diskussion mit Renate fühlte sie sich in ihrer jetzigen Verfassung nicht gewachsen; daher unterließ sie es, die Freundin vom neuesten Stand der Dinge in Kenntnis zu setzen. Else zog die Vorhänge vor, um das grelle Sonnenlicht auszusperren, und verbrachte die beiden nächsten Stunden damit, ihr Gesicht zu kühlen, während sie eine Diskussion über den Bankrott der Rentenkassen im Radio verfolgte. Am Nachmittag brachte ihr Edith, der sie ihren Entschluss, die beiden nächsten Tage im Haus zu verbringen, mitgeteilt hatte, einen bis zum Rand gefüllten Teller nach oben.

"Blumenkohl-Gratin mit Salamistreifen, damit du wenigstens etwas Warmes in den Magen kriegst. Schließlich bin ich ja nicht ganz unschuldig daran, dass du so in den Seilen hängst. Und keine Angst", fügte sie grinsend hinzu, "die Pilze sind aus der Dose."

Die Mahlzeit war so lecker zubereitet, dass Else trotz der gewaltigen Portion keine Reste übrig ließ. Anschließend war sie gerade dabei, sich gelangweilt durch das Fernsehprogramm zu zappen, als Robert anrief. Er erkundigte sich nach einem Band von Rodocanachi, der in der Uni-Bibliothek nicht vorrätig sei, und Else versprach ihm auszuhelfen. Danach musste Else ihm mehrmals versichern, dass es ihr gut gehe, und nachdem sie einige Belanglosigkeiten ausgetauscht hatten, war das Gespräch zu Ende. Merkwürdig dachte Else, nachdem sie den Hörer aufgelegt hatte, Small-Talk ist doch weiß Gott nicht Roberts Passion, und die Frage nach dem Buch roch stark nach Vorwand. War es möglich, dass ihre sonst so diskrete Schwägerin geplaudert hatte? Sie nahm sich vor, Edith zur Rede zu stellen, als das Telefon erneut klingelte.

"Hier Schulze-Wegmann", schnaufte eine erregte Stimme aus dem Hörer, nachdem sich Else gemeldet hatte, "ich habe es eben erst zu Gesicht bekommen."

"Schönen guten Tag Herr Schulze Wegmann, wovon sprechen Sie bitte?"

Wie es Else von einem Politiker nicht anders gewohnt war, machte er sich keine Mühe, auf ihre Frage einzugehen.

"Sagen Sie Ihrem Herrn Trapp, so geht es nicht. Falls er sich einbildet, jede unverschämte Beleidigung wäre durch die Pressefreiheit gedeckt, dann hat er sich geschnitten."

"Erstens ist es nicht mein Herr Trapp", gelang es Else dazwischenzuwerfen, aber ihr schüchterner Einwand wurde entrüstet hinweggefegt:

"Tun Sie nicht so, als ob Sie von der ganzen Sache nichts gewusst hätten, Sie Unschuldslamm. Sie sind die Chefin des Ladens, oder etwa nicht? Aber ich versichere Ihnen, das wird ein Nachspiel haben. Ich bin Jurist."

Bevor sie einen erneuten Versuch unternehmen konnte, sich zu Wort zu melden, wurde die Unterhaltung von der anderen Seite mit lautem Hörerknallen beendet. Else, die Renates Ausführungen über ein verpfuschtes Leben nicht vergessen hatte, beschloss gnädig, seinen letzten Satz nicht als Drohung, sondern als Entschuldigung für sein ungehobeltes Auftreten zu bewerten. Neugierig geworden lief sie nach unten, um den Taunus-Rundblick, den sie am Morgen achtlos auf den Küchentisch geworfen hatte, durchzublättern. Auf Seite 5 prangte ihr Wolfgangs Foto entgegen. Da es draußen bereits dämmerte, musste sie, um das Interview zu überfliegen, das Licht anschalten. Der Stein des Anstoßes befand sich am Ende des Textes:

TB: Fühlen Sie sich in Ihren Bemühungen von der Politik unterstützt oder alleine gelassen.

W.Trapp: Mir würde es völlig ausreichen, von der Politik nicht ständig behindert zu werden.

TB: Der liberale Abgeordnete unseres Wahlbezirks, Herr Schulze-Wegmann, hat erst unlängst eine vielbeachtete Rede über die Probleme des Mittelstandes gehalten. Waren Sie da?

W.Trapp: Ja, obwohl ich es aus Erfahrung hätte besser wissen müssen, habe ich meine Zeit geopfert und zugehört.

TB: Was halten Sie von seinen Thesen?

W.Trapp: Pflaumenweiches Geseire!

TB: Herr Trapp, wir danken Ihnen für dieses Gespräch.

Amüsiert legte Else die Zeitung zur Seite. Sie erinnerte sich daran, Wolfgang schon sehr viel weniger moderat erlebt zu haben. Ein kräftiges Klopfen ans Fenster ließ Else aus ihrem Stuhl hochfahren. Nicht nur ihr Kopf, auch ihr Nervenkostüm hatte unter den nächtlichen Erlebnissen gelitten. Aber ihr Schreck wich der Freude, als sich ein breitkrempiger Hutrand gegen die Scheibe drückte; es war Fred.

"Was ist denn mit dir passiert?", fragte er erstaunt, nachdem Else ihn hereingelassen hatte, "du scheinst dich auf prügelnde Männer spezialisiert zu haben."

"Nein ganz und gar nicht. Mir ist gestern die Hauptsicherung rausgeflogen, und dann bin ich im Dunkeln gegen eine offene Schranktür gelaufen." Else war verblüfft, wie flüssig ihr die Lügen mittlerweile über die Lippen flossen. Fred zeigte sich von ihrer Antwort wenig beeindruckt:

"Diese Standardausrede kannte ich bisher nur aus Witzblättern. Aber bitte sehr, du bist nicht verpflichtet, mir zu erzählen, wer dich so zugerichtet hat."

"Entschuldige Fred, sei nicht gleich beleidigt", lenkte Else ein, "aber wenn ich dir erzähle, wie es wirklich war, wirst du es mir erst recht nicht glauben. Sag mir lieber, wo du am Samstag gesteckt hast und warum du so verstohlen ans Fenster klopfst, anstatt an der Haustür zu klingeln. Soll ich uns einen Kaffee kochen?"

"ad 1: Ich musste meine Arbeit hier wegen eines anderen Auftrags für einige Tage unterbrechen und konnte deshalb nicht zu eurer Premierenfeier kommen. ad 2: Ich wollte sicher gehen, mit dir alleine zu sprechen. ad 3: Danke nein, ich habe leider nicht viel Zeit."

"Oh, das ad 2 klingt in meinen Ohren vielversprechend. du wirst dich nicht doch noch zu dem Antrag durchgerungen haben, von dem du neulich in zarten Andeutungen gesprochen hast? Falls ja, muss ich mich vorher unbedingt ein bisschen zurechtmachen."

"Nein Else, der Anlass ist sehr viel unerfreulicher." Es war Fred deutlich anzusehen, wie unwohl er sich in seiner Haut fühlte. Er strich sich mehrmals mit Daumen und Zeigefinger der rechten Hand über den Bart, so als würde er nach den passenden Worten suchen. Schließlich gab er sich einen Ruck und blickte Else in die Augen:

"Um es kurz zu machen, dein Mann betrügt dich tatsächlich."

Obwohl Else noch gestern selbst ausgiebig mit diesem Gedanken gespielt hatte, konnte sie nun nicht glauben, was sie hörte.

"Und wieso bist du dir da plötzlich so sicher?"

"Am Donnerstag habe ich ihn im Wald unweit des Klosters getroffen, während ich auf meiner täglichen kleinen Wanderung unterwegs war. Ich rastete auf einer Bank, als er an mir vorbeilief. Und dieses Mal habe ich ihn mir genau angesehen, falls du wieder auf die Idee kommen solltest, ich könnte ihn verwechselt haben. Der Mann war ohne Frage Konrad Steigert; wir haben uns sogar gegrüßt."

"Wenn ich dich richtig verstanden habe, war er allein."

"Ja, das schon", wieder fiel es Fred sichtlich schwer, seinen Bericht fortzusetzen, "ich habe dir gesagt, Else, dass ich zum Spitzel nicht tauge. Aber eigentlich habe ich nichts weiter getan, als meinen Spaziergang zu beenden, wobei ich lediglich die Route so gewählt habe, dass ich ihn nicht aus den Augen verliere."

"Und? Bitte, Fred, spann mich nicht länger auf die Folter."

"In der Schutzhütte am Satansbrünnchen hat sie auf ihn gewartet. Schon die Begrüßung verlief so innig, dass kein Zweifel möglich war. Das waren keine guten Freunde, sondern eindeutig ein Liebespaar. Dann haben Sie die Hütte Arm in Arm verlassen, nach wenigen Schritten blieben sie stehen, um sich erneut zu küssen. Willst du noch mehr wissen?"

"Nur noch ein unbedeutendes Detail. Wer war die Frau?"

"Das kann ich dir zwar nicht sagen, es sollte aber kein Problem sein, das herauszufinden, denn ihre Haare sind kaum zu verwechseln. Dunkelrot und so geschickt zu einer Art Turm zusammengesteckt, dass es aussieht, als trüge sie einen Helm."

Mehr brauchte Else nicht zu wissen. Es war keine zwei Wochen her, dass sie der Frau, auf deren Frisur diese Beschreibung eindeutig zutraf, in einem Café im Frankfurter Westend gegenüber gesessen hatte.

"Ist das jetzt sehr schlimm für dich?", fragte Fred mit besorgter Stimme.

"Falls du die Eifersucht meinst, nein. Die war nie ein Problem für mich", Else sprach sehr langsam und schien mit ihren Gedanken weit weg zu sein. Dann sagte sie leise, mehr zu sich selbst als zu ihrem Besucher: "Aber der Einsatz bei diesem Spiel ist höher, als du ahnst."

Da Fred sich weigerte zu gehen, ohne die wahre Ursache für Elses Kopfverletzung zu kennen, erzählte sie ihm, was sich in der vergangenen Nacht zugetragen hatte. Er schien von diesen Neuigkeiten beunruhigt. Zum Abschied nahm er sie in die Arme:

"Pass gut auf dich auf Else, und wenn du Hilfe brauchst, weißt du, wo ich zu finden bin."

Als die Tür hinter Fred ins Schloss gefallen war, fasste Else den Entschluss, endlich zu handeln.

XI

Barbara Wigand stieß einen tiefen Seufzer der Erleichterung aus, als sie endlich allein war. Was für ein Tag! Nie wieder tue ich mir so einen Schnuppernachmittag an, schwor sie sich nicht zum ersten Mal, und falls doch, dann auf keinen Fall mehr kostenlos.

Es war unglaublich, zu welchen Unverschämtheiten sich manche Menschen hinreißen lassen, wenn irgendwo etwas umsonst angeboten wird. Stundenlang hatte sie diese undisziplinierte Horde zu

Atem- und Meditationsübungen angehalten, war mit Engelsgeduld auch den abseitigsten Fragen über die Schwingungsebenen feinstofflicher Energien auf den Grund gegangen, hatte sich den Mund über Chakrenarbeit und Osteopathie fusselig geredet und chronischen Dauernörglern kostbare Edelsteinessenzen in die Aura gefächelt. Sicher, einen Großteil dieser Leute würde sie als Klienten in einem ihrer Kurse wiedersehen, aber es musste doch auch andere, weniger strapaziöse Formen der Werbung geben. Schwungvoll schleuderte sie sich die Schuhe von den brennenden Füßen und verfehlte dabei den Kopf einer dekorativ platzierten Puppe, die den Wigands als Hut- und Schirmständer diente, nur um Haaresbreite. Beim Aufsetzen des Teewassers spürte Barbara, dass ihr Kreislauf schwächer wurde und sich die ersten Vorboten drohender Kopfschmerzen in ihrem Hinterkopf bemerkbar machten. "So weit werde ich es heute nicht kommen lassen", sprach sie zu sich selbst, ging durch eine Schiebetür in das benachbarte Zimmer, wo sie unschlüssig vor einem im Wesentlichen mit kleinen Flaschen gefüllten Regal verharrte. Ihre Wahl fiel schließlich auf Rescue-Creme. Sie nahm auf einem Sessel vor dem Kamin Platz und begann, sich die Salbe sorgfältig ins Innere ihrer rechten Ohrmuschel zu reiben. Nachdem sie auch die andere Kopfseite versorgt hatte, knöpfte sie ihre Bluse auf und massierte die Creme mit langsamen, kreisenden Bewegungen in ihr Brustbein ein.

Natürlich hatte Horst nach einem solchen Tag nichts Besseres zu tun, als sie mit seiner trotteligen Anhänglichkeit noch zusätzlich zu nerven. "Ich komme heute früher nach Hause, damit wir Abschied feiern können", hatte er ihr immer wieder in den Ohren gelegen. Abschied feiern! Man hätte meinen können, sie würde morgen zu einer Weltumseglung aufbrechen, anstatt für wenige Tage ihre Schwester im Allgäu zu besuchen. Sie hatte schon verstanden, was er ihr damit zu sagen beabsichtigte: Ihr zuliebe würde er eines seiner heiligen Monatstreffen in der verrauchten Dorfkneipe abkürzen. Was für ein phantastisches Kompliment, dass er ihre Gesellschaft der dieser aufgeblasenen alten Schriftsteller-Hexe vorzuziehen vorgab. Schon oft hatte sie sich gefragt, was schwerer zu ertragen war, seine unkontrollierten Wutausbrüche oder sein devotes Anklammern. Aber es erschien ihr müßig darüber nachzudenken, da sie beide Verhaltensweisen als verschiedene Seiten der gleichen Medaille einstufte. Zum Glück hatte sie, als er hartnäckig bei seinem Vorschlag blieb, die rettende Idee gehabt, ihm vorzulügen, sie bekäme Besuch von einer Freundin. Horst hatte keine weiteren Fragen gestellt. Aber sie kannte ihn gut genug, um seinem säuerlichen Gesichtsausdruck anzusehen, dass er an Else Steigert dachte, der er, nachdem er am letzten Wochenende mit ihr zusammengerasselt war, auf keinen Fall zu begegnen wünschte.

Gut so, um so länger habe ich meine Ruhe, dachte Barbara während sie in die Küche zurückging und das kochende Wasser vom Herd nahm. Nachdem Else sie bloßgestellt hatte, war ihr nichts anderes übriggeblieben, als Horst das Treffen in Frankfurt zu beichten. Typisch für seine Egozentrik, dass er sich jetzt offenbar einbildete, sie würden Woche für Woche zusammenglucken, um über seine Marotten zu tratschen. Wenn er für seine Frau nur halbsoviel Interesse aufbringen würde wie für seine albernen Puppen, wüsste er, dass eine so kalte, kopffixierte Frau wie Else nie zum Kreis ihrer Freundinnen zählen wird. Mit Schaudern dachte sie an die Unterhaltung im Café zurück. Sie hatte ein offenes, ehrliches Gespräch gesucht, war im Begriff gewesen, der anderen ihr Herz auszuschütten, und dann hatte Else sie ohne mit der Wimper zu zucken abfahren lassen, nur weil diese Kuh sich einbildete, ihr Mann wäre unwiderstehlich. Was war eigentlich aus der Autogrammkarte geworden? Barbara erinnerte sich, dass Horst zähneknirschend eingewilligt hatte, dass diese ihren Platz auf der Kommode fand, auf der eine Reihe von Fotografien mit den unterschiedlichsten Motiven um einen stattlichen Kerzenständer gruppiert waren. Sie ging zu dem Möbelstück und suchte das Bild heraus, welches Konrad als Don Juan zeigte. Der Bursche ist wirklich süß, dachte sie, eigentlich ein Jammer, dass er nicht mein Typ ist. Der hätte eine Frau wie mich verdient, eine aus Fleisch und Blut und nicht ein Lexikon auf zwei Beinen. Sie war nicht die Einzige, die sich darüber wunderte, dass diese Ehe so lange hielt. Else sah nicht schlecht aus, zugegeben, aber ein Mann wie Konrad hatte doch ganz andere Möglichkeiten. Es scheint wohl doch zu stimmen, dass Geld sexy macht, aber bislang hatte sie angenommen, dass dieser Spruch nur bei Männern seine Gültigkeit hat.

An die Arbeit, rief Barbara sich zur Ordnung. Bevor sie daran ging, ihre Reisetasche zu packen, stand ihr noch das unangenehme Telefonat mit Monika bevor, das sie nicht ohne Grund so lange vor sich her geschoben hatte. Jedes Mal das gleiche Theater, nur um von der eigenen Schwester einen kleinen Gefallen zu erbitten. Was verlangte sie denn schon Großartiges? Eine kleine Notlüge, nichts weiter. Monika musste lediglich, wenn Horst seinen obligatorischen Kontrollanruf tätigte, sagen: "Barbara ist gerade im Badezimmer, sie ruft dich zurück", und dann so schnell wie möglich ihre Handynummer wählen. Das war doch simpel genug. Aber Monika würde wieder eine Riesenaffäre daraus machen:

"Ich hasse es zu lügen, auch für dich", "Horst wird wissen wollen, was wir während des Tages unternommen haben", "Wie stehe ich da, falls ich dich nicht erreiche, und er wieder anruft", und, und, und. Wenn sie es nicht besser wüsste, würde sie daran zweifeln, dass Monika tatsächlich dem Geschlecht angehört, welches die Phantasie für sich reklamiert. Barbara rechnete damit, mindestens eine halbe Stunde auf den Knien herumrutschen und betteln zu müssen, bevor sie diesen Tugendbolzen weichgeklopft haben würde. Doch damit war die Sache noch lange nicht ausgestanden. Wie die meisten wohlanständigen Bürger entwickelte auch ihre Schwester eine geradezu perverse Neugier, was das Sexualleben anderer Menschen betraf: "Wer ist es denn dieses Mal?, Wie sieht er denn aus?, Ist er gut im Bett?"

Wie das schon klang: Wer ist es denn dieses Mal? Als wäre sie eine Nymphomanin, die sich Woche für Woche einen neuen Kerl aufreißt. Dabei war sie mit einem Neurotiker verheiratet, der sie durch seine grundlosen Eifersuchtstiraden förmlich in die Arme anderer Männer getrieben hatte. Und Barbara sah auch wenig Sinn darin, Monika lang und breit von ihrem Schnucki vorzuschwärmen. Sicher, sie freute sich auf die bevorstehenden Tage, er war sehr aufmerksam, intelligent und einfühlsam beim Sex, nicht so ein unsensibler Rammler wie ihr Ehemann. Doch er fing immer wieder an, von Scheidung und Heirat zu reden. Zweimal hatte es deswegen schon Streit gegeben, und beim nächsten Mal hatte sie sich vorgenommen, Schluss zu machen.

Warum konnte man nicht ein bisschen Spaß miteinander haben, ohne gleich grundsätzlich zu werden? Grässlich, dass manche Männer dies offenbar nicht aushielten, und sich einbildeten, ihren Besitzanspruch mit Brief und Siegel verewigen zu müssen. Als ob sie so blöd wäre, den gleichen Fehler ein weiteres Mal zu begehen.

"Also gut, bringen wir es hinter uns", seufzte Barbara und griff zum Telefon. Sie hatte erst wenige Ziffern gewählt, als es an der Haustür klingelte. Wer kann das sein? Horst? Sie warf einen Blick auf ihre Armbanduhr. Ausgeschlossen. Selbst wenn er seinen Hausschlüssel vergessen und seine Abneigung gegen Else niedergekämpft hätte, es war viel zu früh; das große Fressen musste noch in vollem Gange sein. Sie legte den Hörer zurück auf die Gabel, ging zur Tür und öffnete.

"Na, das nenne ich eine Überraschung, komm rein."

Sie geleitete ihren Gast ins Wohnzimmer und wies beiläufig auf die graue Ledercouch: "Nimm Platz, du trinkst doch sicher ein Tässchen Tee mit mir?"

Ohne eine Antwort abzuwarten, wandte sie sich der gläsernen Vitrine zu, in der das Teeservice aufbewahrt wurde. Dies sollte sich als folgenschwerer Fehler erweisen. Hinter ihrem Rücken krallte sich eine Hand mit nur vier Fingern um den schmiedeeisernen Kerzenständer bis das Weiße an den Knöcheln hervortrat und riss ihn in die Höhe. Durch den Knall, mit der die Kerze an die Wand geschleuderte wurde, alarmiert, fuhr Barbara herum und stieß einen Schrei des Entsetzens aus. Instinktiv hob sie die Arme über den Kopf, um den hinterhältigen Schlag abzuwehren, aber es war zu spät. Mit einem hässlichen Knacken zerbrach ihre Schädeldecke, und noch ehe ihr Körper auf dem Boden aufschlug, war todsicher, dass Barbara Charlotte Wigand sich nie mehr wieder mit einem Schnupperkurs würde abquälen müssen.

XII

Erst als sie die Abteiltür hinter sich zugezogen hatte, beschlichen Else erste Zweifel am Sinngehalt ihrer Unternehmung. Aber nun gab es kein Zurück mehr, denn der Intercity hatte sich bereits in Bewegung gesetzt und begann Fahrt aufzunehmen. Doch von der wilden Entschlossenheit, die sie nach dem Gespräch mit Fred verspürt hatte, war nicht allzuviel übrig geblieben. Da sie Konrad nicht auf den Kopf zusagen konnte, dass er sie belügt, musste sie eine andere Möglichkeit finden, dies zu beweisen. Barbara Wigand zur Rede zu stellen, war für Else keine Alternative. In der Rolle der betrogenen Ehefrau, die keifend versucht, der vermeintlichen Geliebten ein Geständnis zu entlocken, wäre sie sich würdelos und

lächerlich vorgekommen. Doch falls es ihr gelänge, Konrads Vater aufzustöbern, der ja angeblich schon lange nicht mehr unter den Lebenden weilte, hätte sie der Glaubwürdigkeit ihres Mannes einen vernichtenden Schlag versetzt. Von diesem Gedanken angetrieben hatte sie den Autoatlas aus dem Wagen geholt, um darin Konrads Geburtsort ausfindig zu machen. Glücklicherweise wies das Ortsregister nur ein einziges Schmalenkampen auf, und dies lag ein paar Kilometer nordöstlich von Bremen. Nach einer kurzen Recherche im Internet entschied sie sich für den Nachtzug nach Hamburg. Ihre rechte Gesichtshälfte sah zwar immer noch schlimm aus, doch Else war zuversichtlich, dies mit Puder und Schminke hinreichend kaschieren zu können, um sich wieder unter Menschen zu wagen. Schon als sie den Bus bestieg, der sie zum Bahnhof nach Idstein bringen sollte, wurde ihr deutlich, dass sie ihr kosmetisches Talent überschätzt hatte. Der Fahrer warf ihr einen gleichermaßen verwunderten wie besorgten Blick zu: "Alles in Ordnung, Frau Doktor Steigert?"
"Ja, Herr Klinger, ein kleines Missgeschick, nicht der Rede wert."
In Niedernhausen wechselte sie auf die S-Bahn, die pünktlich in den Frankfurter Hauptbahnhof einrollte. So blieb Else genügend Zeit, um sich eine Fahrkarte nach Bremen sowie zwei in Zellophan eingewickelte Sandwiches als Reiseproviant zu besorgen. Im Intercity teilte sie das Abteil mit drei jungen Männern, die sich angeregt über Stereoanlagen und Lautsprecherboxen unterhielten, während sie sich die Frage stellte, wie sie an ihrem Zielort die gesuchte Person überhaupt ausfindig machen könnte. Als sie zum ersten Mal erwogen hatte, diese Reise anzutreten, sah sie sich vor ihrem geistigen Auge in einer altehrwürdigen Dorfkirche stehen, und ein grauhaariger, gütig lächelnder Pfarrer las ihr aus einem dicken, in Leder gebundenen Buch all das vor, was sie über den Stammbaum der Familie Müller zu wissen begehrte. Es war höchste Zeit, das Problem realistischer anzugehen. Dass Schmalenkampen tatsächlich der Ort war, aus dem Konrad stammte, bezweifelte sie nicht. Ihm in diesem Punkt eine Lüge zu unterstellen, die früher oder später fast zwangsläufig auffliegen musste, käme einer Beleidigung seiner Intelligenz gleich. Aber wer sagte ihr denn, dass sein Vater, immer vorausgesetzt, dieser ist noch am Leben, nicht längst den Wohnsitz gewechselt hatte oder in einem Pflegeheim gelandet war? Mit einem leisen Seufzer schloss Else die Augen. Ihre einzige Chance

war das Telefon, aber die hätte sie wesentlich komfortabler auch von einem Frankfurter Postamt aus nutzen können, anstatt nachts durch die halbe Republik zu gondeln. Und wenn sie schon keinen Konrad Vitzliputzli geheiratet hatte, warum musste es dann ausgerechnet ein Mann namens Müller sein?

Else wusste nicht, wie lange sie vor sich hin gedöst hatte, als plötzlich die Abteiltür aufgerissen wurde. "Die Fahrausweise, bitte!" Ein korpulenter älterer Herr in blauer Uniform warf einen argwöhnischen Blick zunächst auf ihr geschundenes Gesicht dann auf ihre Fahrkarte, konnte aber offenbar in beiden Fällen keinen Grund zur Beanstandung finden. "Gute Reise." Elses Abteilgenossen, deren Gespräch allmählich zu versiegen gedroht hatte, waren durch die Unterbrechung wachgerüttelt worden und widmeten sich nun mit Feuereifer einer lautstarken Diskussion über Graphikkarten, Module und Festplattenerweiterungen. An Schlaf war jedenfalls nicht mehr zu denken. Es hätte schlimmer kommen können, beruhigte sich Else, während sie ihre Verpflegung auswickelte. Sie dachte an die Fahrt mit der S-Bahn und an die leicht angetrunkene Gruppe Mitreisender, die es sich nicht nehmen ließ, hingebungsvoll alle Spiele der Fußball-Bundesliga durchzuhecheln.

Dennoch fühlte sie sich einigermaßen ausgeruht, als der Zug kurz vor sechs in den Bremer Hauptbahnhof einlief. Ein wehmütiges Gefühl von Trennung und Abschiednehmen beschlich sie, als sie mit ihrer Tasche in der Hand den fast menschenleeren Bahnsteig entlangschritt. Eigenartig, dachte Else, dass mich nächtliche Bahnhöfe immer melancholisch machen. Schließlich ist dies hier auch ein Ort der Ankunft und der Wiedersehensfreude. Warum nur gebe ich einer pessimistischen Sicht der Dinge automatisch den Vorzug? In diesem Punkt war Konrad das genaue Gegenteil von ihr.

Es kostete sie eine Viertelstunde, um zu klären, wie sie ihre Reise am sinnvollsten fortsetzen sollte. Es fuhr ein Bus nach Schmalenkampen, der, wie der Fahrplan anzeigte, eine Ewigkeit für die relativ kurze Entfernung benötigte. Der Zug, der dieselbe Strecke erheblich schneller bewältigte, fuhr allerdings erst in zweieinhalb Stunden. Nach einem kurzen Moment der Unschlüssigkeit entschied sich Else für die zweite Möglichkeit, da ihrem vom langen Sitzen steif gewordenen Körper ein bisschen Bewegung sicher gut tun würde. Sie deponierte ihre Tasche in einem der Schließfächer und schlug den Weg in die Innenstadt ein. Es war ihr erster Besuch in Bremen, und, obwohl sie sich eine passendere Gemütslage für eine Sightseeing-Tour hätte vorstellen können, bedauerte sie doch, dass ihre Zeit so knapp bemessen war. Zu dieser frühen Stunde waren nur wenige Personen unterwegs. Was zu einer christlicheren Uhrzeit eine belebte Geschäftsstraße sein mochte, lag nun als menschenleere Schaufensterschlucht vor ihr. Das klackende Geräusch ihrer Schritte auf dem Asphalt schreckte lediglich ein paar Tauben auf, die daraufhin ihre Suche nach einem ersten Sonntagsfrühstück unterbrachen und hinter einer in Bronze gegossenen Schweinehorde Zuflucht suchten. Gerade als Else den Marktplatz erreichte, gelang es der Morgensonne durch die Wolkendecke zu brechen, wodurch das Hanseatenkreuz, das als Mosaik die Mitte des Platzes zierte, in ein warmes, freundliches Licht getaucht wurde. Staunend stand Else vor dem Wahrzeichen der Stadt, dem Roland mit dem Schwert in der Rechten und dem adlergeschmückten Schild vor der Brust, den sie schon auf unzähligen Abbildungen gesehen hatte, ohne sich eine zutreffende Vorstellung über die Größe des Standbilds gemacht zu haben. An der Westseite des Rathauses stieß sie auf vier weitere gute alte Bekannte: Die Pyramide aus Esel, Hund, Katze und Hahn, die ihre kindliche Phantasie wie wenig andere Märchen beflügelt hatte. "Etwas Besseres als den Tod werden wir überall finden", murmelte Else, wobei sie mit der Hand über das kalte Metall der Eselsschnauze strich. Der trotzige Mut dieses Satzes hatte ihr imponiert, und sie konnte sich gut erinnern, dass es Harald, dem sie die Geschichte mehr als einmal vorlesen musste, nicht anders ergangen war. Leider hatte er nie die Chance, nach etwas Besserem zu suchen, denn der Tod war schneller. Bevor es ihr gelang, diesen morbiden Gedanken aus ihrem Kopf zu verbannen, schob sich eine Wolkenbank vor die Sonne, und ein kühler Windstoß ließ sie fröstelnd zusammenfahren. Else schloss die Augen, und für Bruchteile von Sekunden verwandelte sich die Windbö in den Luftzug eines mörderischen Sensenhiebes, der ihre Halsschlagader nur knapp verfehlt hatte, und hinter ihrem Rücken warf das Gerippe in schwarzer Kutte zornig das Stundenglas von sich, um mit beiden Knochenhänden zum nächsten Schlag auszuholen. Die Ereignisse der vergangenen Wochen sind offenbar nicht spurlos an mir vorübergegangen, musste Else sich eingestehen, während sie sich auf den Rückweg machte. Eigentlich hatte sie sich fest vorgenommen, noch durch das Schnoorviertel zu bummeln, von dem man ihr schon des Öfteren vorgeschwärmt hatte. Aber dafür war sie jetzt nicht mehr in der richtigen Stimmung, und außerdem vermochte sie nicht abzuschätzen, ob die verbliebene Zeit für diesen Abstecher ausreichen würde. Deshalb zog sie es vor, einen heißen Kaffee zu schlürfen, der dafür sorgte, dass ihre Lebensgeister zurückkehrten. Dann befreite sie ihr Gepäck aus dem engen Verlies und ertrug die 20-minütige Verspätung ihres Zuges mit Gleichmut.

Die ersten Schritte auf Schmalenkampener Boden führten Else durch eine mit Müll übersäte Unterführung. Nachdem sie sich einen Pfad durch Getränkedosen, Plastikflaschen und Zigarettenschachteln gebahnt hatte, stand sie vor einem Bahnhofsgebäude, das sie lebhaft an die Anfangsszene von "Spiel mir das Lied vom Tod" erinnerte. Es hätte sie nicht überrascht, wenn ein Schild mit der Aufschrift "Betreten wegen Einsturzgefahr verboten" an die Eingangstür genagelt gewesen wäre. Das rostige Skelett eines Fahrrads hing traurig in einem der Ständer auf dem Bahnhofsvorplatz. Das Vorderrad war gänzlich abhanden gekommen, vom Hinterrad war eine bizarr verbeulte Felge übrig geblieben, die ein schmutzverkrustetes Schutzblech schamhaft zu verstecken versuchte. Wovon auch immer die Menschen hier leben, der Fremdenverkehr kann es nicht sein, dachte Else, während sie sich an einem vergilbten Stadtplan zu orientieren versuchte, was durch einen Sprung, der sich quer über die Glasscheibe des Schaukastens zog, erschwert wurde. Sie hatte bei Schmalenkampen an ein Dorf mit vielleicht zweitausend Einwohnern gedacht und musste nun feststellen, dass sie sich total geirrt hatte. Der Ort war wesentlicher größer, eine richtige Kleinstadt, was die vor ihr liegende Aufgabe nicht vereinfachte. Da sich ihr Magen mit einem leisen Knurren bemerkbar machte, beschloss Else zunächst Ausschau nach etwas Essbarem zu halten. Sie setzte sich in Richtung Kirchturm in Bewegung, passierte zwei Gaststätten, deren Türen noch verschlossen waren, und entdeckte dann im Fenster eines Ladenlokals, in dem Licht brannte, ein Schild, welches Ia-Döner anpries. Wenige Meter entfernt war eine junge Frau gerade damit beschäftigt, Decken mit großen blauen Karos auf die vor einem Café stehenden weißen Plastiktische zu verteilen. Else stand der Sinn nach Herzhaftem, deshalb entschied sie sich für den Türken, und sie hatte Glück. Denn ihre Frage nach einem Telefonbuch löste zwar eine hektische Suche der gesamten

Familie in den hinter dem Lokal liegenden Wohnräumen aus, war aber letztendlich von Erfolg beschieden. Ihre schlimmsten Befürchtungen bestätigten sich: Jeder Zweite in diesem Nest schien auf den Namen Müller zu hören. Seufzend zog Else ihr Notizbuch aus der Tasche und begann die lange Latte von Telefonnummern abzuschreiben. Frisch gestärkt machte sie sich wenig später auf einer sonnenbeschienenen Bank an die Arbeit.

Da sie den Vornamen des Vaters nicht kannte, fiel ihr nichts Besseres ein, als nach Konrad Müller zu fragen, aber niemand schien je von ihm gehört zu haben. Eine gute Stunde später legte sie das Handy frustriert zur Seite; fünf Nummern, bei denen sie niemanden erreicht hatte, waren übrig geblieben, alle anderen hatten sich als Fehlschlag erwiesen. Gerade wollte sich Else das Scheitern ihrer Mission eingestehen, als ihr die rettende Idee kam, worauf sie sich mit der linken Hand gegen die Stirn klatschte. Natürlich, das Kindergesicht! Wo war sie bloß mit ihren Gedanken gewesen. Hatte der ihr nicht unmissverständlich zu verstehen gegeben, dass er quasi Tür an Tür mit dem Erzeuger ihres Mannes leben würde? Mit neuem Elan lief Else zurück zur Dönerbude. Fieberhaft vor Erregung schlug sie den Buchstaben G auf. Da haben wir es, nur drei Göckels: Göckel, Magdalene; Göckel S. + K. und einmal nur Göckel. Sie notierte sich die Nummern und wieder auf ihrer Bank begann Else mit dem vielversprechenden S. + K.. Eine Frau meldete sich: "Hier Sandra Göckel."

"Mein Name ist Else Steigert. Kann ich bitte mit Herrn Klaus Göckel sprechen?"

Die Stimme am anderen Ende bekam einen feindseligen Klang: "Mein Mann ist nicht zu Hause. Worum geht es denn?"

"Vielleicht können auch Sie mir helfen. Sagt ihnen der Name Konrad Müller etwas?"

"Nein, nie gehört", war die einsilbige Antwort.

"Wann kann ich Ihren Mann erreichen?"

"Er ist mit den Kindern in die Stadt gefahren, vor dem Kaffeetrinken werden sie nicht zurück sein."

"Vielen Dank, ich werde es später nochmal versuchen."

Else war dem warmen Frühlingswetter dankbar, das es ihr leicht machte, zwei Stunden lesend zu überbrücken. Gegen drei Uhr wurde sie ungeduldig und griff wieder zum Telefon. Sie war erleichtert, die Stimme Klaus Göckels zu hören, der sich sofort an sie erinnerte.

"Ich brauche dringend Ihre Hilfe. Dies ist mein erster Besuch in Schmalenkampen und ich habe die Adresse meines Schwiegervaters verschlampt", log sie ungeniert, "weder ihn noch Konrad kann ich telefonisch erreichen."

"Das ist bei dem Alten kein Wunder", kam es lachend zurück, "der hat sein Telefon schon vor Jahren abgemeldet. Er wohnt im Akazienweg; die Hausnummer kann ich Ihnen leider nicht sagen, aber es ist das zweite Haus hinter der Kreuzung Platanenweg, wenn Sie ortsauswärts gehen. Ich fürchte allerdings, Sie werden um diese Uhrzeit wenig Glück haben. Der gute Herbie ist nachmittags oft stundenlang mit seinem Hund unterwegs. Am einfachsten setzen Sie sich in den Gnom und warten dort auf ihn. Denn darauf, dass er auf seinen Dämmerschoppen niemals verzichtet, gebe ich Ihnen Brief und Siegel."

"Den Gnom habe ich auf meinem Rundgang schon ausgemacht, können Sie mir noch einen kleinen Tipp geben, in welchem Ortsteil sich der Akazienweg befindet?"

Else ließ sich den Weg erklären und bedankte sich daraufhin überschwänglich. Ihr Herz begann heftig zu klopfen, als sie wenig später den Platanenweg überquerte und sich ihrem Ziel näherte. Sie stand vor einem unscheinbaren Reihenhaus, dessen beiger Putz an einigen Stellen zu bröckeln begann. Das leuchtende Grün der Fensterläden zeigte an, dass diese vor kurzem gestrichen worden waren. Während der gefließte Weg zwischen Tor und Haustür fein säuberlich gekehrt war, machte der Garten einen ungepflegten Eindruck. Die wenigen Sonnenstrahlen, denen es gelang, sich einen Weg durch wild wucherndes Gestrüpp zu bahnen, zauberten ein Muster aus Licht und Schatten auf den von Unkraut durchsetzten Rasen. Auf einem der hellen Flecken streckte sich genüsslich eine getigerte Katze und wandte Else gähnend ihr weit aufgerissenes Maul zu. Diese legte ihren Daumen auf den Klingelknopf, neben dem in akkuraten Druckbuchstaben Herbert Müller geschrieben stand, und ein melodisches Ding Dong ertönte aus dem Innern des Hauses. Nichts rührte sich. Auch auf einen zweiten und dritten Versuch erfolgte keine Reaktion außer einer verstohlenen Bewegung der Gardinen im Nachbarhaus. So kurz vor dem Ziel aufzugeben, kam für Else nicht in Frage, allerdings geriet ihr Zeitplan ziemlich durcheinander. Zwar hatte sie Pascal reichlich mit Futter eingedeckt, da dieser sehr ungnädig reagieren konnte, wenn er sich vernachlässigt fühlte, aber sie hatte niemanden von ihrer Reise in Kenntnis gesetzt, da sie davon ausgegangen war, vor Konrad wieder in Nonnensteg zu sein. Sicher würde er sich Sorgen machen, wenn sie spurlos verschwunden war, aber sie konnte ihn jetzt unmöglich anrufen, um ihm die Wahrheit zu erzählen.

Entschlossen schaltete Else ihr Handy aus, als sie auf die farbig getönten Glasfenster zuschritt, über denen in Leuchtbuchstaben "Zum Buckligen Gnom" zu lesen war. Fröhliches Gelächter schlug ihr entgegen, als sie die Eingangstür zur Gaststätte aufdrückte. An der Theke war eine ausgelassene Würfelrunde im Gange. Else wählte ihren Sitzplatz so, dass sie ihre unversehrte Gesichtshälfte dem Innenraum des Lokals zuwandte. Eine junge Frau mit blondem Pferdeschwanz brachte ihr die Speisekarte. Über einem kurzen Lederröckchen ringelte sich eine tätowierte Schlange um deren Bauchnabel. "Darauf wäre ich alleine nie gekommen", murmelte Else vor sich hin, als ihr das Mädchen den Rücken zukehrte und sie auf dem eng anliegenden T-Shirt "Sexy" las. Sie entschied sich für Schollenfilet mit hausgemachtem Kartoffelsalat und wagte sich, nachdem sie ihre Bestellung aufgegeben hatte, aus der Deckung: "Ich suche einen Herrn Herbert Müller. Können Sie mir sagen, ob der hier ist?"

Die Blonde warf ihr einen prüfenden Blick zu, bevor sie antwortete. Zum ersten Mal hatte Else das Gefühl, ihr lädiertes Auge würde für sie als Pluspunkt zu Buche schlagen.

"Nein, aber wenn Sie etwas Geduld haben, werden Sie ihn hier treffen. Er sitzt für gewöhnlich dort", sie deutete auf einen Tisch neben zwei blinkenden Spielautomaten, "und er hat seinen Hund dabei."

Else hatte gegessen und bereits mit dem zweiten Glas Bier nachgespült, als ihre Ausdauer endlich belohnt wurde. Ein hoch aufgeschossener, hagerer Mann betrat das Lokal. Sein wettergegerbtes Gesicht wurde von einem grauen Vollbart umrahmt, der wie sein Kopfhaar von einigen wenigen schwarzen Strähnen durchzogen war. Dicht an seiner Seite hielt sich ein stattlicher brauner Hund mit schneeweißen Beinen. Sein massiger Körper machte auf Else einen durchtrainierten Eindruck, über einer schmalen Schnauze blickten zwei wachsame Augen in die Runde. "Ein Helles und 'n Korn, Gabi", rief der Neuankömmling als Begrüßung in Richtung Tresen, während er auf seinen Stammplatz zuschritt. Else lies noch eine Minute verstreichen, nahm dann all ihren Mut zusammen und ging zu dem Tisch hinüber. Der Hund, der es sich auf dem Boden bequem gemacht hatte, hob den Kopf, als sie näher kam.

"Mein Name ist Else Steigert", stellte sie sich vor, "darf ich mich zu Ihnen setzen?"

"Herzlich gerne, junge Frau, auch wenn mir irgendetwas an Ihnen sagt, dass Sie nicht die Absicht haben, mich anzubaggern."

"Nein, in der Tat nicht", räumte Else ein, wobei sie sich einen Stuhl zurückzog und darauf Platz nahm, "ich bin letzte Nacht von Frankfurt hierher gefahren, um endlich meinen Schwiegervater kennenzulernen."

Der Gesichtsausdruck des Mannes veränderte sich nicht, aber die Pause, die nach ihren Worten entstand, war für Else ein Indiz dafür, dass ihr Gegenüber mit seiner Überraschung zu kämpfen hatte.

"Was macht Sie so sicher, dass ich der Gesuchte bin?"

"Da ist kein Zweifel möglich. Konrad hat Ihre Augen und Ihren Mund."

"Wenn das so ist", er streckte ihr seine Hand über die Tischplatte entgegen, "gestatten Herbert Müller. Und nun hat Konrad sie wohl verprügelt", fuhr er mit einem vielsagenden Blick auf ihr zerschundenes Gesicht fort, "worauf sie sich bei seinem alten Herrn beschweren wollen, damit der seinen missratenen Sprössling übers Knie legt?"

"Ganz so ist es nicht", stellte Else mit einem Lächeln richtig, wobei sie die dargebotene Hand schüttelte, "aber ehe Sie vor ein paar Minuten hier hereinkamen, war ich mir nicht hundertprozentig sicher, ob Sie tatsächlich existieren. Konrad hat mir erzählt, seine Eltern seien tot; ich würde gerne begreifen, warum er mich belogen hat."

"Kreiden Sie ihm dies nicht allzusehr an. Aus seiner Sicht der Dinge hat er die Wahrheit nur um Nuancen verbogen. Denn in der Nacht als meine Frau starb, ist auch in seinem Verhältnis zu mir etwas unwiederbringlich zerstört worden."

Sein Gesicht verdüsterte sich, offensichtlich fiel es ihm schwer, über dieses Thema zu sprechen.

"Es tut mir leid, dass ich durch meine Fragerei schmerzliche Erinnerungen bei Ihnen wachrüttle", entschuldigte sich Else, "ich weiß nur zu gut, wie gravierend der Tod eine Familie verändern kann.

Ich war dreizehn, als mein Bruder bei einem Unglücksfall ums Leben kam; der Traktor, auf dem wir saßen, fuhr zu schnell in die Kurve und überschlug sich. Dieser Verlust war an sich schon schrecklich genug, aber können Sie ermessen, was es für ein junges Mädchen bedeutet, in einem Haus aufzuwachsen, in dem jahrelang nicht mehr gelacht werden durfte? Mein Vater hat diese Tragödie niemals verwunden, wobei ich mir bis heute nicht sicher bin, ob er mehr um seinen einzigen Sohn oder um seinen standesgemäßen Nachfolger im Chefsessel unseres Familienunternehmens trauerte. Meine Oma, die ich abgöttisch geliebt habe, verlor durch den Unfall buchstäblich den Verstand. Etwas absonderlich war sie zwar schon immer gewesen, aber nach Haralds Tod blieb uns nichts anderes übrig, als sie in eine Heilanstalt einweisen zu lassen. Ich habe sie nur wenige Male besucht. Es hat mir das Herz gebrochen, mit ansehen zu müssen, wie diese früher so resolute und lebenslustige Frau mit apathisch gesenktem Kopf in ihrem Zimmer mit vergittertem Fenster saß und jedes Interesse an der Welt verloren zu haben schien."

Else konnte nicht verhindern, dass ihr bei dem Gedanken an ihre Großmutter Tränen in die Augen stiegen. Daher war sie dankbar, dass in diesem Moment die Bedienung zu ihnen an den Tisch trat, um ein Bier- und ein Schnapsglas vor Herbert Müller zu deponieren.

"Und das hier ist für dich, Cochero." Bei diesen Worten ging sie in die Knie und schob eine mit Wasser gefüllte Schale unter den Tisch, über die sich der Hund sofort geräuschvoll hermachte.

"Was für ein schönes Tier", war Else froh, das Thema wechseln zu können, "ich habe einen solchen Hund noch nie gesehen. Ein Mischling, nehme ich an?"

"Nein, ganz im Gegenteil. Cochero ist ein echter Kangal, ein Hütehund, der in der Türkei zu Hause ist. Eine bemerkenswerte Rasse. Es ist keine Seltenheit, dass es ein Kangal sogar mit einem Wolf aufnimmt, um die ihm anvertraute Schafherde zu schützen. Hier bei uns ist es kaum möglich, ein solches Tier artgerecht zu halten, weshalb auch deren Einfuhr verboten ist, wenn ich richtig informiert bin. Ich habe Cochero aus einem Tierheim erlöst, jedoch erst als ich mir sicher war, ihm wenigstens annähernd die Bewegung verschaffen zu können, die er benötigt. Mit den Jahren sind wir zu einem unzertrennlichen Gespann zusammengewachsen."

Der Hund hatte sich bei der Nennung seines Namens zu voller Größe aufgerichtet und kratze mit seiner weißen Pfote erwartungsvoll am Oberschenkel seines Herrchens.

"Ist gut, mein Alter, leg dich wieder hin." Herbert Müller streichelte über den Kopf des Tieres und kraulte ihm liebevoll das glänzende Fell.

"Und Ihre Mutter? Wie hat sie diesen Schicksalsschlag verdaut?" nahm er den Gesprächsfaden wieder auf.

"Ach, meine Mutter", Else zuckte hilflos die Schultern, "ihr ging Contenance über alles. Nur keinen Sprung in der heilen Fassade sichtbar werden lassen. Sie war, damit Sie keinen falschen Eindruck bekommen, keineswegs eine Rabenmutter, aber können Sie sich vorstellen, dass eine Frau bei der Beerdigung ihres Kindes keine Träne vergießt? Wie oft habe ich sie für ihre zur Schau getragene Gefühllosigkeit gehasst. Erst als Erwachsene begriff ich, wie sehr sie selbst darunter litt, dass sie so war wie sie war."

"Kein Mensch kann aus seiner Haut, sagt man. Da ist was dran, auch wenn ich oft das Gefühl habe, der Satz müsste richtiger 'Die meisten Menschen wollen nicht aus ihrer Haut' lauten."

"Das sehe ich nicht so", widersprach Else, "nach meinen Beobachtungen sind die wenigsten, wenn sie ehrlich in sich gehen, so ganz und gar mit sich einverstanden."

"Vollkommen richtig", stimmte er ihr zu, "aber betrachten Sie die Alternativen. Eine Lebenseinstellung zu verändern, die sie sich als Kind aus gutem Grund zugelegt haben, die sie aber jetzt in ihrer Entwicklung behindert, ist ein langwieriger und schmerzhafter Prozess. Wie viel einfacher ist es, darunter zu leiden, dass man so ist wie man ist. Ich bin der Ansicht, viele Menschen, die psychologische Hilfe suchen, wollen keine Veränderung, sondern lediglich, dass ihr schweres Los gewürdigt wird."

"Hmm, das klingt mir etwas zu zynisch. Doch vielleicht tue ich Ihnen Unrecht, und Sie sind nur Realist."

Herbert Müller verzog das Gesicht zur Grimasse und streckte abwehrend beide Hände von sich: "Wollen Sie mich beleidigen? Ich bin viel in der Welt herumgekommen und habe als Ingenieur gelernt, mir einen heiligen Respekt vor Fakten zu bewahren. Aber glauben Sie mir, Realismus ist eine durch und durch armselige Weltanschauung. Wem die innere Kraft zu Utopien fehlt, der ist verloren. Wenn jemand mit vor Stolz geschwellter Brust 'Ich bin

Realist' in die Gegend posaunt, sollten Sie in Deckung gehen. Das sind oft die gleichen Leute, die mit Sprüchen wie 'Immer nach vorne schauen' und 'Vergangenes rasch abhaken' die Hirnlosigkeit zum Programm erklären."

"Das klingt nicht so, als ob Sie ein Anhänger des Positiven Denkens sind", warf Else schmunzelnd dazwischen.

Er winkte ärgerlich ab: "Was soll dieser Quatsch. Seien Sie Ihrem Schicksal dankbar, wenn sie wenigstens ab und zu auf jemanden treffen, der überhaupt denkt. Auf das Positiv können Sie dann getrost verzichten. Sie halten mich wohl für einen schrulligen alten Kauz", fügte er hinzu, als er in Elses amüsiertes Gesicht blickte, "das ist insofern richtig, als ich große Probleme habe, mich in einer auf Verantwortungslosigkeit gegründeten Spaßgesellschaft zurechtzufinden. Dafür habe ich zu viel erlebt."

Er legte seine Stirn in Falten und seine Augen schienen einen Punkt auf der gegenüberliegenden Wand zu fixieren. Die nächsten Sätze sprach er mit leiser Stimme mehr zu sich selbst als zu seiner Zuhörerin: "Es war 1993 in Ruanda, ich war im Auftrag einer französischen Firma dort unten. Irgendetwas war schief gelaufen, denn das Gemetzel war bereits in vollem Gange, und wir hätten längst außer Landes sein sollen. Ich saß auf meinem Koffer am Flughafen und wartete auf die Maschine, welche die letzten Ausländer evakuieren sollte, als ein eingeborener Kollege auf mich zulief, mit dem ich mich während monatelanger Zusammenarbeit angefreundet hatte. Er war Hutu, und man hatte ihm die Frau und seine drei Kinder abgeschlachtet.

Nun drohte man ihre Körper zu verbrennen, denn es gab nicht genügend Erde, um die Leichenberge, die überall in der Stadt herumlagen, zu bestatten. Er setzte seine letzte Hoffnung auf meinen Einfluss, den ich in der chaotischen Situation natürlich längst nicht mehr hatte. Wie trösten Sie einen Freund, der sich nichts weiter vergeblich wünscht, als ein Grab, an dem er seine gemeuchelten Liebsten betrauern kann? Was verdammt noch mal sagen Sie ihm? Sorge dich nicht, lebe?"

Gegen Ende der Rede hatte seine Stimme an Lautstärke zugenommen, und den letzten Satz schrie er in den Raum, sodass die Gäste an den Nebentischen erschrocken die Köpfe zu ihnen drehten. Dem Hund war die Veränderung im Verhalten seines Herrchens nicht entgangen. Er legte die Schnauze auf dessen Knie, rollte mit sorgenvollem Blick seine Augen nach oben und ließ einen tiefen Schnaufer hören. Herbert Müller erwachte aus seiner Trance und wandte sich mit einem entschuldigenden Lächeln an Else:

"Cochero hat Recht. Ich erzähle Ihnen hier alte Geschichten aus meinem Leben, und dabei haben Sie die weite Reise nicht zum Vergnügen gemacht. Kommen wir zur Sache.

Meine Frau war so ziemlich genau das Gegenteil von dem, was Sie über Ihre Mutter erzählt haben. Sie sprühte vor Lebensfreude und trug das Herz auf der Zunge. Wir lernten uns in Italien kennen, und als wir uns später entschlossen zu heiraten, war für mich klar, dass ich einem so kontaktfreudigen Menschen nicht zumuten konnte, zu mir in dieses Nest hier zu ziehen. Sie aber wischte meine Bedenken lachend vom Tisch: 'Dies ist deine Heimat, nirgendwo anders will ich mit dir leben. Mit deinen Fischköppen komme ich schon klar; die sind zwar ein bisschen stur, aber nicht verkehrt, und falls mir wirklich mal die Decke auf den Kopf fällt, ist es ja nur ein Katzensprung bis nach Bremen.'"

"Konrad scheint das Aussehen von Ihnen, das Naturell jedoch von seiner Mutter geerbt zu haben", warf Else dazwischen.

"Sie war in jeder Hinsicht sein großes Vorbild. Schon als kleines Kind stand für ihn unverrückbar fest, dass er den gleichen Beruf wie sie ergreifen würde, und er hat seine Drohung wahr gemacht. Leider hat meine Frau, wie das meiste im Leben, auch ihre Gesundheit auf die leichte Schulter genommen. Sie war Asthmatikerin und nicht gewillt, sich von dieser Krankheit tyrannisieren zu lassen, wie sie es formulierte. Zwar hatte sie ihr Spray immer griffbereit, trotzdem ist es mehr als einmal passiert, dass ich sie blau angelaufen auf dem Fußboden liegend antraf und gerade noch eine Spritze mit Cortison aufziehen konnte, um sie ins Leben zurückzuholen. In der Nacht, in der sie starb, war ich wie so oft auf Auslandsreise. Konrad lag mit einer Grippe im Bett und hat deshalb nicht, wie es ihm zur Gewohnheit geworden war, vor dem Schlafengehen nochmal nach ihr gesehen. Es war ein furchtbarer Schock für ihn, als er sie am nächsten Morgen erstickt in ihrem Zimmer fand."

"Mein Gott, wie entsetzlich", Else schlug bestürzt beide Hände vor den Mund.

"Es dauerte Wochen", fuhr Herbert Müller fort, "bis ich mich damit abgefunden hatte, dass das Leben tatsächlich weitergeht. Da lebten nun Vater und Sohn, die übrigens nie schlecht miteinander ausgekommen waren, unter einem Dach, und die Vermutung liegt nahe, dass ihr Verhältnis durch die gemeinsame Trauer um den geliebten Menschen an Intensität und Nähe gewinnen würde, aber das genaue Gegenteil war der Fall."

Es entstand eine Pause, während der er sich immer wieder mit nervösen Bewegungen über den Bart strich. Else wartete geduldig. Als er wieder zu sprechen begann, war sein Redefluss stockend. Es schien ihm Mühe zu bereiten, die passenden Worte zu finden: "Etwas stand zwischen uns, und wir haben den richtigen Zeitpunkt verpasst, dies aus dem Weg zu räumen. Nach einigen Monaten war es dafür zu spät. Wir haben versagt. Nein, ich habe versagt. Konrad war zwar schon ein erwachsener Mensch, trotzdem wäre es meine Aufgabe als Vater gewesen, die Initiative zu ergreifen. Dabei ahnte ich nur zu gut, was in ihm vorging. 'Warum habe ich nicht wie jeden Abend bei ihr reingeschaut? Vielleicht hat sie nachts in Todesangst nach mir geklopft, und ich habe es nicht gehört', werden die Sätze gewesen sein, die ihn gequält haben. Begreifen Sie das teuflische Dilemma, in dem ich mich befand? Jede noch so behutsame Bemerkung meinerseits, um ihn von seinen unsinnigen Gewissensbissen zu befreien, hätte unweigerlich den gegenteiligen Effekt nach sich gezogen. 'Vater denkt es also auch' hätte die Botschaft gelautet, die bei ihm angekommen wäre und die ich durch keine noch so guten Worte je wieder hätte aus der Welt schaffen können."

"Ja, das verstehe ich sehr gut", pflichtete Else ihm bei, "warum aber meinen Sie dann, Sie hätten versagt?"

"Weil die Lösung so erschreckend einfach gewesen wäre, dass ich mich noch heute auf meinen einsamen Wanderungen mit Conchero oft genug dafür verfluche, dass sie mir damals nicht in den Sinn gekommen ist. Die einzige Chance, wirklich an einen Menschen heranzukommen, besteht darin, offen über sich selbst zu sprechen. 'Wenn ich euch nicht immer tagelang allein gelassen hätte, wäre das vielleicht alles nicht passiert.' Hätte ich einen solchen Satz über die Lippen gebracht, wäre Ihnen heute die mühsame Reise sicher erspart geblieben."

"Was mir immer noch nicht klar ist", hakte Else nach, "ist wieso es zwischen Ihnen und Konrad zu einem so endgültigen Bruch kommen konnte?"

"Richtig gestritten haben wir uns selten, obwohl man die Aggressivität, die zwischen uns in der Luft lag, oft mit Händen greifen konnte. Das Ende kam, als er mir eines Tages aus heiterem Himmel eröffnete, er habe sich sterilisieren lassen."

"Das hat er mir nie gesagt", unterbrach Else ihn fassungslos, "ich habe immer angenommen, er sei von jeher zeugungsunfähig gewesen. Warum hat er das getan?"

"Der wahre Grund war zweifellos, dass er wusste, wie sehr ich mir ein Enkelkind wünschte. Erzählt hat er mir freilich etwas anderes. Er würde sich nicht dafür eigenen, Kinder großzuziehen. Was für ein Blödsinn! Gerade Konrad wäre mit Sicherheit ein ausgezeichneter Vater gewesen. 'Es gibt zu viele Fragen, auf die ich keine Antwort weiß.' Das waren seine Worte. 'Ich habe mühevoll gelernt, die Welt so zu akzeptieren wie sie ist. Aber was wird sein, wenn mein Kind im Fernsehen oder in irgendeiner Illustrierten sieht, wie Gleichaltrige zu Tausenden erbärmlich verhungern, während wir hier im Überfluss schwelgen? Wie könnte ich meinem Sohn oder meiner Tochter erklären, dass ihr Vater angesichts solch himmelschreiender Ungerechtigkeit Abend für Abend auf einer Bühne herumhampelt, anstatt da zu sein, wo die Gewehre verteilt werden?' Auch das war wieder eine Spitze gegen mich, denn eine ganz ähnliche Frage hatte er als kleiner Junge an mich gerichtet. Offenbar ist meine Antwort nicht zu seiner Zufriedenheit ausgefallen."

Die blonde Gabi unterbrach seinen Redefluss, indem sie einen Teller mit zwei saftigen Scheiben Schweinebraten vor ihn hinschob.

"Salat und Bier kommt gleich."

Er wickelte das Besteck aus der Serviette und, während er mit bedächtigen Bewegungen einen der Klöße in der Soße zerdrückte, fuhr er fort: "An diesem Tag wurde mir klar, dass ich handeln musste. Wenn ein junger Mensch, der das ganze Leben noch vor sich hat, nicht davor zurückschreckt, sich selbst zu verstümmeln, nur um seinem ungeliebten Vater eins auszuwischen, ist Eile geboten, bevor noch Schlimmeres passiert. Ich habe ihn hinausgeworfen, das heißt, ich habe ihm nahegelegt, so bald wie möglich auszuziehen. Noch heute bin ich davon überzeugt, dass dies eine der richtigen Entscheidungen in meinem Leben war, auch wenn ich dadurch für meinen Sohn gestorben bin."

Else nutzte die Essenspause zu einem Gang auf die Toilette. Ihr Aussehen hatte durch die Strapazen des Tages arg gelitten, doch mit einer gehörigen Dosis Puder gelang es ihr, auch ihre geschwollene Gesichtshälfte wieder in einen einigermaßen manierlichen Zustand zu versetzen. Als sie wieder Herbert Müller gegenüber Platz nahm, hatte sie einen Entschluss gefasst. Sie wartete, bis er seine Mahlzeit beendet hatte, ehe sie sprach:

"Sie haben mir durch Ihre Offenheit sehr geholfen. Manches sehe ich nun viel klarer. Doch das Zerwürfnis zwischen Ihnen und Konrad erscheint mich nicht so gravierend, als dass es dieses unmenschliche, lebenslange Ignorieren rechtfertigen könnte. Ich möchte Ihnen daher einen Vorschlag machen. Besuchen Sie uns. In unserem Haus ist genügend Platz, und Cochero wird auch im Taunus die Auslaufmöglichkeiten finden, die er braucht. Der Garten, den übrigens Ihre Tochter in ein kleines Paradies verwandelt hat, steht in voller Blüte und wenn Sie abends Ihr Bier auf der Terrasse trinken, wird Ihnen der betörende Duft des Phlox in die Nase steigen. Sehen Sie dies als verspätete Hochzeitseinladung an und bleiben Sie bei uns, solange es Ihnen gefällt."

Herbert Müller schien ihr Angebot reiflich zu erwägen, denn es dauerte eine ganze Weile, bevor er antwortete: "Ich danke Ihnen von ganzem Herzen für Ihre großzügige Einladung, die ich leider nicht annehmen kann. Glauben Sie nicht, es würde mich kalt lassen, plötzlich wieder eine Familie zu haben. Und noch dazu eine so sympathische", ergänzte er mit einem Augenzwinkern, "aber mein Platz ist hier. Unter anderen Umständen hätte ich mir einen Wochenendbesuch bei Ihnen vorstellen können, doch die Idylle, die Sie mir beschrieben haben, reizt mich in keiner Weise. Auf Sie mag der Phloxduft betörend wirken, wenn ich jedoch nach durchzechter Nacht aus der Tür des Gnomen trete, meine lichtempfindlichen Augen vor den ersten Sonnenstrahlen schützen muss und mir der milde Parmesangeruch von angetrocknetem Erbrochenem in die Nase steigt, dann fühle ich mich zu Hause."

Als ob er Elses Gedanken lesen konnte, fügte er hinzu: "Sie müssen sich keine Sorgen um mich machen. Ich werde weder als verbitterter Eremit, noch als Alkoholiker enden. Doch damit Ihre Reise nicht vergeblich war und sie mich nicht als unversöhnlich im Gedächtnis behalten, möchte ich Ihnen etwas mit auf den Weg geben." Er hob beide Hände und kehrte Else wie der Pfarrer seiner Gemeinde deren Innenflächen zu: "Ich segne Ihre Ehe mit meinem Sohn und wünsche euch gemeinsames Glück bis ans Ende eurer

Tage."

Else, die den elterlichen Segen für einen Anachronismus hielt, hätte in einer anderen Situation seine theatralische Geste als lächerlich empfunden. Aber der feierliche Ernst in den Augen des alten Mannes bewirkte, dass seine Worte sie in ihrem tiefsten Inneren anrührten.

"Sind Sie religiös?"

"Ja, falls man religiös sein muss, um seine Kinder zu segnen. Ansonsten ist die Gretchenfrage nicht so leicht zu beantworten. Als junger Kerl habe ich an nichts ein gutes Haar gelassen, was vor dem scharfen Seziermesser des Verstandes nicht bestehen konnte. Selbst für den Atheismus war ich noch zu skeptisch, es musste schon der Agnostizismus sein. Später, als ich mehr vom Leben gesehen hatte, war ich lange auf der Suche. Nicht in Kirchen oder heiligen Büchern, sondern in mir selbst hoffte ich Spuren von Christus zu entdecken."

"Das klingt nicht so, als ob Sie erfolgreich gewesen wären."

"Nein, aber ich weiß nicht, wie ich Ihnen mein entscheidendes Erlebnis erklären soll, ohne dass Sie mich für senil halten. Es war an einem herrlichen Februartag. Ich war mit Cochero auf einer langen Tour unterwegs. Wir traten aus einem Laubwäldchen und uns bot sich ein phantastischer Anblick. Eine Winterlandschaft wie aus dem Märchenbuch. Verschneite Hügel, die im Licht der hochstehenden Sonne glitzerten, eine kleine Kapelle mit weißem Mützchen am Rande des Weges, mitten auf einer Wiese eine einsame, majestätische Tanne wie mit Puderzucker bestäubt. Es war ein Bild von so atemberaubender Schönheit, dass mir nur eine Reaktion möglich war. Ich fiel auf die Knie und weinte vor Glück. In diesem Augenblick begriff ich, dass mein Inneres der einzige Ort auf dieser Welt ist, an dem ich Gott niemals finden werde."

Else sagte kein Wort und legte, einem inneren Impuls folgend, ihre Hand auf seine, um ihm ihr Verstehen zu signalisieren. Nachdem sie eine Weile schweigend dagesessen hatten, sprang Else plötzlich entschlossen auf: "So, es ist höchste Zeit für mich, den Rückweg anzutreten."

Sie bezahlte ihre Rechnung, dankte nochmals ihrem Schwiegervater und verabschiedete sich von ihm mit einem herzlichen Händedruck. Sie war schon auf dem Weg zur Tür, als er ihr nachrief: "Ach, eine Sache möchte ich noch richtig stellen. Ich habe keine

Tochter!"

XIII

Else fühlte sich wie benommen, nachdem die Kneipentür hinter ihr ins Schloss gefallen war. Sie vermochte die Bedeutung des letzten Satzes, den sie gerade gehört hatte, noch nicht in vollem Umfang zu ermessen. Langsam setzte sie sich in Richtung der Hauptstrasse in Bewegung, als ein Auto, das direkt vor dem Eingang des buckligen Gnomen geparkt hatte, anfuhr und nach wenigen Metern an ihrer Seite wieder zum Stehen kam. Die Fensterscheibe glitt nach unten, und das Gesicht Klaus Göckels erschien in der Öffnung.

"Na, wie war mein Tipp? Ich hätte hundert zu eins gewettet, dass der alte Herbie an einem Sonntagabend im Gnom versacken wird."

"Danke, Sie haben mir sehr geholfen. Sind Sie zufällig hier, oder haben Sie mir aufgelauert?"

"Aufgelauert! Aufgelauert!" Er gab sich entrüstet. "Ich habe auf Sie gewartet, weil ich Sie gerne zu einem Drink einladen möchte. Im Nachbarort gibt es eine Cocktail-Bar, die Ihnen mit Sicherheit gefallen wird."

"Sehr freundlich von Ihnen, aber ich muss noch heute Nacht zurück nach Frankfurt. Würde es Ihnen etwas ausmachen, mich zum Bahnhof zu fahren. Ich schleppe diese Tasche schon den ganzen Tag durch die Gegend, und allmählich werde ich müde."

Göckel, der während des gesamten Wortwechsels ungeniert auf ihr Dekolleté gestarrt hatte, grinste breit und verfiel unvermittelt ins Du: "Da können wir bestimmt ins Geschäft kommen. Ich mache dir einen Vorschlag. Ich fahre dich, wohin du willst, und als Gegenleistung ziehst du deinen BH aus, der mir so genussfeindlich die Sicht auf deine Schönheiten verstellt."

Else glaubte ihren Ohren nicht zu trauen und war für wenige Sekunden wie gelähmt. Dann jedoch reagierte sie impulsiv:

"Elende Drecksau!"

Mit einer Kraft, die sie sich selbst nicht zugetraut hatte, warf sie sich mit beiden Händen gegen den Außenspiegel, der daraufhin abbrach und mit metallischem Klackern über den Asphalt hüpfte. Wutschnaubend ergriff sie ihre Tasche und entfernte sich mit energischen Schritten. Hinter ihr war Göckel aus dem Wagen gesprungen. Sein Blick wanderte entgeistert zwischen seinem verbeulten Spiegel, der in einer Pfütze zur Ruhe gekommen war, und der Wunde, die dessen Amputation hinterlassen hatte, hin und her.

"Sind Sie wahnsinnig geworden? Das war doch nur ein Spaß! Ziege, hysterische!"

Ohne sich umzudrehen ging Else weiter und kam nach gut zehn Minuten an dem verfallenen Bahnhofsgebäude an. Obwohl der nächste Nahverkehrszug nach Bremen eine halbe Stunde Verspätung haben würde, wie sie von einem Leidensgenossen, der auf dem Bahnsteig auf und ab ging, erfuhr, würde sie den Nachtzug nach Frankfurt noch bequem erreichen. Sie setzte sich auf eine Bank und nahm, da es inzwischen merklich kühler geworden war, einen Pullover aus ihrem Gepäck, den sie sich überstreifte. Erst jetzt gelang es ihr, über ihr Gespräch mit Herbert Müller nachzudenken.

Was war sie für eine verdammte Närrin gewesen. Schon beim ersten Zusammentreffen in Oxford hatte sie instinktiv gespürt, dass ein Paar und nicht Bruder und Schwester den Raum betrat. Aber ihr übermächtiger Wunsch, Konrad möge noch ungebunden sein, ließ sie alle Warnzeichen in den Wind schlagen. Wie geschickt er sie dazu gebracht hatte, selbst vorzuschlagen, Edith solle doch mit nach Nonnensteg ziehen. Die beiden mussten sich köstlich amüsiert haben, als sie mit Engelszungen versucht hatte, die Bedenken, die Edith vorbrachte, zu zerstreuen. Wie oft mochte Konrad, als sie schon schlief, und er vorgab, in seinem Arbeitszimmer Texte zu lernen, zu seiner Geliebten hinübergeschlichen sein? Ein Schuhschrank vor der Verbindungstür. Lächerlich! Vermutlich stand direkt ihr Bett dahinter, damit sie nicht unnütz Zeit verloren. Nun erschienen ihr auch Ediths ständige Vorhaltungen, Konrads Verehrerinnen betreffend, in einem anderen Licht und mit grimmiger Vorfreude malte sie sich aus, wie sie der falschen Schlange unter die Nase reiben würde, dass Konrad sie mittlerweile ebenfalls betrog, und zwar mit Barbara Wigand. Es war für Else immer unvorstellbar gewesen, dass ein Seitensprung ihre Ehe gefährden könnte, doch dieser groß angelegte Schwindel war etwas völlig anderes.

Als sie im Zug nach Bremen saß, versuchte Else, vergeblich sich abzulenken, ihre Gedanken wanderten immer wieder, wie von einem starken Magneten angezogen, zu Konrads Verrat zurück.

Erst im ICE schlief sie vor Erschöpfung ein, doch als sie wenige Stunden später durch lautes Türeschlagen wieder geweckt wurde, sah sie, noch ehe sie wieder richtig zu sich gekommen war, das Bild Konrads und Ediths vor sich. Else gähnte laut und rieb sich das Gesicht mit beiden Händen. Vor dem Zugfenster lag ein gespenstisch leerer Bahnhof, und als sie sich ein wenig nach rechts neigte, konnte sie erkennen, dass sie sich bereits in Kassel befand. Else beschloss, für den Rest der Fahrt wach zu bleiben, angelte eine achtlos weggeworfene Zeitung von der Gepäckablage und arbeitete mechanisch Artikel für Artikel ab, ohne dass deren Inhalte ihr Gehirn wirklich erreichten. Kurz vor sechs stieg sie in Frankfurt aus dem Zug und stand trotz ihres Pullovers frierend zwischen den Gleisen. Da sie nicht in der Stimmung war, sich eine weitere Zug- und Busfahrt zuzumuten, verließ sie das Bahnhofsgebäude und winkte nach einem Taxi. Ganz im Gegensatz zu Else war dessen Fahrer ausgeschlafen und blendender Laune. Er unternahm mehrere Anläufe, um sie in eine Unterhaltung zu verwickeln, doch angesichts ihrer einsilbigen Reaktionen resignierte er schließlich.

Obwohl es bereits hell war, als der Wagen vor ihrem Haus hielt, sah sie, dass in mehreren Zimmern Licht brannte. Sie bezahlte die Rechnung und war gerade dabei, ihre Tasche aus dem Kofferraum zu heben, als sich die Tür öffnete und Konrad auf sie zugelaufen kam: "Gott sei Dank, dass dir nichts geschehen ist, Else", seine Stimme klang, als wäre ihm gerade ein schwerer Stein vom Herzen gefallen, "wo warst du? Was ist mit deinem Auge passiert? Warum war dein Handy ausgeschaltet? Hast du deine Mailbox nicht abgehört?" Er wollte sie in die Arme nehmen und küssen, aber Else wehrte seine Zärtlichkeiten brüsk ab.

"Ich war auf dem Friedhof in Schmalenkampen und habe Zwiesprache mit deinem toten Vater gehalten."

Während sie nebeneinander ins Haus gingen, sah Else, dass die Ader an seiner Schläfe anschwoll, ein sicheres Zeichen seiner wachsenden Wut. Es folgte aber kein Zornesausbruch:

"Weißt du denn nicht, was am Samstag Entsetzliches geschehen ist? Barbara Wigand ist erschlagen worden!"

Elses große Müdigkeit ließ den Schock nicht an sie herankommen: "Ach, hat Horst euch in flagranti ertappt, oder ist er einfach so durchgeknallt?"

"Das ist nicht der Augenblick für Späße", antwortete Konrad verärgert, "sie ist tot, ermordet, und ihr Mann streitet ab, etwas damit zu tun zu haben."

"Tut mir leid Konrad, aber ich bin im Moment auch tot, wenn auch noch nicht ermordet. Ich habe die letzten drei Nächte kaum ein Auge zugetan und heute Mittag einen wichtigen Termin in der Firma. Ich muss jetzt unbedingt ins Bett, wir können am Abend über alles reden."

"Meinst du, ich hätte geschlafen, nachdem du spurlos verschwunden warst? Stört es dich, wenn ich mich zu dir lege?"

"Ja, und vielleicht wäre es besser, wenn du in Zukunft immer auf der Couch in deinem Arbeitszimmer schlafen würdest."

Mit diesen Worten schlug Else die Schlafzimmertür vor Konrads verdutztem Gesicht zu. Sie zog sich mit hastigen Bewegungen bis auf die Unterwäsche aus, und es gelang ihr gerade noch, den Wecker auf ein Uhr zu stellen, bevor sie fast besinnungslos vor Erschöpfung eingeschlafen war.

"Vorsicht, das Stauende liegt hinter einer Kurve."

Es dauerte eine ganze Weile, bevor Else begriff, dass die Stimme nicht Bestandteil ihres Traumes war, sondern aus dem Radio neben ihrem Bett drang. Konrad, der vor dem Schlafzimmer auf der Lauer gelegen haben musste, kam mit einem vollbeladenen Tablett herein, das er auf der Kommode abstellte, um die Tür zu schließen.

"Nanu, es ist Montagnachmittag; wieso bist du hier?"

"Ich habe die Probe abgesagt. Wie sollte ich arbeiten können, wenn ich nicht weiß, was mit dir los ist?"

Er stellte einen Teller mit zwei frischen Brötchen, die er mit Orangenmarmelade bestrichen hatte, vor ihr auf die Bettdecke und goss dampfenden Kaffee in zwei Becher, bevor er sich einen Stuhl heranzog. Angesichts ihrer Lieblingsmarmelade lief Else das Wasser im Mund zusammen, doch sie hatte nicht die Absicht, sich so einfach bestechen zu lassen:

"Leider hast du dir die Mühe umsonst gemacht. Ich muss sofort aufstehen, da ich, wie ich dir bereits sagte, einen dringenden Termin in der Firma habe."

"Nein, hast du nicht mehr. Wolfgang hat vorhin angerufen. Er hat seinen Urlaub verschoben, als er erfuhr, was geschehen ist. Deine Anwesenheit in der Fabrik ist daher nicht erforderlich. Und nun erzähl mir um alles in der Welt, was am Wochenende geschehen ist."

"Edith", erwiderte Else lapidar, "die Antwort auf alle deine Fragen lautet Edith. Sie hat mir das Veilchen verpasst und ist auch dafür verantwortlich, dass es mir die Laune verhagelt hat, um es einmal ganz vorsichtig auszudrücken. Ich weiß jetzt, dass ihr keine Geschwister seid."

Sein Gesicht nahm einen völlig verblüfften Ausdruck an: "Keine Geschwister? Wieso? Edith ist meine Halbschwester."

Else kannte ihren Mann zu gut, um sich davon beeindrucken zu lassen. Sie hatte oft genug erlebt, wie perfekt er sich verstellen konnte: "Gib dir keine Mühe Konrad, eine neue Geschichte zu erfinden. Ich glaube deinen Lügen nicht mehr."

Trotz dieses harten Vorwurfs blieb Konrad ruhig. Lediglich zwei rote Flecken, die sich auf seinen Wangen bildeten, waren ein Indiz dafür, wie aufgewühlt er war.

"Für mich war Edith immer wie eine richtige Schwester", sagte er mit fester Stimme, "ihr Vater war Italiener, ein Rechtsanwalt, dem seine Vorliebe für schnelle Autos früh zum Verhängnis wurde. Meine Mutter hat sehr selten von ihm gesprochen, obwohl sie sein Foto stets bei sich trug. Wie kannst du mich einen Lügner nennen, Else. Du weißt, dass Edith nie verheiratet war. Sie heißt Tarengo, ich hieß Müller. Hast du dich nie gefragt, warum wir beide nicht den gleichen Familiennamen tragen? Wo bleibt dein klarer Verstand?"

Mit Erstaunen musste Else sich eingestehen, dass sie sich darüber nie den Kopf zerbrochen hatte. Sie ließ sich ihre Verunsicherung jedoch nicht anmerken und ging unverdrossen weiter zum Angriff über: "Dass ein älterer Herr, dessen Körper gemäß deiner Erzählungen längst von Würmern zerfressen sein sollte, quietschfidel durch Schmalenkampen spaziert, hat für dich nichts mit lügen zu tun?"

"Doch, aber ich hatte einen Schlussstrich unter dieses Kapitel meines Lebens gezogen und wollte verhindern, dass du die Vergangenheit wieder aufrührst. Ich sehe aber ein, dass es ein Fehler war, dir die Unwahrheit zu sagen, und bitte dich dafür um Verzeihung. Nur solltest du dich moralisch nicht zu sehr in die Brust werfen. Wolfgang klang am Telefon äußerst überrascht, als ich ihn fragte, wie das Bewerbungsgespräch am Samstag gelaufen sei. Dann hat er loyal versucht, deine Schwindelei zu decken, aber es war zu spät."

Else war drauf und dran, Barbara Wigand und deren Verhältnis mit Konrad ins Gefecht zu werfen, entschied sich aber im letzten Moment dagegen. Es wäre pietätlos, schoss es ihr durch den Kopf, doch sie kannte sich selbst gut genug, um dies als Ausrede zu erkennen. Das Gespräch war bisher überhaupt nicht so gelaufen, wie sie es sich ausgemalt hatte, und es erschien ihr ratsam, ihr Pulver trocken und diese letzte Patrone erst einmal in Reserve zu halten. Stattdessen berichtete sie ihr Zusammentreffen mit Herbert Müller in allen Einzelheiten.

"Typisch für ihn", entfuhr es Konrad, als sie geendet hatte, "er gibt dir mit auf die Reise, dass er keine Tochter hat, ist aber nicht in der Lage, seine Stieftochter zu erwähnen, um kein Missverständnis aufkommen zu lassen."

"Ich hatte bereits die Türklinke in der Hand", nahm Else ihn in Schutz, "da blieb keine Zeit mehr für lange Erklärungen. Und im Übrigen begreife ich nach wie vor nicht, warum du mir diesen interessanten Mann gänzlich vorenthalten wolltest. Er ist kein Kapitel in deinem Leben, Konrad, er ist dein Vater."

"Genügt es dir denn nicht, was er jetzt wieder angerichtet hat", stieß er heftig hervor, "wir waren über drei Jahre die glücklichsten Menschen auf dieser Welt, doch kaum hast du ihn ausgegraben, meint er ungebeten seinen Segen über unsere Ehe auskübeln zu müssen, und schon am nächsten Tag willst du mich aus dem Schlafzimmer werfen."

"Jetzt wirfst du aber Ursache und Wirkung grob durcheinander, mein Lieber, wo bleibt dein klarer Verstand?"

"Mag sein", wehrte er unwirsch ab, "trotzdem ist er nicht der Mann, den er dir offenbar vorgespielt hat. Es stimmt, dass wir uns während der Trauer um Mutter voneinander entfernt haben, aber mit Schuldgefühlen hatte das nichts zu tun. Weißt du, wie oft ich ihn in damals nachts aus der Kneipe geholt habe? Wenn er sich wenigstens einmal richtig besoffen hätte, dafür hätte ich jedes Verständnis aufgebracht. Aber nein, er wusste einfach mit seiner Zeit nichts mehr anzufangen. Kraftlos hing er auf seinem Barhocker, und wenn ich mich zu ihm setzte, war das Erste, was er von sich gab, stets: 'Ich habe keine Ahnung, wie ich ohne sie weiterleben soll.' Auch das hätte ich ertragen, denn mir erging es in den ersten Wochen ähnlich wie ihm, doch dann schob er jedes Mal diesen entsetzlichen Satz nach: 'Das ist kein Selbstmitleid.' Dabei hättest du seine

Stimme hören müssen. Sie klang so unterwürfig, so um Verzeihung bettelnd, als hätte er gesagt: 'Glaube mir, ich bin kein Kinderschänder. 'Herrgott, wie ist es möglich, vor einem Menschen Respekt zu behalten, der sich noch nicht einmal mit seinem eigenen Kummer solidarisch erklärt?"

Else war über Konrads verächtlichen Tonfall erschrocken. Sie wollte zu einer Erwiderung ansetzen, doch diese wurde durch das Läuten der Türglocke im Keim erstickt. Konrad ging nach unten, um nachzusehen, und kam kurze Zeit später zurück: "Zieh dir was über, die Polizei möchte mit uns reden."

Else eilte ins Badezimmer, wusch sich, putzte sich die Zähne und zog die Bürste einige Male durch ihr verstrubbeltes Haar. Als sie in ihrem weißen Morgenmantel die Treppe hinabstieg war Konrad gerade dabei, die beiden Besucher, eine Frau und einen Mann, von der Terrasse ins Wohnzimmer zu geleiten.

"Sie haben einen wunderschönen Garten", sprach die Polizistin sie an Stelle einer Begrüßung an und streckte ihr die Hand entgegen, "Haller, Katharina Haller ist mein Name, und das ist mein Mitarbeiter Herr Jungblut." Else blickte in das, wie sie fand, bemerkenswert schöne Gesicht einer circa 40-jährigen: Mittellange rotbraune Haare, durch einen Seitenscheitel geteilt, zwei traurige Augen über hoch stehenden Backenknochen und einem großen, sinnlichen Mund.

"Eine richtige Kommissarin", verlieh sie ihrem Erstaunen Ausdruck, "ich war der Meinung, das gäbe es nur im Fernsehen."

"Wir geben uns die größte Mühe, mit der Realität Schritt zu halten", antwortete ihr Jungblut. Er war deutlich jünger als seine Kollegin und hatte es anscheinend längst aufgegeben seine strohblonden Haare zu etwas zu bändigen, das die Bezeichnung Frisur verdient hätte. Eine große Nase, leicht abstehende Ohren und ein breites, energisches Kinn verliehen seinem Gesicht etwas Grobschlächtiges, ein Eindruck der durch eine zierliche Nickelbrille mit kreisrunden Gläsern konterkariert wurde. Er wies mit beiden Händen auf seinen vorne offen stehenden Trenchcoat:

"Was glauben Sie, wie lange ich morgens vor dem Spiegel zubringe, bis der Kragen exakt im Marlow-Winkel steht? Aber wie ich sehe, sind auch Sie up to date. Le Dernier Cri, nehme ich an."

Dabei blickte er demonstrativ in Richtung des Fensters, dessen Glasscheibe noch immer durch ein Stück Pappe ersetzt war.

"Sie überschätzen uns", wehrte Else ohne die Miene zu verziehen ab, "die Zeiten sind schlecht, wie Sie wissen, und da spart man eben, wo man kann."

"Sie können sich denken, warum wir hier sind", beendete Katharina Haller das Wortgeplänkel, "eine Frau ist ermordet worden. Wie gut kannten Sie Barbara Wigand?"

"Eigentlich nur vom Sehen", antwortete Konrad als Erster, "sie war eine eifrige Theaterbesucherin, und da hat es sich immer mal wieder ergeben, dass wir nach einer Aufführung ein paar Worte wechselten, das war es aber auch schon."

"Ich kannte sie naturgemäß etwas länger", ergänzte Else, "wir sind einige Jahre zusammen zur Schule gegangen, danach ist der Kontakt allerdings völlig eingeschlafen. Bis vor zwei Wochen, da hat sich mich überraschend um eine Unterredung gebeten."

"Ach", Frau Haller beugte sich interessiert nach vorne, "worum ging es?"

"Sie hatte Probleme mit ihrem Mann, und da ich in grauer Vorzeit mal mit ihm liiert war, dachte sie, ich könnte ihr ein paar nützliche Tipps geben."

"Was für Probleme waren das?"

"Er ist von krankhafter Eifersucht befallen, unheilbar, wenn Sie mich fragen. Der einzige Rat, den ich ihr geben konnte, war daher auch, es mit einem anderen zu versuchen, doch davon wollte sie nichts hören."

"Fühlte sie sich von ihm bedroht?"

"Den Eindruck hatte ich nicht, obwohl es im Nachhinein gesehen wohl besser gewesen wäre."

"Halten Sie Horst Wigand für den Mörder?"

"Hören Sie, es liegt mir fern jemanden zu beschuldigen, aber ich muss zugeben, dass dies mein erster Gedanke war, als ich hörte was geschehen ist. Horst war immer schon cholerisch."

"Darf ich fragen, wo sie am Samstagabend waren?"

"Zuerst lag ich mit Kopfschmerzen im Bett, da meine Schwägerin mich in der Nacht zuvor mit einem Einbrecher verwechselt und ihre Karatekünste an mir ausprobiert hatte, wie Sie noch unschwer an meinem Gesicht erkennen können. Dann habe ich kurz vor zehn den Bus nach Idstein genommen, um meinen Schwiegervater in Bremen zu besuchen."

"Ist das nicht eine ungewöhnliche Uhrzeit für eine derartige Reise?"

"Mag sein, aber mir fiel plötzlich die Decke auf den Kopf, und ich bin berüchtigt für meine spontanen Entschlüsse."

"Hat Ihnen zwischen acht und zehn jemand Gesellschaft geleistet oder haben sie mit jemandem telefoniert?"

"Nein, leider Fehlanzeige, aber warum um alles in der Welt fragen Sie mich all dies? Und erzählen Sie mir bitte nicht, das sei reine Routine."

"Das ist es nicht", antwortete ihr Jungblut, der zuvor emsig mit einem Bleistift in ein zerfleddertes Heft gekritzelt hatte, "Horst Wigand hat ausgesagt, sie wären gestern Abend mit seiner Frau verabredet gewesen."

"Was für eine unverschämte Lüge", empörte sich Else, doch Jungblut ließ sie nicht ausreden: "Allerdings hielt er dieses Rendezvous für vorgeschoben, da er fest davon überzeugt war, sie plane ein Schäferstündchen mit Ihrem Mann."

Bei seinen letzten Worten schnellte er auf seinem Sitz herum und wies mit dem ausgestreckten Zeigefinger anklagend auf Konrad. Der konnte ein breites Grinsen nicht unterdrücken:

"Großartig! Sie könnten perfekt einen Polizisten spielen. Ich werde auf Sie zurückkommen, wenn wir jemals eine solche Rolle zu besetzen haben sollten. Doch jetzt schreiben Sie in Ihr Büchlein, dass ich am Wochenende beruflich an der Bergstraße war. Wir, das ist das Ensemble von Erich Reeg, haben am Samstag an unserem Stück gearbeitet. Nach nur zwei Vorstellungen gibt es immer noch viel zu feilen. Danach waren wir in einem Jazzkonzert und haben den Abend bei einem Glas Wein ausklingen lassen. Abgesehen von diesem perfekten Alibi war ich nicht motorisiert, hätte also nicht mal eben von Bensheim nach Nonnensteg und zurück brausen können, um der armen Barbara den Schädel einzuschlagen."

Jungblut machte sich eifrig Notizen, wie ihm geheißen worden war.

"So überführen Sie nie einen Mörder", spottete Konrad weiter, "woher wissen Sie, dass sie erschlagen wurde, hätten Sie jetzt blitzschnell fragen müssen. Was meinen Sie, was ich dann ins Stottern geraten wäre."

"All das ist leider kein Spaß Frau Doktor Steigert", nahm Katharina Haller mit unwilligem Stirnrunzeln das Gespräch wieder in die Hand, "die Mordwaffe, auf deren Suche wir noch sind, soll genau der Kerzenständer sein, mit dem Sie vor einigen Jahren in einem

Tobsuchtsanfall eine von Herrn Wigands teuren Puppen zertrümmert haben."

"Auch dies ist eine glatte Lüge. Allerdings verstehe ich gut, dass Horst sich für diesen Kerzenständer entschieden hat, wenn er von Anfang an vorhatte, mir die Sache in die Schuhe zu schieben", antwortete Else eisig.

"Leider liegen die Dinge nicht ganz so einfach", die Polizistin blickte Else mit einem kummervollen Blick in die Augen, "wir haben einen Zeugen, der Sie etwa zehn Minuten vor Neun in das Haus der Wigands gehen sah."

Else glaubte ihren Ohren nicht zu trauen.

"Wer sagt so etwas Ungeheuerliches?", rief sie empört.

Jungblut blätterte in seinem Notizbuch. "Der Mann heißt Friedrich Brandes", vermeldete er dann.

"Wie können Sie diesem Suffkopp auch nur ein Wort glauben", ereiferte Else sich weiter, "ich schwöre Ihnen, dass ich noch nie im Haus der Wigands gewesen bin. Um überhaupt zu wissen, wo sie wohnen, hätte ich im Telefonbuch nachschlagen müssen."

"Sprachen Sie nicht von einer früheren Freundschaft zwischen Ihnen und Herrn Wigand?"

"Ja, aber das ist Ewigkeiten her. Damals hatte Horst noch ein Zimmer im Haus seiner Eltern."

"Ein Herr Kurt Klinger gab zu Protokoll", insistierte Jungblut weiter, "Sie seien sichtlich derangiert, mit übel zugerichtetem Gesicht und mit Blut an den Händen zu ihm in den Bus gestiegen."

"Ich weiß es klingt lächerlich", sagte Else resignierend, "aber ich hatte tatsächlich kurz vor der Abreise Nasenbluten. Ein winziger Blutfleck blieb davon auf meiner rechten Hand zurück. Ich habe ihn erst im Zug entdeckt und abgewaschen. Von Blut an den Händen zu sprechen ist eine maßlose Übertreibung."

"Die Menge spielt in diesem Fall keine entscheidende Rolle", bemerkte Frau Haller, während sie sich erhob, "wie dem auch sei, Sie haben sicher Verständnis dafür, dass wir bei dieser Beweislage gerne Ihre Fingerabdrücke hätten. Passt Ihnen morgen früh um elf auf der Polizeistation in Idstein?"

"Eine letzte Frage hätte ich noch", meldete sich Jungblut zu Wort, nachdem Else bejaht hatte, "im Terminkalender der Toten steht für Samstagabend die Eintragung FDP. Sagt Ihnen das irgendetwas?"

"Gab es nicht mal eine kleine, unbedeutende politische Partei mit diesem Kürzel?", Konrad legte grübelnd die Stirn in Falten.

"Sehr witzig, das haben wir natürlich längst überprüft, jedoch keinerlei Verbindung zwischen Barbara Wigand und der FDP finden können."

"Dann bleibt nur eine Lösung. Barbara Wigand plante ihr Schäferstündchen nicht mit mir, sondern mit unserer Lokalgröße, mit unserem berühmten Landtagsabgeordneten Schulze-Wegmann, und sie hat dieses Namensmonster mit FDP abgekürzt. Nicht jeder hat Ihre angeborene Leidenschaft fürs Schreiben", ergänzte Konrad, während er Jungblut begütigend die Hand auf die Schulter legte. "Das erstaunt mich etwas, denn ich hätte Barbara einen besseren Geschmack zugetraut, aber ich sehe keine andere Lösung. Wenn Sie freilich hoffen, Sie hätten damit Ihren Mörder gefunden, muss ich sie ernüchtern. Ich spiele mit Schulze-Wegmann hin und wieder Tennis. Der Mann würde eher seine eigene Kniescheibe zerschmettern, bevor er ein kleines bewegliches Ziel wie Barbara Wigands Kopf zu treffen in der Lage wäre."

Else und Konrad brachten die beiden Beamten zur Tür. Der Himmel hatte sich zugezogen, und die ersten Regentropfen fielen, was Jungblut dazu veranlasste, einen kurzen Spurt bis zur Straße einzulegen. Nachdem er seiner Chefin die Autotür aufgeschlossen hatte, drehte er sich um und rief zum Haus zurück: "Wohl im Lotto gewonnen?"

Zuerst konnte Else mit dieser Bemerkung nichts anfangen, doch dann erblickte sie den Lieferwagen der Glaserei, der hinter dem Polizeifahrzeug zum Stehen kam.

XIV

Weder Konrad noch Else waren darauf erpicht, ihr unterbrochenes Gespräch fortzusetzen. Er, weil er froh war, dem missliebigen Thema entronnen zu sein, sie, weil die Neuigkeiten der vergangenen halben Stunde ihre Erlebnisse vom Sonntag in den Hintergrund gedrängt hatten. In ihrer ersten Wut war Else drauf und dran, sowohl Horst als auch den alten Brandes wegen derer dreisten Lügen zur Rede zu stellen. Nachdem sie sich wieder ein wenig beruhigt hatte, erschien es ihr jedoch sinnvoller, von übereilten Reaktionen

Abstand zu nehmen. Um sich abzulenken, setzte sie sich an ihren Schreibtisch, um sich auf das morgige Seminar vorzubereiten. Konrad zeigte sich von der Idee begeistert, seinen unverhofft freien Tag zum Kochen zu nutzen, und hatte sich auf den Weg gemacht, ein paar frische Spargel aufzutreiben. Obwohl im Haus Totenstille herrschte, gelang es Else nicht, sich auf ihre Arbeit zu konzentrieren. Immer wieder ergriffen Gedanken an die erschlagene Barbara Wigand von ihr Besitz, und selbst die Renaissancepäpste erwiesen sich als zu schwach, diese Bilder aus ihrem Kopf zu verdrängen.

Hinzu kam, dass sie sich auch körperlich unwohl fühlte. Zwar bildete sich die Schwellung in ihrem Gesicht langsam zurück, aber die Partie über dem rechten Auge spannte noch unangenehm und sobald sie gedankenverloren den Kopf in die Hand stützte, wurde sie schmerzhaft an ihre Verletzung erinnert. Ein Kratzen im Hals kündigte einen Schnupfen an, und unwillig musste sie sich eingestehen, dass sie sich auf einem der zugigen Bahnhöfen wohl doch verkühlt hatte; zudem erinnerte sie ein Ziehen im Rücken daran, dass ihre Periode nicht mehr lange auf sich warten lassen würde. Unter diesen Umständen reagierte Else ausnahmsweise nicht verärgert, als sich Pascal frech auf die vor ihr aufgeschlagenen Buchseiten legte und ein provokantes Miau hören ließ, welches seine Enttäuschung darüber zum Ausdruck bringen sollte, dass ihn das feuchte Wetter daran hinderte durch den Garten zu streunen wie er es liebte. Nach dem dritten oder vierten Anlauf gab Else schließlich resignierend auf und schaltete das Radio ein. In der Küche hörte sie Konrad, der inzwischen zurückgekehrt war, rumoren, und für einen Moment spielte sie mit dem Gedanken, ihm Gesellschaft zu leisten, zog dann aber doch das Alleinsein vor. Sie öffnete das Fenster und blickte auf den Garten hinaus. Das sanfte Rauschen, mit dem der Regen auf Bäume und Sträucher fiel, beruhigte das Durcheinander in ihrem Inneren. Ein Eichhörnchen flitzte über die Wiese, hielt prüfend inne, erschreckt durch Geschirrklappern, das durch das geöffnete Küchenfenster drang, und setzte dann seinen Weg fort. Else verfolgte es mit ihren Blicken, bis es im dichten Blattwerk einer Baumkrone verschwunden war.

"Siehst du, nicht alle Tiere sind so wasserscheu wie du", warf sie ihrem Kater über die Schulter vor, doch der hatte es sich, das ungewöhnliche Privileg genießend, auf der Schreibtischplatte bequem gemacht und ignorierte gähnend ihre Schmähung. Else hatte keine

Ahnung, wie lange sie so gestanden haben mochte, als Edith an ihre Tür klopfte und sie zum Essen rief. Konrad hatte die Spargel mit einer Mischung aus Tomaten und Gouda überbacken und mit Basilikumblättchen bestreut. Dazu gab es Kartoffelhälften, die ausgehöhlt und mit gut gewürzter Bratwurstmasse gefüllt worden waren. "Ein Gericht aus meiner Heimat", kommentierte Konrad sein Werk und gab damit das Thema des Tischgesprächs vor. Natürlich kam auch der argwöhnische Verdacht zur Sprache, den Else gegen die Geschwister gehegt hatte, und die beiden amüsierten sich köstlich darüber, für ein Liebespaar gehalten worden zu sein.

"Ausgerechnet du", gluckste Konrad und die Lachtränen kullerten ihm über die Wangen, "du hättest doch nach der Sache mit Steve jahrelang eher einen Kaktus als einen Mann mit ins Bett genommen."

Else registrierte Ediths schnippische Antwort nicht mehr, da sie mit ihren eigenen Gedanken beschäftigt war. Es war einer jener Abende, an denen sie die Unbeschwertheit der beiden nicht mitriss, sondern eher abstieß. Es befremdete sie, dass Edith, die ihren Stiefvater viele Jahre lang nicht gesehen haben mochte, sich mit keiner Silbe nach dessen Befinden erkundigte. Noch mehr störte sie diese überschäumende gute Laune angesichts der Tatsache, dass man sie offenbar zu den Verdächtigen in einem Mordfall zählte, was weder Edith noch Konrad in irgendeiner Weise zu beunruhigen schien. Und das Schlimmste war, dass Konrad das Opfer dieses Verbrechens begehrt, wenn nicht gar geliebt hatte. Wie konnte er einen Tag nach einem so schwerwiegenden Verlust lachend hier in der Küche sitzen und seine Witze reißen? Ein solches Verhalten konnte durch die Notwendigkeit zur Verstellung weder erklärt noch entschuldigt werden. War es möglich, dass sie sich in einem Menschen derart getäuscht hatte, dass der sensible, warmherzige Mann, den sie in den vergangenen Jahren geliebt hatte, ein kaltblütiges Monstrum war? Hatte Fred sich vielleicht doch geirrt? Aber er war sich seiner Sache so sicher! Else war kurz davor, Konrad zu fragen, ob er ihr neben seiner Halbschwester nicht auch noch einen Zwillingsbruder verschwiegen hatte. Stattdessen verabschiedete sie sich frühzeitig mit der Entschuldigung, sie habe eine Menge Schlaf nachzuholen. Konrad begleitete sie nach oben und wollte sie zu einem Gutenachtkuss in die Arme nehmen, aber Else wehrte ab: "Bitte lass mir etwas Zeit Konrad, was in den letzten Tagen geschehen ist, war einfach zu viel für mich." Mit Unverständnis in den Augen blickte er sie an: "Das begreife ich gut, aber was hat das denn mit den Zärtlichkeiten zwischen uns zu tun?"

"Ich kann dir das jetzt nicht erklären", wich Else aus, "wir werden in Ruhe darüber reden, wenn diese schreckliche Mordgeschichte vorbei ist. Bitte respektiere bis dahin, dass ich allein sein möchte. Meine Bemerkung von heute früh, du solltest besser in deinem Arbeitszimmer schlafen, war ernst gemeint."

Daraufhin erwiderte Konrad kein Wort mehr, aber die Heftigkeit der Bewegungen, mit denen er sein Bettzeug zusammenraffte, waren Beleg dafür, wie wütend und verletzt er war.

Als Else am nächsten Morgen erwachte, fiel ihr erster Blick auf Renates Manuskript, das noch immer neben ihrem Bett lag. Sie griff zu ihrem Handy und wählte die Nummer der Freundin, aber niemand hob ab. Als sie nach unten ging, um zu frühstücken, stellte sie erleichtert fest, dass der Audi nicht mehr in der Einfahrt stand. Konrad war bereits unterwegs, sie war alleine im Haus. Nachdem sie sich gestärkt hatte, sah sie die Post durch und warf einen Blick in die Zeitung. Auf der Titelseite prangte ein Foto des Mordhauses, und ein schwarzer Pfeil markierte das Zimmer, in dem der Leichnam gefunden worden war. Aus dem daneben stehenden Artikel erfuhr Else, dass der Ehemann die Tote entdeckt hatte, als er lange nach Mitternacht nach Hause gekommen war. Außer einigen Daten aus dem Leben der Barbara Wigand und der Tatsache, dass sie plante, am nächsten Tag in Urlaub zu fahren, erhielt der Bericht nichts Wesentliches. Gott sei Dank wurde weder ihr Name, noch die Aussage des Bauern Brandes erwähnt.

Dann war es schon Zeit, den Renault aus der Garage zu fahren und sich auf den Weg nach Idstein zu machen. Auf der Polizeistation war weder Frau Haller noch Jungblut zu sehen, aber der junge, freundliche Beamte, der sie in Empfang nahm, war offensichtlich über ihr Kommen informiert und bat sie höflich, neben ihren Fingerabdrücken auch noch eine Haarprobe von ihr nehmen zu dürfen. Else hatte nichts dagegen. Je schneller ihre Unschuld zweifelsfrei festgestellt wurde, um so besser. Auf dem Rückweg fuhr sie bei der Firma vorbei, um sich bei Wolfgang für sein Einspringen zu bedanken. Sie hatte das Glück, nicht mitten in eines der Bewerbungsgespräche zu platzen. Es war Mittagspause, Reschke war zum Essen gegangen, Wolfgang saß alleine im Sitzungszimmer und ging seine Gesprächsnotizen durch. Er blickte auf, als Else den Raum betrat, und noch bevor er fragen konnte, hatte sie ihm in wenigen Worten die Ursache ihrer Gesichtsverletzung erklärt. Mittlerweile hatte sie in dieser Übung Routine. "Ich danke dir, dass du deinen Urlaub verschoben hast. Das hat mir sehr geholfen. Ist es nicht entsetzlich, was mit der armen Barbara geschehen ist?"

Er nickte zunächst stumm, besann sich dann aber doch noch auf eine Antwort: "Nie hätte ich für möglich gehalten, dass der Kerl so gewalttätig werden könnte."

"Oh doch, ich schon, aber die Polizei, die uns gestern Abend einen Besuch abgestattet hat, ist übrigens keineswegs davon überzeugt, dass Horst der Täter ist."

"Wer denn sonst?" Er blickte verständnislos. "Wie man hört, ist nichts gestohlen worden. Und wieso kommen die zu euch?"

"Das ist eine ziemlich verworrene Geschichte", wehrte Else ab, "die ich dir gerne erzählen werde, sobald ich sie selbst verstehe. Sag mir lieber, wie die Bewerbungen laufen."

"Wir sind nicht unzufrieden." Wolfgang nahm seine Hornbrille ab und massierte sich die Nasenwurzel. Else bemerkte besorgt die dunklen Ringe unter seinen Augen. "Obwohl wir noch längst nicht durch sind, haben wir bereits zwei Kandidaten, die durchaus ernsthaft in Frage kommen. Aber eins sage ich dir: Wenn noch einer hier hereinkommt und mir erzählt, er würde eine neue Herausforderung suchen, kotze ich auf den Teppich."

"Ich weiß deine direkte Ausdrucksweise zu schätzen", lachte Else, "manch anderem stößt du damit vor den Kopf."

Wolfgang begriff sofort, worauf sie hinaus wollte: "Ach, hat sich unser liberaler Klugscheißer bei dir ausgeweint?"

"Ausgeweint würde ich es nicht nennen, wenn ich ihn richtig verstanden habe, droht er damit, dich vor den Kadi zu zerren."

"Lächerlich, aber es ist bezeichnend für diesen Herrn, dass die Pressefreiheit dann kein Gewicht mehr hat, wenn er selbst in die Kritik gerät."

"Vorsicht, Pressefreiheit und Beleidigungen sind zwei Paar Schuhe."

"Beleidigungen? Hast du eine Ahnung, was ich den Zeitungsfritzen aufgetischt hätte, wenn ich ihn wirklich hätte beleidigen wollen. Aber lass ihn nur machen", fuhr Wolfgang mit einer geringschätzigen Handbewegung fort, "selbst wenn er unter seinen Parteifreunden einen Richter findet, der mich dafür verknackt, es ist mir egal; der sprichwörtliche Sack Reis, der in China umfällt, oder war es ein Fahrrad?"

"Warum denn in die Ferne schweifen? Wie wäre es mit der deutschen Eiche und dem Schwein? Im Übrigen siehst du mich schockiert darüber, was mein leitender Angestellter von der Unabhängigkeit der Justiz in unserem Lande zu halten scheint."

Wolfgang holte tief Luft, doch Else entkam seinem Wortschwall, indem sie grinsend durch die Tür verschwand. Sie verzichtete auf den Routinebesuch bei Frau Breisig, da der Mord in Nonnensteg gewiss alle Belange der Firma in den Hintergrund gedrängt hatte und sie keine Lust verspürte, dieses heikle Thema mit der Sekretärin zu erörtern.

Wieder zu Hause öffnete sie eine Dose mit Gulaschsuppe und kippte deren Inhalt in einen Topf auf dem Herd. Zwar verspürte sie keinen Hunger, aber sie beschloss, jetzt etwas zu sich nehmen, um bis zum Abend durchzuhalten. Sie nahm die Pfeffermühle vom Regal und ließ sie über dem Teller mit der heißen Suppe kreisen, bis deren Oberfläche nicht mehr rot, sondern schwarz war. Vielleicht gelang es ihr auf diese Weise, die drohende Erkältung noch im Keim zu ersticken. Nachdem sie gegessen und das Geschirr abgespült hatte, verblieb ihr noch eine knappe Stunde, bevor sie nach Frankfurt aufbrechen musste. Sie versuchte ein weiteres Mal ihr Glück mit Renate Wilds Nummer und hatte Erfolg: "Na endlich", tönte ihr deren sonore Stimme ins Ohr, "wo hast du die letzten Tage gesteckt? Erzähl schon, ich platze vor Neugier."

Else bemühte sich um eine lückenlose Schilderung ihrer Erlebnisse seit Freitagnacht. Sie versuchte sich kurz zu fassen, ohne etwas Wesentliches auszulassen. Als sie geendet hatte, rechnete sie mit ein paar Worten des Mitgefühls und wurde enttäuscht. Auch Renate schien von der Tatsache, dass zwei Zeugen Else durch ihre Aussagen zur Hauptverdächtigen in einem Mordfall machten, nicht übertrieben beunruhigt. Zumindest ließ ihr erster Satz nichts dergleichen erkennen:

"Wie findest du die Frau? Sieht sie nicht hinreißend aus, viel zu schade für die Polizei? Abgesehen von der Frisur habe ich mir genau so Nastassja Filippowna immer vorgestellt."

"Dafür stimmt bei ihrem Myschkin nichts außer der Haarfarbe,. so gleicht sich alles aus", entgegnete Else und fügte sarkastisch hinzu:

"Hat sie dir auch von ihrer Ananas-Diät vorgeschwärmt?"

Doch Renate schien ihr Sinn für Ironie momentan abhanden gekommen zu sein: "Wo denkst du hin. Wir haben ein Fachgespräch geführt, sozusagen von Kriminalistin zu Kriminalistin. Schließlich habe ich den Abend mit dem Ehegatten des Opfers zugebracht und bin deshalb eine wichtige Zeugin."

"Stimmt, ihr hattet ja euer Monatstreffen", dämmerte es Else, "heißt das, dass Horst aus dem Schneider ist? Hat er ein Alibi?"

"So einfach liegen die Dinge nicht. Der Polizeiarzt hat, wie mir die Kommissarin kollegial anvertraute, nach der ersten Untersuchung der Leiche den Todeszeitpunkt zwischen halb neun und neun eingegrenzt. Wir treffen uns für gewöhnlich um Viertel nach acht. Ich war an diesem Abend pünktlich, und Horst wartete bereits auf mich."

"Aber dann ist der Sachverhalt doch eindeutig", warf Else ungeduldig dazwischen, "es sei denn er hat später hartnäckigen Durchfall vorgetäuscht und sich heimlich durchs Toilettenfenster gezwängt."

"Lass mich der Reihe nach erzählen. Horst konnte kaum erwarten, dass ich seine Lügenkanzler-Version lese. Er war aufgeregt wie ein Kind vor Heiligabend und felsenfest davon überzeugt zu gewinnen. Und seine Geschichte war tatsächlich nicht ohne. Das Schwarzgeld kam von der Heroin-Mafia, und die Gegenleistung bestand darin, ein bundesweites Methadon-Programm zu verhindern. Eine hübsche Idee, die er mit ein paar sauber recherchierten Fakten untermauert hatte. Trotzdem warnte ich ihn davor, zu siegessicher zu sein, denn ich war vor wenigen Tagen Schulze-Wegmann bei einer Vernissage über den Weg gelaufen. Mitten in der Laudatio hat er mir zugeraunt: 'Bereiten Sie den Wigand schonend darauf vor, dass er dieses Mal bluten muss. Ich bin gerade dabei eine Päderasten-Story auszukochen, bei der er nur so mit den Ohren schlackern wird.'

Als wir nach zehn Minuten immer noch zu zweit am Tisch saßen, wurde er ungeduldig und hat versucht, Schulze-Wegmann anzurufen, ihn aber weder zu Hause noch auf seinem Handy erreicht. Nach weiteren zehn Minuten kam auch mir die Sache eigenartig vor. Es war schon öfters vorgekommen, dass Schulze-Wegmann zu spät kam, aber nie ohne uns rechtzeitig per Telefon darüber zu informieren. Schließlich hielt es Horst nicht mehr aus. 'Da stimmt etwas nicht', sagte er zu mir, 'ich fahre hin und sehe nach dem

Rechten.' Es war nach neun, als die beiden dann endlich erschienen sind. Dumm gelaufen für Horst, was sein Alibi betrifft."

"Was hat Schulze-Wegmann denn zu seiner Entschuldigung vorbringen können?" wollte Else wissen.

"Er war ziemlich von der Rolle, und der Vorfall war ihm so peinlich, dass er gar nicht darüber reden wollte. Doch als er mal draußen war, erfuhr ich von Horst, es habe Ärger mit einer Frau gegeben. Es war sicher nicht das erste Mal, dass er sich mit seiner Gespielin in den Haaren lag, doch an diesem Abend soll es richtig zur Sache gegangen sein. Jedenfalls ging sein Handy dabei zu Bruch, und die Dame hat ihm eine Portion Spaghetti mit viel Soße über die Hose gekippt. Er war gerade dabei sich umzuziehen, als Horst an seiner Haustür klingelte."

Ein Blick auf ihre Armbanduhr mahnte Else, das Telefonat zu beenden. Sie versprach Renate, das überarbeitete Roman-Manuskript am nächsten Tag vorbeizubringen, um dann ihr Gespräch fortzusetzen.

Else saß schon hinter dem Steuer, als sie sich des Rodocanachis erinnerte, den sie Robert versprochen hatte. Sie eilte ins Haus zurück, fand das Buch aber nicht an dem Platz, an dem sie es vermutet hatte. Wertvolle Minuten vergingen, um es aufzustöbern, sodass Else zum ersten Mal in ihrem Dozentenleben zu spät zu einem ihrer eigenen Seminare kam. Eigentlich hätte ich auch ganz zu Hause bleiben können, gestand sie sich wenig später ein, denn es bereitete ihr große Schwierigkeiten, sich auf die Veranstaltung zu konzentrieren. Die zierliche Eva referierte über Hadrian VI, jenen Papst, der versucht hatte, dem moralischen Verfall des Vatikans, der wenige Jahre später in einem Blutbad ohnegleichen ertränkt werden sollte, Einhalt zu gebieten. Da er Ausländer war und es darüber hinaus wagte, Sparmaßnahmen für alle anzuordnen, stand er auf verlorenem Posten. Mit ein paar lahmen Fragen bemühte sich Else vergeblich den Eindruck zu erwecken, sie habe aufmerksam zugehört, und die Vortragende war bereits zum Schluss gekommen, bevor Else konstatierte, dass die junge Frau ihre blauen Haarsträhnen gegen einen feuerroten Pagenkopf eingetauscht hatte. Im Gang wartete Robert auf sie, um sein Buch in Empfang zu nehmen. Er machte einen niedergeschlagenen Eindruck, und Else konnte sich nicht erinnern, ihn jemals so zerknirscht gesehen zu haben.

"Es tut mir leid", begann er, doch Else ließ ihn nicht ausreden:

"Nein, mir sollte es leid tun. Wenn ich immer so wenig bei der Sache wäre wie heute, wäre es das Beste, meine Professur zurückzugeben."

"Geschenkt", winkte Robert ab, "es geht um deinen Verkehrsunfall. Ich habe die Angelegenheit völlig falsch eingeschätzt, bis ich das Bild der Frau in der Zeitung gesehen habe."

"Würdest du bitte aufhören, in Rätseln zu sprechen, und das, was du zu sagen hast, so formulieren, dass auch normal Sterbliche dir folgen können."

"Na ja, ich war nur einen Schritt hinter dir und konnte genau beobachten, wie der Wagen über die Kreuzung geschossen kam. Er fuhr sicherlich viel zu schnell und hat das Rotlicht der Ampel ignoriert, aber es erschien mir reichlich abwegig zu glauben, dass er es exakt auf dich abgesehen hatte. Bei dem Sauwetter waren nur wenige Menschen unterwegs, aber wie hätte er im Vorhinein wissen können, dass gerade du als Erste die Straße betreten würdest?"

"Und wodurch hast du deine Meinung geändert?" fragte Else gespannt.

"Im Taunus-Boten war ein Foto der Frau, die in euerem Dorf erschlagen wurde. Es war ein älteres Bild, das bei der Eröffnung ihres Ladens aufgenommen worden war. Trotzdem habe ich sie sofort erkannt. Sie war diejenige, mit der du dich im Café getroffen hattest."

"Als du mir wie sooft nachgeschnüffelt hast", warf Else bissig dazwischen.

"Das ist doch Blödsinn", setzte sich Robert zur Wehr, "ich sitze da fast jeden Nachmittag, weil es dort die beste Schokolade im ganzen Westend gibt. Außerdem hätte ich dich überhaupt nicht bemerkt, wenn nicht plötzlich ein solches Tohuwabohu um das Balg entstanden wäre."

"Und was bitteschön hat das alles mit dem Polo zu tun?"

"Aber Else, ist das nicht offensichtlich? Es goss in Strömen, und du hattest dich bis fast zur Unkenntlichkeit vermummt, um dich gegen den Regen zu schützen, und du trugst ihren Anorak. Der Kerl hinter dem Steuer hat tatsächlich einen kaltblütigen Mord geplant, aber nicht an dir, sondern an jener Frau. Nachdem sein erster Versuch fehlschlug, hat er nun seine zweite Chance besser genutzt."

Während ihrer Heimfahrt war Else sehr nachdenklich. Sie ließ sich Roberts Worte durch den Kopf gehen und versuchte zu begreifen, warum er auf sie einen so schuldbewussten Eindruck gemacht hatte. Eigentlich gab es dafür keinerlei Anlass, denn es war nicht seine Aufgabe herauszufinden, wer wen aus welchem Grund hatte überfahren wollen. Was sie jedoch am meisten irritierte war die Tatsache, dass er der erste Mensch war, den sie in den letzten drei Tagen getroffen und der sie nicht auf ihre Gesichtsverletzung angesprochen hatte.

XV

Nach einer unruhigen Nacht erwachte Else mit Fieber und quälenden Halsschmerzen. Sie zog ein Taschentuch unter dem Kopfkissen hervor, um sich die Nase zu schneuzen, und nahm einen Schluck Mineralwasser aus der Flasche, die sie neben ihrem Bett deponiert hatte. Eigentlich kein Tag zum Aufstehen, dachte sie mit einem Blick auf den grau verhangenen Himmel, der jede Hoffnung auf ein paar sonnige Stunden illusorisch erscheinen ließ. Else zog sich die Decke bis zum Kinn, schloss die Augen und lauschte dem Klatschen des Regens, der von heftigen Windböen gegen das Schlafzimmerfenster gepeitscht wurde. Auch wenn sie sich wie gerädert fühlte, war an ein nochmaliges Einschlafen nicht zu denken; zu viel ging ihr durch den Kopf. Daher wartete sie, bis ihr das Zuschlagen der Autotür vor dem Haus und das Anspringen des Motors signalisierte, dass die Luft rein war. Sie vermied, wann immer es möglich war, ein Zusammentreffen mit Konrad, da gab es keinen Grund, sich etwas vorzumachen.

Am gestrigen Abend hatten sie in der Küche zusammengesessen und zu Elses Erleichterung weder über den Mord, noch darüber, wie es zwischen ihnen weitergehen sollte, gesprochen. Konrad erzählte von den Proben zu dem neuen Stück. Wie gewohnt hinkten diese dem Zeitplan hoffnungslos hinterher. Was aus Konrads Sicht der Dinge schwerer wog, war, dass die Darstellerin der Marguerite nach seiner Einschätzung sich ihrer Rolle nicht gewachsen zeigte. Um sie aufzumuntern, hatte ihr der Regisseur in bunten Farben geschildert, wie die Duse als Kameliendame von Triumph zu Triumph geeilt war. Damit erreichte er genau das Gegenteil, denn die Frau erwies sich danach als noch unsicherer als zuvor.

147

"Tu dir um Himmels Willen die Premiere nicht an", hatte Konrad sie gewarnt, "warte zwei, drei Monate, dann spielen wir das Drama vielleicht so, wie es sein sollte."

"Kommt gar nicht in Frage", hatte sie erwidert, "das wäre die erste deiner Premieren, die ich versäumen würde. Ich bin mir sicher, es ist längst nicht so schrecklich wie du dir einbildest. Dein Perfektionismus mag für deine Arbeit hilfreich sein, als Maßstab für die Leistung anderer ist er gänzlich ungeeignet."

Für eine Weile hatte sich Else dem trügerischen Gefühl hingeben können, dass sich nichts zwischen ihnen verändert hätte, doch immer wenn das Gespräch für einen Moment ins Stocken geraten war, hatte sich die Spannung in der Küche mit Händen greifen lassen, und als die Zeit zum Schlafengehen gekommen war, war ihre Verabschiedung so frostig ausgefallen, dass die glücklichen gemeinsamen Tage nicht erst zwei Wochen, sondern Jahre zurückzuliegen schienen.

Mit einem Seufzer ging Else ins Badezimmer und durchwühlte das Medizinschränkchen auf der Suche nach einem Medikament gegen Halsschmerzen. Als sie schließlich ein Briefchen mit Tabletten gefunden hatte, entnahm sie dem Aufdruck auf der dazugehörigen Schachtel, dass das Haltbarkeitsdatum um fast ein Jahr überschritten war. "Was solls, in der Not frisst der Teufel Fliegen", versuchte sie sich Zuversicht einzureden, während sie zwei der Tabletten aus der Verpackung brach und sich in den Mund schob. Erst jetzt warf sie einen Blick in den Spiegel und erschrak. Zwar hatte sich die Schwellung an ihrem Auge bereits merklich zurückgebildet, aber ansonsten bot sich ihr ein Bild des Jammers. "Selbst wenn ich mir dadurch den Tod hole, wenigstens meine Haare muss ich waschen, bevor ich meinen Anblick irgendeinem Menschen zumuten kann", entschied sie, zog kurzentschlossen ihren Pyjama aus und stellte sich unter die Dusche.

Hinterher rieb sie sich gründlich trocken und war gerade dabei, das Kabel des Föhns zu entknoten, als es an der Haustür klingelte. Wer konnte das um diese Uhrzeit sein? Edith würde im Zweifelsfall ihren Schlüssel benutzen, und Else erwartete weder ein Paket noch ein Einschreiben. Sie erwog kurz, die Störung einfach zu ignorieren, doch dann erschien es ihr zu hartherzig, jemanden, der sich bei einem derart scheußlichen Wetter bis zu ihrer Wohnungstür durchgeschlagen hatte, unverrichteter Dinge ziehen zu lassen. Daher schlüpfte sie in ihren Morgenmantel und stieg die Treppe zum Erdgeschoss hinab. Vor der Eingangstür stand ein hochgewachsener junger Mann mit braunem Teint und kurzen schwarzen Haaren. Ein Nordafrikaner, mutmaßte Else, wurde jedoch sofort wieder unsicher, als der Besucher sie in tadellosem Deutsch ansprach: "Guten Morgen, ich komme von der Firma Habermehl, um Ihre Spülmaschine zu reparieren."

"Mein Gott, natürlich, heute ist ja Mittwoch. Ich hatte das ganz vergessen, bitte kommen Sie herein."

Sie geleitete ihn in die Küche. "Da steht das gute Stück, hat von jetzt auf gleich keinen Muckser mehr von sich gegeben, dabei ist es noch so gut wie neu." Er hängte seine Lederjacke über eine Stuhllehne und bat um ein Stück Zeitung als Unterlage, bevor er seinen Werkzeugkasten auf den Tisch stellte. "Das kriegen wir schon wieder hin", meinte er zuversichtlich, "wenn Sie bitte noch den Garantieschein heraussuchen würden."

"Ihrer Firma muss es ja blendend gehen", mokierte sich Else, "wenn sie nicht mehr überblicken kann, an wen alles sie im letzten halben Jahr ein solches Gerät verkauft hat."

"Das ist nicht das Problem", lächelte er sie freundlich an, "ich habe diese Maschine hier sogar eigenhändig montiert. Trotzdem brauche ich den Schein."

"Ist ja gut", lenkte Else ein, "ich mache mich auf die Suche. Aber das kann dauern", fügte sie warnend hinzu, "fangen Sie also ruhig schon an zu schrauben."

Sie ging zur Garderobe, zog die Schublade mit den Wintersachen auf und stopfte ihre nassen Haare unter eine rote Pudelmütze. Auf dem Weg zur Terassentür packte sie einen Schirm, der zum Trocknen aufgespannt im Flur stand, und lief hinüber zum Seitenbau. Auf ihr Klopfen öffnete Edith sofort. Sie war gerade dabei, ihre Regenhaut aufzuknöpfen, von deren Saum an zahlreichen Stellen Tropfen auf den Fußboden fielen, die sich dort zu kleinen Pfützen vereinigten. Als sie Else erblickte, prustete sie los: "Wie siehst du denn aus? Wie eine Kreuzung zwischen Osterhase und Weihnachtsmann."

"Keine Zeit für Komplimente. Der Spülmaschinenfritze ist gerade gekommen, und ihn verlangt nach der Garantieurkunde. Hast du eine Ahnung, wo die sein könnte?"

Edith blies nachdenklich die Backen auf und nickte dann langsam mit dem Kopf: "Jetzt erinnere ich mich wieder. Die Maschine wurde an deinem Geburtstag geliefert, als du in der Uni warst; es sollte ja eine Überraschung sein. Konrad hat den ganzen Papierkram an sich genommen und sich sofort in die Bedienungsanleitung vertieft, um dir nachher imponieren zu können. Also hat er auch den Wisch, den du suchst. Und ich versichere dir, er hat ihn nicht weggeworfen. In solchen Dingen ist er penibler als der letzte Spießer."

Else bedankte sich und eilte zurück ins Haus. Während sie sich anzog, überlegte sie, wie sie weiter vorgehen sollte. Es gab nur einen Platz, an dem Konrad ein solches Papier vernünftigerweise aufbewahren würde, in seinem Schreibtisch. Aber es widerstrebte ihr, insbesondere in der momentanen Situation, in Konrads Privatbereich herumzuschnüffeln. Sie war nicht neugierig darauf zu erfahren, wie weit die Affäre zwischen Barbara und Konrad im Detail gediehen war, und es wäre ihr peinlich, auf ein Bündel parfümierter Briefe mit rosa Schleifchen zu stoßen.

Als Else ihre Bedenken nach langem Zaudern endlich überwunden hatte, schienen sich ihre Befürchtungen nicht zu bestätigen. Zwar gab es Briefe in Konrads Schreibtisch, aber die waren entweder geschäftlicher Natur oder von einem Freund aus seiner Zeit in England, wie sie an den Briefmarken und der Handschrift auf den Umschlägen erkannte. Ein Fach war zum Bersten voll mit Drehbüchern, Theaterstücken und Manuskripten, alle Rollen, die Konrad in den letzten Jahren gespielt oder beinahe gespielt hatte. Erst als sie das unterste Schubfach aufzog, schöpfte Else Hoffnung, dass ihre Indiskretion nicht vergeblich war. Dort lag ein großer Ordner, der mit "Verträge, Dokumente etc." beschriftet war. Nach kurzer Überlegung schlug sie den Buchstaben G auf und fand auf Anhieb, wonach sie gesucht hatte. Erleichtert öffnete sie den Verschluss und nahm das Papier heraus.

Gerade wollte sie den Ordner an seinen Platz zurücklegen, als ihr Blick auf ein Plastiksäckchen mit blauem Pulver fiel, das in einer der hinteren Ecken des Fachs stand und zuvor hinter dem Rücken des Ordners verborgen gewesen war. Neugierig hob es Else heraus. Das Säckchen steckte in einer Pappschachtel, deren obere Hälfte abgerissen worden war. Auf dem Rücken der Schachtel las sie: "RATTMORTAL, hochwirksam gegen Ratten und andere Schädlinge". Mit zitternden Händen stellte sie ihr Fundstück zurück. Das konnte nicht sein. Hier musste ein Irrtum oder eine Verwechslung vorliegen. Deutlich sah sie Konrads sorgenvolles Gesicht vor sich, an dem Tag, an dem Pascal vergiftet wurde. Es war für sie nicht vorstellbar, dass er selbst hinter dieser schändlichen Tat stecken könnte. Entschlossen ging Else hinüber in ihr Arbeitszimmer, fuhr den Computer hoch und stellte die Verbindung zum Internet her. Als Ausgangspunkt ihrer Nachforschungen gab sie Rattmortal in eine Suchmaschine ein. Die nächsten beiden Stunden verbrachte sie wie gebannt vor dem Monitor, kurz unterbrochen nur durch den Monteur, der ihr stolz mitteilte, er habe die Ursache des Defekts entdeckt, müsse aber noch mal weg, um das benötigte Ersatzteil zu holen. Als sie den PC ausschaltete, wusste sie alles über Coumarin-Derivate, kannte die Unterschiede zwischen Rattengiften der ersten und zweiten Generation und hätte einen Fachvortrag über die Wirkungsweise von Brodifacoum auf die Organismen von Ratte, Katze, Hund oder Mensch halten könnten. Am meisten berührte sie der Bericht über einen Mann, der mit kleinen Dosen Warfarin allmählich vergiftet worden war. Ab dem vierten Tag klagte er über immer heftiger auftretendes Nasenbluten, am zwölften Tag starb er. Als Todesursache wurde Kreislaufversagen diagnostiziert. Nachdem Else dies gelesen hatte, legte sie ihren Kopf auf beide Arme und begann hemmungslos zu weinen. Paradoxerweise war sie weniger schockiert darüber, dass ihr Mann offenbar dabei war, sie langsam zu vergiften, viel mehr entsetzte sie, dass er keine Skrupel kannte, auch das Leben eines unschuldigen Tieres zu opfern. Konrad hatte sich köstlich amüsiert, als der Kater über ihren Tunfischsalat herfiel, und nicht die geringsten Anstalten gemacht einzugreifen. Ein heißes Gefühl des Hasses, wie sie es zuvor nicht gekannt hatte, stieg in ihr hoch und drohte ihre Brust zu sprengen. Mühsam gelang es Else, sich zur Ordnung zu rufen. Sie musste jetzt um jeden Preis kühlen Kopf behalten, es stand nicht weniger auf dem Spiel als ihr Leben. Sie ging ins Badezimmer, wusch sich das Gesicht und versuchte ihre Nerven zu beruhigen. Kurze Zeit später kehrte der Angestellte von Habermehl zurück, und sie nahm dankbar die Gelegenheit wahr, sich zu ihm in die Küche zu setzen und über Belangloses zu plaudern, während er die Reparatur zu Ende führte. Als er fertig war, legte sie ihm den Garantieschein vor und würdigte seine Arbeit mit einem üppigen Trinkgeld. Allmählich fand Else ihr Gleichgewicht wieder. Sie holte die Unterlagen zu Renates Krimi aus dem Schlafzimmer, und ergriff den Schirm, den sie nach ihrem morgendlichen Ausflug in den hohen Steinkrug, der ihnen als Schirmständer diente, gestellt hatte. Zwar regnete es nicht mehr, doch der Himmel hatte sich noch stärker zugezogen. Dicke schwarze Gewitterwolken ließen dem Sonnenlicht kaum eine Chance, und obwohl erst früh am Nachmittag war es bereits finster wie in der Abenddämmerung. Eine fast apokalyptische Stimmung, dacht Else, als sie auf Renates Haus zuschritt, wie geschaffen für meine Gemütslage.

Die Schriftstellerin empfing sie erneut in ihrem Arbeitszimmer. Außer von einer Leselampe, die hinter einem Ohrensessel an eines der Bücherregale geklemmt war, wurde der Raum nur durch zwei stämmige Kerzen erleuchtet, die auf dem niedrigen Tisch eine silberne Teekanne und eine Schale mit Kandiszucker flankierten. Wieder lag ein zarter Duft von Räucherstäbchen in der Luft.

"Eine meiner Spezialmischungen", rühmte sich Renate, während sie die vor Else stehende braune Tontasse füllte, "ich gebe dir Brief und Siegel darauf, dass deine Grippe kein Thema mehr sein wird, sobald du den Inhalt dieser Kanne intus hast. Du gestattest, dass ich derweil bei meinem schwarzen Kaffee bleibe."

"Es ist viel passiert seit gestern", begann Else das Gespräch, nachdem sie vorsichtig an dem heißen Getränk genippt hatte, und erzählte der Freundin von ihrer Unterredung mit Robert und dem überraschenden Fund in Konrads Schreibtisch. Die Tatsache, dass Konrad als Giftmischer überführt war, schien Renate jedoch nicht im mindesten zu beeindrucken. Stattdessen bemühte sie sich darum, nachdem Else ihren Bericht beendet hatte, den Stand der Dinge zu rekapitulieren: "Wir müssen uns entscheiden, ob Konrad, immer unterstellt, dass er tatsächlich ein Mörder ist, dich oder Barbara umbringen wollte. Für Ersteres sprechen Pilz und Rattengift, für die zweite Variante spricht die unumstößliche Tatsache, dass Barbara der Schädel eingeschlagen wurde. Die Beobachtung, die dein Jugendfreund im Kloster gemacht hat, ist, wie wir jetzt wissen, eine zweischneidige Angelegenheit. Sie könnte zu beiden Theorien passen."

"Vielleicht hatte er es auf uns beide abgesehen", schlug Else vor, "auf mich wegen meines Geldes und auf Barbara, derer er inzwischen überdrüssig geworden war, um eine gefährliche Mitwisserin zu beseitigen."

Renate verzog das Gesicht, als ob sie von einem plötzlichen Zahnschmerz heimgesucht worden wäre: "Das ist doch hanebüchen. Meinst du nicht, dass du bemerkt hättest, wenn du die letzten drei Jahre nicht nur mit einem ordinären Mörder, sondern mit einem ausgewachsenen Psychopathen unter einem Dach verbracht hättest? Abgesehen davon, sieh dir an, was du vorschlägst: Unser Doppelmörder kann sich nicht so recht zwischen Opfer X und Y entscheiden. Er wirft eine Münze, und kommt so zu dem Entschluss, zunächst X zu überrollen. Dabei erwischt er aber um ein Haar Y, weil X und Y zufällig die Kleider getauscht haben. Tut mir leid, aber das glaubt kein Schwein und ich auch nicht."

"Die Verwechslung durch den roten Anorak ist doch bislang nur eine Hypothese", gab Else kleinlaut zu bedenken.

"Stimmt, aber es klingt in meinen Ohren plausibel, was sich dein Robert ausgedacht hat. Doch nehmen wir einmal an, er irrt sich", gab Renate zu bedenken, während sie Else Tee nachschenkte, "wie erklärst du dann den Tod der Wigand? Ein zweiter Mörder, der das dilettantische Herumgepfusche des ersten nicht mehr ertrug, und ihm zeigte, wie es richtig gemacht wird? Was wir bei all unseren Theorien noch gar nicht berücksichtigt haben, ist, dass Konrad für den Mord an Barbara gar nicht in Frage kommt. Wenn ich dich richtig verstanden habe, hielt er sich zu jener Zeit in Bensheim auf."

"Dem messe ich keine so große Bedeutung bei. Schließlich hat Konrad auch nicht selbst am Steuer des Polo gesessen."

"Ach richtig der Auftrags-Killer", Renate klatschte vor Begeisterung in die Hände, "wie konnte ich den vergessen? Ich hatte wirklich gehofft, du hättest diesen Quatsch mittlerweile zu den Akten gelegt."

"Ganz im Gegenteil. Erst heute Nacht ist mir klar geworden, was ich bei unserem letzten Gespräch übersehen habe. Du hast mich darauf hingewiesen, dass Konrad wohl eine erhebliche Geldsumme als Anzahlung benötigt hätte. Nun, mein Geschäftsführer, Wolfgang Trapp, hat vor nicht allzulanger Zeit unter einem Vorwand einen größeren Kredit aufgenommen."

"Komm zu dir, Else", schrie Renate entsetzt auf, "du glaubst doch nicht im Ernst, dass Konrad, falls er dich um die Ecke bringen wollte, ausgerechnet Wolfgang um Hilfe gebeten und bei diesem auch noch Gehör gefunden hätte?"

"Nein, so sicher nicht", erwiderte Else ruhig, "aber ich habe mich

daran erinnert, dass ich Konrad ohne Wolfgang niemals kennengelernt hätte. Von ihm kam damals in Oxford der Vorschlag, diese
Theateraufführung zu besuchen. Und ich habe nie verstanden, warum er seinem Nebenbuhler so widerstandslos das Feld überlassen
hat."

"Du denkst an eine Verschwörung von langer Hand. Wenn ich
ehrlich bin, klingt das für mich eher nach Verfolgungswahn als
nach einer realistischen Möglichkeit."

"Ja, vielleicht", räumte Else resignierend ein, "ich beginne in den
letzten Tagen Gespenster zu sehen. Doch wie würdest du dich fühlen, wenn dich zwei Menschen unabhängig voneinander durch ihre
Aussagen bei der Polizei mit einem Mord in Verbindung bringen,
mit dem du nichts zu tun hast?"

Im Verlauf der nächsten Stunde begann die Unterhaltung der beiden Frauen sich im Kreis zu drehen. Wieder und wieder wurden die
gleichen Fakten angesprochen, ohne dass sich wesentlich neue
Aspekte dazu ergaben. Schließlich versiegte das Gespräch ganz,
und beide hingen eine Weile ihren Gedanken nach. Das wenige
Tageslicht, das ins Zimmer fiel, war mittlerweile noch spärlicher
geworden. Obwohl Fenster und Tür des Raumes geschlossen waren, flackerten die beiden Kerzenflammen unruhig hin und her. Es
war Else, die das Schweigen brach: "Morgen werde ich Fred nochmals einen Besuch abstatten. Vielleicht erinnert er sich an etwas,
das uns weiterhelfen wird."

"Das kannst du dir ersparen, dieser Tölpel hat genau das gesehen,
was er sehen sollte, nicht mehr und nicht weniger."

Renates Gesicht lag im Dunkeln. Sie sprach leiser als gewöhnlich,
und ihre Stimme hatte einen anderen Klang.

"Wie meinst du das?"

"Die Frau in Konrads Armen war nicht Barbara, aber die Perücke,
die sie trug, war deren Frisur zum Verwechseln ähnlich."

"Woher willst du das wissen?" fragte Else konsterniert.

"Weil ich dabei war", Renate ließ ein kurzes, bitteres Lachen hören,
"das kannst du, der du mich seit Jahren mit alten Weibern zu verkuppeln suchst, dir natürlich nicht vorstellen. Dabei verfüge ich
über Qualitäten, die gerade dein Konrad sehr zu schätzen weiß."

Obwohl Else ihren Ohren nicht traute, konnte sie nicht anders, als
den Worten der ihr gegenüber sitzenden Frau wie gebannt zu lau-
schen.

"Der Rest war ein Kinderspiel", prahlte diese, "ich wusste schon lange, dass Schulze-Wegmann eine Freundin hat. Männer können nichts für sich behalten, sobald sie genug getrunken haben. Und natürlich nutzte er die Abwesenheit seiner Frau für ein Schäferstündchen. Ich habe am Samstag bei der Dame angerufen, mich für Frau Wegmann ausgegeben und ihr eine Szene hingelegt, die sich gewaschen hatte."

Erneut veränderte Renate ihre Tonlage und klang nun dem weinerlichen Singsang von Frau Wegmann zum Verwechseln ähnlich: "Mein Mann hat mir sein Verhältnis mit Ihnen gebeichtet. Damit Sie Bescheid wissen, er hält sie für eine ungebildete Schlampe, die nur fürs Bett zu gebrauchen ist.

Sie reagierte, wie ich es mir erhofft hatte", fuhr Renate mit normaler Stimme fort, "als Horst sich dann auf den Weg machte, stand mir die Zeit zur Verfügung, die ich brauchte. Man muss sich im Schinderhannes durch kein Fenster quetschen, es gibt einen Hinterausgang, und als Maria just in dem Moment, als ich mich erhob und die Toilette ansteuerte, dabei war, den besoffenen Brandes aus dem Lokal zu schmeißen, war mir klar, dass die Götter auf meiner Seite stehen. Auch die blonde Perücke war übrigens Maßarbeit, sie ist so gut, dass sie ganz andere als diesen Trunkenbold getäuscht hätte."

"Aber du kannst doch nicht glauben, dass irgendjemand mich ernsthaft für Barbaras Mörderin halten wird", stammelte Else fassungslos.

"Sie werden, sie werden, Schätzchen, denn es gibt ein handgeschriebenes Geständnis von dir, an dessen Echtheit niemand zweifeln wird."

Renate beugte sich über den Tisch nach vorne. Ihre Augen waren zu schmalen Schlitzen verengt, sodass ihr Gesicht zwischen den grauen Haarsträhnen mehr denn je wie eine Maske wirkte. Ihre Stimme klang nun kalt und feindselig:

"Warum meinst du wohl, habe ich dich seit Jahren um handgeschriebene Kommentare zu meinen Manuskripten gebeten? Glaubst du wirklich, ich wäre zu einer so bedeutenden Schriftstellerin geworden, wenn ich bei meinen Recherchen auf deine besserwisserischen Ratschläge angewiesen wäre?"

"Was soll mich daran hindern, all dies der Polizei zu erzählen", stieß Else keuchend hervor.

"Meine Spezialmischung! Eines der raffiniertesten Gifte, die ich kenne. Schon jetzt kannst du deine Beine nicht mehr bewegen, und in spätestens einer Stunde bist du tot. Aber mach dir keine Sorgen, es wird kein bisschen weh tun."

XVI

"Warum kaufst du dir keinen Tretroller, du verdammter Idiot!" Katharina Haller war eigentliche eine besonnene Autofahrerin, was sie jedoch fuchsteufelswild machen konnte, war, wenn der Wagen vor ihr auf freier Strecke unmotiviert zu bremsen anfing, und exakt dies war gerade geschehen.

"Dann schleich dich mit deiner Schrottkiste doch auf die rechte Spur, wenn dir das hier zu schnell geht", schimpfte sie weiter, während sie die Geschwindigkeit ihres BMW notgedrungen auf 120 km/h reduzierte. Das war, wie sie sehr wohl wusste, im Grunde genommen schnell genug, denn die Straße war nass und der leichte Nieselregen, bei dem sie ihre Wohnung in einem nördlichen Vorort Wiesbadens verlassen hatte, wurde von Minute zu Minute heftiger. Aber sie war spät dran, und ihre Laune war miserabel. Zum Glück war Jungblut heute mit seinem eigenen Wagen unterwegs, so konnte sie sich nach Herzenslust verbal abreagieren, ohne sich seine ob ihrer Kraftausdrücke pikiert nach oben gezogene Augenbraue begleitet von einem missbilligenden Kopfschütteln gefallen lassen zu müssen.

Dieser Mittwoch hatte genau so begonnen, wie sie es hasste. Was konnte aus einem Tag noch Vernünftiges werden, an dem sie noch vor der ersten Tasse Kaffee durch einen Anruf ihres Chefs vom Frühstückstisch weggerissen wurde? Und natürlich ging es um gute Ratschläge hinsichtlich ihrer Untersuchungen im Mordfall Wigand. Präziser ausgedrückt, es ging um kaum verhohlene Drohungen, dabei gewissen Herrschaften nicht auf die Füße zu treten. Als sie die Eintragung FDP in diesem verfluchten Terminkalender gelesen hatte, hatte sie sofort gespürt, dass es Ärger geben würde. Eine Krähe hackt der anderen kein Auge aus; was für ein ahnungsloser Euphemismus. Bereits die theoretische Möglichkeit, einen dieser Vögel vielleicht schief ansehen zu wollen, reichte völlig aus, um das ganze Krähenheer mobil machen zu lassen, und das war im Nu bis auf die Schnäbel bewaffnet.

Und als ob ihr Bedarf an Ärger für diese frühe Morgenstunde nicht schon gedeckt gewesen wäre, fing auch noch Sandra an zu lamentieren. Das Fräulein Tochter erreichte nächste Woche das zarte Alter von sechzehn Lenzen und bestand darauf, dieses epochale Ereignis mit einer Party zu begehen. Mit Grausen erinnerte sich Katharina an die Feier des vergangenen Jahres. Sie war mit Gerhard, ihrem Mann, übers Wochenende verreist, damit die jungen Leute sturmfreie Bude hatten und sich nicht durch die Anwesenheit Erwachsener gegängelt fühlen sollten. Im Nachhinein konnte sie über soviel Naivität nur den Kopf schütteln. Bei der Rückkehr bereitete es ihr Mühe, ihre Behausung wiederzuerkennen. Drei halbwüchsige Burschen lagen in Schlafsäcken und mit allen Symptomen einer schweren Alkoholvergiftung kreuz und quer im verwüsteten Wohnzimmer. Der handgeknüpfte Teppich aus echter Schurwolle war mit zwei hässlichen Brandlöchern verziert, und eine sirupähnliche rote Flüssigkeit verklebte sämtliche Ritzen der Stereoanlage. Bis heute war Sandra dabei, den Schaden von ihrem Taschengeld abzustottern, obwohl ihr Gerhard, wie Katharina mit Missfallen zur Kenntnis nahm, immer wieder mit heimlichen Finanzspritzen unter die Arme griff. Selbstverständlich war die Beschwichtigung der vergrätzten Nachbarn, denen bei dem nächtlichen Lärm reihenweise die Schindeln von den Dächern gesprungen waren, an ihr hängen geblieben, und allein die Erinnerung an die süffisanten Bemerkungen, die sie sich während dieser Canossa-Gänge anhören musste, bewogen Katharina dazu, dieses Mal hart zu bleiben: "Ein Grillfest im Garten ist das höchste der Gefühle, auf keinen Fall kommt mir diese Vandalenhorte nochmal ins Haus."

"Och Mutti, ein Grillfest", maulte Sandra los, "womöglich noch mit Eierlaufen und Sackhüpfen. Falls du es vergessen hast, ich werde sechzehn und nicht sechs."

Katharina setzte gerade an, ihrer Tochter zu erzählen, wie glücklich sie selbst gewesen wäre, wenn sie zu ihrem sechzehnten Geburtstag überhaupt jemanden hätte einladen dürfen, als sich Gerhard in die Diskussion einmischte: "Grillen find ich auch nicht cool. Wäre doch voll krass, wenns an dem Tag regnet?" Dass ihr Mann ihr wieder einmal in Erziehungsfragen in den Rücken fiel, hätte Katharina gerade noch ertragen, sie war nichts anderes gewohnt. Dass er sich jedoch, um sich bei seiner Tochter anzubiedern, der durch Anglizismen verstümmelten Stammelsprache der Halbwüchsigen bediente, war zu viel für sie. Erst letzte Woche hatte sie einen Schreikrampf erlitten, nachdem er ihr angeboten hatte, zusammen Shopping zu gehen. So endete das familiäre Frühstück mit Geschrei, Türenknallen und Sandras spitzer Bemerkung: "Es ist doch immer wieder lehrreich, Erwachsenen bei der Austragung ihrer Meinungsverschiedenheiten zuzuhören."

Katharinas Stimmung war immer noch auf dem Tiefpunkt, als sie die A3 über die Ausfahrt Idstein verließ und wenige Minuten später ihren BMW neben dem Wagen Jungbluts parkte. Ihr Assistent und die beiden Kollegen von der hiesigen Polizeistation warteten bereits im Besprechungszimmer auf sie. Sie entschuldigte sich für ihre Verspätung und bat um einen Kaffee, während sie ihre nasse Jacke an den Kleiderständer hängte. Katharina hatte sich angewöhnt, solche Konferenzen klar zu strukturieren, um nicht unnütz Zeit durch zielloses Hinundherspringen zwischen den verschiedenen Ermittlungsergebnissen zu vergeuden. Sie schlug daher vor, die Verdächtigen der Reihe nach durchzugehen.

"Da haben wir nicht viel Auswahl, denn die kann in diesem Fall sogar ein Sägewerksbesitzer an den Fingern einer Hand abzählen", ging Lorenz, ein erfahrener Beamter mit rotfleckigem, rundem Gesicht, auf ihre Anregung ein, "Nummer eins ist sicherlich der Ehemann der Ermordeten."

"Motiv?"

"Eindeutig Eifersucht. Wir haben zahlreiche Aussagen von Nachbarn, die belegen, dass es aus diesem Grund immer wieder zu Szenen zwischen den beiden kam. Allerdings ging niemand so weit zu behaupten, dass er sie jemals deswegen bedroht habe."

"War die Eifersucht denn berechtigt?"

"Schwer zu sagen, ich kann mir ehrlich gesagt nicht vorstellen, dass sich der Wigand das alles aus den Fingern gesogen haben soll. Wenn sie es allerdings mit all denen, die er jemals im Visier hatte, getrieben haben sollte, wäre der Begriff Nymphomanin eine glatte Untertreibung."

"Gelegenheit?"

"War vorhanden", bestätigte ihr Rexroth, ein junger Mann, der zum ersten Mal eine leitende Funktion bei der Untersuchung eines Mordfalls innehatte und dem sein Eifer deutlich anzumerken war,

"Horst Wigand und Frau Renate Wild sind sich darüber einig, dass er die Gaststätte Schinderhannes zwischen 20.35 Uhr und 20.40 Uhr verlassen hat. Er ging zu seinem Auto, das vor seinem Wohnhaus geparkt war, ein Fußweg von etwa drei Minuten. Darüber, wann er bei Herrn Schulze-Wegmann ankam, konnte keiner der beiden Herren genaue Angaben machen. Fest steht aber, dass sie gegen 21.10 Uhr zusammen wieder in dem Lokal eintrafen. Wenn wir als Todeszeitpunkt von Frau Wigand etwa 20.45 Uhr annehmen, hat Wigand denkbar schlechte Karten. Die Sache hat leider einen Haken: Die Mordwaffe."

"Sie meinen den Kerzenständer, der spurlos verschwunden ist?"

"Genau, wir haben jede Mülltonne zwischen Wigands und Schulze-Wegmanns Haus durchwühlt und jeden freien Platz, wo er ihn in aller Eile hätte verscharren können, umgepflügt, aber nichts gefunden."

"Wo ist das Problem? Er hat ihn provisorisch im Haus versteckt und inzwischen in aller Ruhe beiseite geschafft."

"Dazu blieb ihm kaum Gelegenheit. Er ist in der Mordnacht völlig zusammengebrochen und wurde vom Notarzt ins Idsteiner Krankenhaus eingewiesen, wo man ihn bis Montag stationär versorgte. Dadurch ergab sich für uns die Möglichkeit, sein Haus genau unter die Lupe zu nehmen. Er hat uns dazu vor seinem Kollaps übrigens ausdrücklich aufgefordert. Wenn er wirklich der Täter ist, dann war er sich verdammt sicher, dass wir nichts finden würden."

"Müssen wir ihn wegen seines Zusammenbruchs nicht gänzlich von unserer Liste streichen, oder halten Sie ihn für einen so guten Schauspieler?"

"Ich habe mit dem Arzt gesprochen", antwortete ihr Lorenz, "simulieren hält er für ausgeschlossen, es sei denn, er hätte medikamentös nachgeholfen, dann ginge es schon. Im Übrigen sehe ich nicht, wieso ihn diese Sache entlastet. Warum sollte ein Mord im Affekt beim Mörder keinen Kreislaufkollaps auslösen können?"

"In diesem Fall würde ich Ihnen Recht geben, aber noch gehe ich von einer kaltblütig geplanten Tat aus. Und warum sollte der verschwundene Kerzenständer nicht seit Tagen auf dem Grund irgendeines Sees ruhen. Wir haben lediglich Horst Wigands Aussage dafür, dass das Ding erst in der Mordnacht abhanden gekommen ist. Warum sollte die Tatwaffe nicht in Wirklichkeit ein anderer stumpfer Gegenstand sein, der nach wie vor unschuldig im Wohnzimmer Wigands herumliegt? Welchen Sinn ergibt es denn für den Mörder, sich durch das Mitnehmen der Tatwaffe unter Umständen selbst in Schwierigkeiten zu bringen? Der einzige, den ich sehe, ist der, Wigand zu entlasten. Im Zusammenhang mit der Einlieferung ins Krankenhaus sieht mir das stark nach einem abgekarteten Spiel aus."

"Deine Theorie hat eine entscheidende Lücke", meldete sich Jungblut zum ersten Mal an diesem Vormittag zu Wort, "falls das Verbrechen minutiös geplant war, dann hätte Wigand wissen müssen, dass Schulze-Wegmann an jenem Abend erstens viel zu spät kommt und zweitens telefonisch nicht erreichbar ist. Ich sehe nicht, wie er das ohne Mitwisser hätte bewerkstelligen können."

"Ich denke da eher an eine Mitwisserin, nämlich an die Frau, die Schulze-Wegmann in dieser Nacht den Laufpass gegeben hat, wofür Wigand möglicherweise der Grund war. Ich gebe zu, das klingt nicht sehr wahrscheinlich. Dennoch ist es wichtig, der Dame endlich auf den Zahn zu fühlen. Wenn es nach mir ginge", fügte Katharina knurrend hinzu, "würde ich den Kerl bei Wasser und Brot einsperren, bis er uns ihren Namen verrät."

"Es gibt einen viel plausibleren Grund für das Verschwinden der Mordwaffe", beharrte Jungblut , "die Tat geschah tatsächlich im Affekt, und dem Täter, der keine Handschuhe trug, blieb, warum auch immer, nicht die Zeit, um seine Fingerabdrücke sorgfältig abzuwischen. Also hat er das Gerät kurzerhand mitgenommen, um sich später darum zu kümmern."

"Vielleicht hörte er, wie die Tür von Wigands Auto zuschlug", warf Rexroth von seiner plötzlichen Eingebung begeistert ein, "und nahm natürlich an, Wigand würde nach Hause kommen und nicht, wie es in Wirklichkeit war, wegfahren."

"Auch das sind mir zuviele Zufälle", widersprach Katharina missmutig, "aber ich denke, wir sollten jetzt die Verdächtige Nummer zwei in unsere Überlegungen miteinbeziehen. Vielleicht erhalten wir ein klareres Bild über die Geschehnisse in dieser Nacht, wenn wir uns über Frau Dr. Else Steigert Gedanken machen."

"Motiv?", übernahm nun Jungblut die Rolle des Stichwortgebers.

"Auch da kommt wohl nur Eifersucht in Frage. Das würde freilich voraussetzen, dass die Tote mit Konrad Steigert ein Verhältnis hatte, wofür wir außer Wigands vagem Verdacht bisher keinerlei Anhaltspunkte gefunden haben."

"Die Frau ist mir bekannt. Ich kann mir beim besten Willen nicht vorstellen, dass sie einen Mord aus Leidenschaft begeht. Das passt nicht zu ihrem Typ", gab Lorenz zu bedenken.

"Ihr Expertentum, was das Innenleben von Frauen betrifft, in allen Ehren, trotzdem würde ich mich lieber an den Fakten orientieren", wies ihn die Kommissarin barsch zurecht, "die Steigert war an diesem Abend mit dem Opfer verabredet."

"Vorsicht!", Jungblut hob mahnend den Zeigefinger und blätterte in seinem Notizbuch, "ich zitiere: 'Barbara war an diesem Abend mit einer Freundin verabredet, damit konnte nur Else Steigert gemeint sein, doch ich habe das für einen Vorwand gehalten, um sich ungestört mit deren Mann zu vergnügen.'"

"Ist es denn da nicht naheliegend", warf Rexroth ein, "dass er vom Schinderhannes kommend die Gelegenheit, sie in flagranti zu ertappen, beim Schopf gepackt hat. Er fand seinen Verdacht bestätigt und hat sie daraufhin im Zorn erschlagen."

"Und dann hat er ihren Liebhaber gebeten, für ihn die Mordwaffe zu entsorgen, weil er noch einen dringenden Termin hatte", spottete Katharina, "nein, tut mir leid, so kann sich die Sache kaum abgespielt haben. Sie wandte sich wieder Jungblut zu: "Wir haben zusätzlich noch einen Augenzeugen, der sie ins Haus gehen sah."

Dieser zeigte sich wenig beeindruckt: "Davon würde ich mir nicht zu viel versprechen. Der war ziemlich betrunken, was bei ihm nichts Außergewöhnliches gewesen zu sein scheint, und hat die Frau nur von hinten gesehen. Blonde, schulterlange Haare und die gleiche Figur wie die Steigert. Zudem gibt es noch eine alte Fehde zwischen den Familien Brandes und Steigert. Da braucht es keinen Staranwalt, um aus diesem Zeugen vor Gericht Hackfleisch zu machen."

"Wie war denn dein Eindruck? Du hast doch mit ihm gesprochen. Hältst du Friedrich Brandes für einen Lügner, der sich diese Geschichte aus Bosheit aus den Fingern gesogen hat, oder ist er eine ehrliche Haut?"

Jungblut drehte nachdenklich seinen Kaffeebecher nach links und nach rechts, bevor er antwortete: "Ich halte den Alten für so ehrlich wie das Gesamtwerk von Howard Carpendale, wenn du verstehst, was ich meine."

"Sollten wir uns nicht lieber an die Fakten halten?", stichelte Lorenz dazwischen.

"Genau", sprang Rexroth ihm zur Seite, "und da können wir der Steigert eine faustdicke Lüge nachweisen. Sie behauptet, niemals bei den Wigands gewesen zu sein, wir haben in deren Wohnung aber einen Fingerabdruck von ihr gefunden."

"Menschenskind, das erzählen Sie jetzt erst!", fiel Katharina aus allen Wolken.

"Es war nicht meine Idee, die Verdächtigen der Reihe nach abzuhandeln", wehrte sich der junge Beamte gekränkt.

"Ist ja gut, jetzt seien Sie nur nicht gleich beleidigt. Sagen Sie uns lieber, wo Frau Doktor ihre Fingerspuren hinterlassen hat."

"Auf einem Foto, das ihren Mann in einer ulkigen Verkleidung zeigt."

"Ach so", Katharina vermochte ihre Enttäuschung nur schwer zu verbergen, "eine Autogrammkarte. Die kann sie angefasst haben, bevor diese in den Besitz der Wigands überging."

Rexroth ließ sich nicht beirren: "Nein, das Bild wurde nachträglich mit einem Rahmen versehen, und auf diesem befindet sich der Fingerabdruck. Auch der Text sollte uns zu denken geben: 'Sie sind doch sicher nicht verheiratet? Konrad'. Würden Sie so ein Autogramm ausstellen?"

"Niemals", pflichtete ihm Jungblut bei, "doch das liegt vor allem daran, dass ich nicht Konrad heiße. Stand das Foto in dem Zimmer, in dem das Verbrechen geschah?"

"Es stand nicht, es lag auf dem Boden, und das Glas war zersplittert, so als ob jemand wütend darauf herumgetrampelt hätte. All das passt doch wundervoll zu einem unkontrollierten Eifersuchtsausbruch."

"Es passt mir sogar viel zu gut zusammen", zeigte Katharina sich skeptisch, "die Spur ist so plump gelegt, dass es einem intelligenten Polizisten fast peinlich sein müsste. Dennoch kommen wir um die Tatsache nicht herum, dass die Steigert uns die Unwahrheit gesagt hat. Was ist mit dem blonden Haar, das die Spurensicherung sichergestellt hat?"

"Da haben wir noch kein Ergebnis vorliegen. Ist so ein DNA-Test nicht langwierig?"

"Papperlapapp, man braucht keinen DNA-Test um festzustellen, ob zwei Haare von der gleichen Person stammen. Meine Zeit auf der Polizeischule liegt zwar schon eine Weile zurück, aber wenn ich mich recht erinnere, genügt dafür ein gutes Mikroskop. Klemmen

Sie sich bitte dahinter, Herr Rexroth, und machen Sie dem Labor Beine. Ich brauche ein Resultat, bevor ich später nach Nonnensteg fahre, um den Steigerts nochmals auf den Zahn zu fühlen. Haben wir weitere Verdächtige?"

"Die Eintragung im Terminplaner der Toten können wir schwerlich ignorieren", antwortete Lorenz, "es ist uns jedoch bisher nicht gelungen, die angebliche Verabredung mit einer Freundin und das Kürzel FDP unter einen Hut zu bringen. Wen auch immer wir dazu befragt haben, bei FDP fällt jedem nur Schulze-Wegmann ein."

"Wie wärs denn mit Frau Schulze-Wegmann?", schlug Katharina vor.

"Fehlanzeige, die war während des gesamten Wochenendes mit den Kindern bei ihren Eltern in Düsseldorf und gewiss nicht mit Barbara Wigand befreundet."

"Was halten Sie davon", begann Rexroth eine neue Theorie zu entwickeln, "Schulze-Wegmann hatte sich, warum auch immer, mit der Wigand verabredet, und zwar zu einem Zeitpunkt, an dem ihr Mann, wie er wusste, in der Kneipe saß. Es kam zu einem heftigen Streit, bei dem sein Handy und ihr Schädel zu Bruch gingen. Plötzlich sah oder hörte er Wigand vor dem Haus. Er erfasste blitzschnell die Situation, nahm den Kerzenständer mit und versuchte noch vor Wigand bei sich zu Hause anzukommen. Das gelang ihm nicht ganz, wir wissen jedoch, dass Wigand mehrfach klingeln und lange warten musste, bevor ihm geöffnet wurde."

"Wenn ich Schulze-Wegmann so vor mir sehe, kann ich mir nur schwer vorstellen, dass er sich unbemerkt durch die Hintertür ins Haus schleicht, während Wigand an der Vordertür klingelt. Der eigentliche Schwachpunkt ihrer These ist jedoch das Motiv. Worüber könnte er sich so heftig mit der Wigand gestritten haben, dass es mit Mord endete? Ein Paar waren sie nicht. Schulze-Wegmann mag eine Geliebte haben, deren Namen er uns ja partout nicht preisgeben will, er wäre aber niemals so sorglos gewesen, sich dafür eine Frau aus seinem Wohnort auszuwählen."

"Andere haben in diesem Punkt womöglich weniger Skrupel", griff Jungblut ihren Gedanken auf, "und wenn wir es für eine Option halten, dass die Tat sich aus einem Streit zwischen der Wigand und ihrem Lover entwickelt hat, dann dürfen wir den Kandidaten Nummer eins nicht außen vor lassen."

"Ich nehme an, du sprichst von Konrad Steigert. Meinst du das im

Ernst, oder kannst du ihn nur nicht leiden?"

"Beides. Auf alle Fälle habe ich sein angeblich so hieb- und stich-
festes Alibi unter die Lupe genommen, und siehe da, es zerschmolz
wie Butter in der Sonne. Laut Aussage von Erich Reeg hat Steigert
sich zusammen mit seiner Kollegin Claudia Dickler bereits vor dem
Jazzkonzert von der restlichen Gruppe getrennt. Angeblich mussten
sie unbedingt noch ein paar Szenen, die bei der Freitagsvorstellung
nicht optimal gelaufen waren, durchsprechen. Erst gegen zehn
stießen sie wieder zu den anderen. Es blieb ihm also genügend Zeit
für eine Fahrt nach Nonnensteg und zurück. Und das Beste ist: Die
Dickler hatte ihren eigenen Wagen dabei. Von wegen, ich hatte gar
kein Auto."

"Du spielst mit gezinkten Karten. Erst jubelst du uns Steigert unter
dem Gesichtspunkt einer Affekthandlung als Verdächtigen unter,
und, nachdem wir das geschluckt haben, präsentierst du uns einen
sorgfältig geplanten Mord mit ihm als Täter. Davon abgesehen ist
es in unserer Branche üblich, die Ehefrau um die Ecke zu bringen,
um für die Geliebte frei zu sein, nicht umgekehrt."

"Wenn die Ehefrau wie in diesem Fall steinreich ist, sind auch
andere Konstellationen denkbar", protestierte Jungblut, "es wäre
noch zu klären, welche Regelung die Steigerts getroffen haben, ich
bin aber davon überzeugt, dass sich seine finanzielle Lage bei einer
Scheidung drastisch verschlechtern würde. Er hatte die Wigand satt
und wollte sich von ihr trennen, worauf sie gedroht hat, seiner Frau
reinen Wein einzuschenken. Das Treffen in Frankfurt war ein erster
Warnschuss, der ihn gezwungen hat zu handeln."

"Und dabei hat er sich mit seiner Mitwisserin Dickler gleich die
nächste Bedrohung ins Bett geholt. Hältst du den Mann für so bescheuert, dass er den gleichen Fehler zweimal hintereinander begeht?"

"Er gehört zu jener Sorte von Männern, die den Verstand verlieren,
sobald ihnen eine Frau schöne Augen macht, zum Glück gibt es
auch andere."

Bei den letzten Worten faltete Jungblut selbstgefällig die Hände
über dem Bauch. Katharina Haller hatte bereits einen bissigen
Kommentar auf der Zunge, doch Rexroth kam ihr zuvor: "Ich glaube nicht, dass der Freund der Wigand in Nonnensteg lebt. Ihr Mann
sagte aus, sie hätte am Sonntag für ein paar Tage zu ihrer Schwester nach Bayern fahren wollen. Ein Anruf hat jedoch ergeben, dass

die Frau keine Ahnung von einem bevorstehenden Besuch hatte."

"Schön, dass wir das auch schon erfahren", fuhr Katharina ihn an, "mich beschleicht mehr und mehr das Gefühl, dass es weder diese Reiseplanung noch den ominösen Liebhaber noch den Kerzenständer je gegeben hat, sondern dass uns Wigand einen Bären nach dem anderen aufbindet, um seine Haut zu retten. Es würde uns sehr weiterhelfen, wenn endlich die Mordwaffe gefunden werden würde." Sie warf einen nervösen Blick auf ihre Armbanduhr. "Herr Lorenz, Sie bleiben an den Wigands dran. Reden Sie mit Freunden und Kollegen, die Angestellten in ihrem Laden nicht zu vergessen. Wir brauchen eine präzise Vorstellung, ob an dem Gerede vom Seitensprung etwas dran sein könnte oder ob es sich lediglich um Hirngespinste handelt. Sie, Herr Rexroth führen hier die Fäden zusammen, und vergessen Sie das Labor nicht. Und du", wandte sie sich an Jungblut, "kümmerst dich um diese Dickler. Mach ihr klar, dass sie eine Falschaussage hinter Gitter bringen kann, auch wenn sie mit dem Mord selbst nichts zu tun hat. Und danach gehst du bei der Wild vorbei. Wir müssen wissen, wann exakt Brandes das Lokal verließ. Er selbst hat keine Erinnerung daran, und die Angaben der Wirtin sind äußerst schwammig. Ich kümmere mich um Schulze-Wegmann, die Steigerts knöpfen wir uns dann gemeinsam vor."

"Ist in Ordnung Chefin, aber ..."

"Ich weiß, was du sagen willst, das Haus der Wild liegt direkt auf meinem Weg. Trotzdem möchte ich, dass du das übernimmst, weil ich diese Frau schwerlich ein zweites Mal ertrage. Hält sich für Miss Marple persönlich, nur weil sie ein paar höchst abstruse Mordgeschichten für ihre Schmöker zusammengeschustert hat. Apropos ertragen; was erzählen wir den Pressehaien?"

"Länger hinhalten geht nicht", antwortete Lorenz, "der Taunus-Bote hat schon mehrfach angerufen, weil Brandes mit seiner Story in der Redaktion vorstellig geworden ist. Es ist mir gelungen, den Redakteur auf heute zu vertrösten, aber jetzt müssen wir denen ein paar Brocken vorwerfen."

"Das ist mir klar", stimmte Katharina mit grimmiger Miene zu, "aber sobald ruchbar wird, dass diese Tat nicht das übliche Beziehungselend widerspiegelt, sondern dass unter Umständen eine Fabrikantin und ein Landtagsabgeordneter in den Mord verwickelt sind, haben wir im Nu die gesamte Boulevardpresse hier. Das macht es für alle Beteiligten nicht einfacher."

"Dann lassen wir es doch auf der Beziehungsschiene", schlug Jungblut vor, "Verabredung mit einer Freundin, eine blonde Frau wurde zur Tatzeit vor dem Haus gesehen, alles ohne den Namen Steigert zu erwähnen, den Schwerpunkt legen wir auf den vorgetäuschten Besuch bei der Schwester und den daher offenbar gehörnten Ehemann."

"Gut und schön, aber was machen wir mit der Eintragung im Terminkalender?"

"Damit müssen wir wohl oder übel herausrücken. Das finde ich im Übrigen gar nicht schlecht. Vielleicht hat einer der Journalisten bei FDP ja eine andere Assoziation als Schulze-Wegmann. Das könnte uns weiterhelfen."

"Meinetwegen", stimmte Katharina zu, "auch wenn es mich den Job kosten kann. Ich wollte dich bitten, dass du das Pressegespräch leitest. In meiner heutigen Verfassung könnte es passieren, dass ich bei einer dämlichen Frage ausfällig werde, das wäre der Angelegenheit sicher nicht dienlich."

Als Jungblut zustimmend nickte, fügte sie gallig hinzu: "Leih dir aber vorher einen Kamm, es könnte sein, dass jemand fotografiert."

"Was ist heute mit dir los?" fragte der Assistent sie, nachdem Lorenz und Rexroth den Raum verlassen hatten. "Ich kann mich nicht erinnern, dich jemals mit einer solchen Laune erlebt zu haben. Du hast die Kollegen ziemlich vor den Kopf gestoßen. Das ist schade, denn die Zusammenarbeit hat bisher reibungslos geklappt."

"Das tut mir leid, doch ich halte zumindest den Lorenz nicht für so zart besaitet, dass er deswegen eine unruhige Nacht haben wird. Ich hatte heute morgen Stress mit der Familie und zu allem Übel auch noch einen unangenehmen Anruf vom Chef."

"Der Alte hat dich privat angerufen, dann muss es aber dringend gewesen sein."

"Und ob, dabei war er nur das Sprachrohr. Die Anweisungen kamen von ganz oben."

"Lass mich raten: Schulze-Wegmann?"

"Kluges Kerlchen. Einer von Rexroths Leuten hat sich erdreistet, das angeblich mit Spaghettisoße besudelte Hemd sicherstellen zu wollen. Was für eine bodenlose Unverschämtheit! Falls wir es wagen sollten, Schulze-Wegmann erkennungsdienstlich zu behandeln, kann es gut sein, dass ich standrechtlich erschossen werde."

"Du bist doch schon lange genug dabei", versuchte Jungblut sie zu beruhigen, "wieso regst du dich darüber noch auf?"

"Daran dass die Daumenschrauben angezogen werden, sobald jemand mit Parteibuch involviert ist, habe ich mich längst gewöhnt. Was sich verändert hat, ist das Niveau. Drei widersprüchliche Anweisungen in zwei Sätzen. Eine offene, vertrauensvolle Zusammenarbeit mit der Presse? Selbstverständlich! Aber wehe, es gelingt einem der Journalisten durch unsere Angaben eine Verbindung zu Schulze-Wegmann zu konstruieren, usw. usw.. Gekrönt wurde das ganze Possenspiel durch den erbärmlichen Satz: 'Dies ist kein offizielles Gespräch, ich möchte Ihnen nur privat ein paar Ratschläge geben.'"

"Die Herren sind eben vorsichtig geworden, seit einer von ihnen in Schwierigkeiten geriet, nur weil er die Folter wieder einführen wollte, was doch längst überfällig ist."

"Ach Jungblut, deine Späße trösten mich wenig. Manches hat sich in den letzten Jahren bei der Polizei zum Negativen verändert. Ich denke oft wehmütig an die goldenen Zeiten zurück, als es noch Vorgesetzte gab, deren IQ größer war als ihre Schuhgröße."

"Mit diesem Wandel wirst du dich wohl abfinden müssen." Jungblut stand auf und griff nach seinem Mantel. Er grinste breit, als er sich zu Katharina umdrehte: "Du weißt doch, nichts ist nach dem 11. September mehr so, wie es vorher war."

XVII

Inspektor Dieter Jungblut drückte zum zweiten Mal auf die Klingel neben dem Schild, das den Namen R. Wild trug, und behielt seinen Daumen für ein paar Sekunden auf dem Knopf, bevor er ihn zurückzog. Im Haus rührte sich nichts. Er entfernte sich einige Schritte, um seinen Blick prüfend über die Fachwerkfassade gleiten zu lassen. Merkwürdig, dachte er, denn er war sich sicher, hinter einem der Fenster einen Lichtschein bemerkt zu haben. Aber es hatte keinen Sinn, länger hier herumzustehen. Seine Chefin wartete womöglich schon vor dem Haus der Steigerts auf ihn, und die Auskunft, um die es hier ging, konnte er schließlich auch telefonisch einholen.

Renate Wild, die die Leselampe ausgeschaltet hatte, beobachtete

durch die Gardine wie er in sein Auto stieg. "Es war einer der Polizisten. Was der wohl wollte? Ich habe denen doch schon alles erzählt." Sie drehte sich zu Else um, die bleich wie der Tod im Lichtschein der beiden Kerzen saß:
"Bist du ok?"
"Ja, ich denke, es geht jetzt wieder."
"Es tut mir leid, aber ich habe wirklich keine Sekunde daran gedacht, dass du den Blödsinn für bare Münze nehmen würdest."
"Du hättest dich sehen sollen, Lucrezia Borgia in Vollendung. So verrückt es klingt, für einen Moment hatte ich tatsächlich das Gefühl, meine Beine seien bewegungsunfähig."
"Ich habe einen tragfähigen Plot für meinen nächsten Krimi gewittert, und da musste ich die Sache einfach mal durchspielen", versuchte Renate sich zu entschuldigen, "aber so besoffen kann kein Mensch sein, dass er uns beide, Perücke hin, Perücke her, verwechseln könnte. Wir kämpfen doch in total unterschiedlichen Gewichtsklassen. Auch das kaputte Handy stellt, da nicht vorhersehbar, einen ausgesprochenen Schwachpunkt meiner Version dar, und spätestens als ich über deine Aufzeichnungen hergezogen bin, hättest du den Braten doch riechen müssen. Du weißt doch, wie sehr ich deine Hilfe schätze."
"Ach Renate", Else senkte resignierend den Kopf, "seit zwei Wochen verliere ich mehr und mehr den Überblick darüber, was gelogen ist und was nicht. Mittlerweile bin ich an einem Punkt, wo ich meinen eigenen Wahrnehmungen nicht mehr traue. Heute Nacht habe ich eine Stunde wach gelegen, um mir darüber klar zu werden, ob Robert mich tatsächlich vor dem heranbrausenden Auto zurückgerissen hat oder ob er mir nicht im Gegenteil einen Schubs nach vorne gegeben hat."
"Kopf hoch, meine Liebe, sobald erst dieses abscheuliche Verbrechen aufgeklärt ist, wird sich auch alles andere wieder einrenken. Da bin ich mir sicher."
Der Heimweg durch die kühle Abendluft tat Else gut. Da es aufgehört hatte zu regnen, nutze sie den Schirm als Spazierstock, während sie mit weit ausholenden Schritten die Pfützen auf dem Gehsteig umkurvte. Zwei Wagen, die auf der Straße vor ihrem Haus geparkt waren, signalisierten ungebetenen Besuch, und als Else das Wohnzimmer betrat, fand sie ihre Befürchtung bestätigt.
Die beiden Polizeibeamten und Konrad hatten die gleichen Plätze

wie zwei Tage zuvor eingenommen, Edith war gerade dabei, Kaffeetassen von einem Tablett auf den Tisch zu räumen. Provozierend streckte Else beide Arme nach vorne und legte die Innenseiten ihrer Handwurzeln aneinander: "Na, wo haben Sie Ihre Handschellen? Und dass Sie mir nicht Ihr Sprüchlein vergessen, dass alles, was ich von nun an sage, gegen mich verwandt werden kann."

Sie hatte angenommen, mit diesem Auftritt Erheiterung auszulösen, blickte jedoch nur in betretene Gesichter.

"Sie sollten die Angelegenheit nicht auf die leichte Schulter nehmen", ergriff nach einer peinlichen Pause Katharina Haller das Wort, "wir wissen inzwischen, dass Sie uns mehrfach die Unwahrheit gesagt haben. Sie machen sich dadurch selbst zur Hauptverdächtigen."

"Die Unwahrheit!", begehrte Else auf, "wie kommen Sie dazu, eine so unverschämte Behauptung aufzustellen?"

"Wir haben Ihre Fingerabdrücke in der Wohnung der Wigands gefunden. Diese Tatsache verträgt sich schlecht mit Ihrer Aussage, noch niemals dort gewesen zu sein."

"Das kann nicht sein. Meine Fingerabdrücke? Wo?"

"Auf einem Foto Ihres Mannes, das der Mörder oder die Mörderin anscheinend nach der Tat in einem Wutanfall auf dem Boden zertrümmert hat."

"Ach das", die Erleichterung war Else anzumerken, "das kann ich erklären. Barbara hat das Bild zu unserem Treffen im Café mitgebracht, da sich Horst an der etwas eigenwilligen Widmung gestört hat. Wie es seiner fixen Idee entsprach, argwöhnte er sofort, dass Konrad hinter seiner Frau her war."

"Waren Sie?", wandte sich Jungblut unvermittelt an den ihm gegenübersitzenden Konrad.

"Ich verspüre keinerlei Bedürfnis, auf diese impertinente Frage zu antworten", blaffte der Angesprochene zurück. Die Kommissarin ignorierte dieses kurze Wortgefecht: "Sie wollen uns also weiß machen, dass diese Frau ein gerahmtes Foto in ihrer Handtasche durch die Weltgeschichte geschleppt hat, nur um Sie diesen Satz lesen zu lassen. Wäre es nicht viel einfacher gewesen, sie hätte Ihnen einfach erzählt, was darauf steht?"

"Mag sein, aber ich kann Ihnen nur sagen, wie es tatsächlich war."

Jungblut startete einen zweiten Versuch, Konrad aus der Reserve zu locken: "Ist es üblich, dass Sie Ihre weiblichen Fans, wenn diese um ein Autogramm bitten, nach ihrem Familienstand befragen?"

"Das ist ein Zitat aus dem Stück, in dem ich aufgetreten war", klärte ihn dieser mit verächtlicher Miene auf, "würden Sie ab und zu mal ins Theater gehen, anstatt sich immer nur vor der Glotze beim Tatort weiterzubilden, wüssten Sie das vielleicht." An die Polizistin gewandt sprang er Else zur Seite: "Auch wenn Ihre Phantasie nicht dazu ausreicht sich auszumalen, dass jemand ein Bild von A nach B transportiert, um es einem anderen zu zeigen, kann ich bestätigen, dass meine Frau die Wahrheit sagt. Sie hat mir noch am gleichen Abend davon erzählt."

"Damit sind Sie längst nicht aus dem Schneider", entgegnete Katharina ungerührt, "wir haben neben der Toten ein blondes Haar gefunden, das einwandfrei von Ihnen stammt, und wagen Sie es jetzt nicht, mir zu erzählen, Sie hätten sich in Frankfurt im Beisein von Frau Wigand die Frisur gerichtet."

"Vollkommen unmöglich", Else bemerkte, wie ihr das Blut in den Kopf stieg, "da muss eine Verwechslung vorliegen."

"Leider ist ein Irrtum ausgeschlossen, unser Labor ist sich seiner Sache hundertprozentig sicher."

"Aber ich schwöre Ihnen, dass ich niemals in dieser Wohnung gewesen bin, es ist mir unerklärlich, wie eines von meinen Haaren dorthin geraten konnte, da muss jemand nachgeholfen haben."

"Es ergibt keinen Sinn, sich in Verschwörungstheorien zu verrennen", schaltete Jungblut sich ein, "die Fakten sprechen allzu deutlich eine andere Sprache. Sie waren mit dem Opfer verabredet, ein Zeuge sah Sie zur fraglichen Zeit in das Haus der Wigands gehen, wir fanden ein Haar von Ihnen am Tatort und Ihre Fingerabdrücke auf einem zerstörten Foto, das sehr wohl dazu geeignet gewesen sein könnte, ihre Eifersucht zu erregen. Sie ergriffen in der Mordnacht Hals über Kopf die Flucht nach Bremen mit Blutspuren an den Händen und einer Kopfverletzung, die von einem Kampf mit der Getöteten herrühren könnte. Warum machen Sie es uns und Ihnen nicht leichter und erzählen zur Abwechslung einmal die Wahrheit?"

Else gab sich große Mühe ruhig zu bleiben und sachlich zu reagieren: "Die Tatsachen sprechen im Augenblick gegen mich, aber glauben Sie wirklich, wenn ich einen Mord begehen wollte, würde ich es derart stümperhaft anstellen? Im Übrigen habe ich Ihnen die Herkunft des Blutflecks an meiner Hand sowie meines blauen Auges bereits erklärt, meine Schwägerin wird Ihnen diese Geschichte bestätigen."

"Das tut sie eben nicht", Jungbluts Stimme klang schneidend, "Frau Tarengo hat uns zwar ebenfalls von dem versuchten Einbruch berichtet, von einem Faustschlag gegen Ihren Kopf weiß sie allerdings nichts."

"Wie?" Elses Oberkörper fuhr zu Edith herum, die ihrem Blick nicht auswich, sondern ihr ruhig ins Gesicht sah: "Es tut mir sehr leid Else, doch hier geht es um Mord. Da kannst du nicht von mir erwarten, dass ich für dich lüge."

Innerhalb weniger Sekunden brach in Else eine Welt zusammen. Tagelang hatte Sie sich verzweifelt bemüht, etwas Licht in die vermeintlichen oder realen Anschläge gegen ihr eigenes Leben zu bringen. Dabei hatte die wirkliche Gefahr die ganze Zeit aus einer anderen Richtung gedroht. Unbemerkt hatte man ihr eine Schlinge um den Hals gelegt und war nun im Begriff diese zuzuziehen, ohne dass sie sich dagegen zu wehren vermochte.

Sie dachte an die Wildwestgeschichten aus ihrer Kindheit zurück, in denen Indianer mit Reisigbündeln zur Täuschung riesige Staubwolken produziert hatten, bevor sie dann aus der entgegengesetzten Himmelsrichtung angriffen. Damals hatte sie dies für eine ziemlich schlichte Kriegslist gehalten, doch nun musste sie sich eingestehen, dass diese Finte durchaus auch als Muster eines teuflischen Plans dienen konnte. Ein starkes Rauschen in ihren Ohren ließ sie die Stimme Katharina Hallers wie aus weiter Ferne kommend vernehmen: "Wie erklären Sie sich diesen Widerspruch, Frau Doktor Steigert? Halten Sie es nicht für eine gute Idee, Ihr Gewissen endlich durch ein Geständnis zu erleichtern?"

Mit letzter Kraft fasste Else den Entschluss, nicht kampflos aufzugeben, sondern zum Angriff überzugehen. Es war totenstill im Zimmer, als sie mit leiser, fast tonloser Stimme zur Antwort ansetzte: "Ich bitte Sie, dass, was ich Ihnen jetzt sage, nicht einfach als Verschwörungstheorie abzutun. Die von Ihnen genannten Widersprüche kann ich mir nur so erklären, dass mein Mann, möglicherweise mit Hilfe seiner Schwester, beim Tod von Frau Wigand seine Hände mit im Spiel hatte. Jedenfalls hat er in den letzten Wochen dreimal versucht, mich umzubringen."

Edith stieß einen spitzen Schrei aus, Konrads Kaffeetasse zerschellte auf dem Fußboden, als er aufsprang. Alle Farbe war aus seinem

Gesicht gewichen: "Das kannst du nicht im Ernst meinen, Else!" Die Kommissarin bedeutete ihm mit einer Handbewegung, sich wieder zu setzen und ersuchte Else fortzufahren. In monotoner Tonlage erzählte sie von dem Verkehrsunfall in Frankfurt, dem giftigen Pilz in Ediths Korb, Konrads unerwarteter Absage für das Essen an diesem Abend und schließlich von der plötzlichen Erkrankung Pascals und der Diagnose Dr. Hochstädters.

"Damit Sie nicht wieder auf die Idee kommen, ich würde spinnen", beendete sie ihren Bericht, "Sie finden das Rattengift in Konrads Schreibtisch, wo ich es heute Morgen entdeckt habe. Die Treppe hinauf, dann die erste Tür links. Es ist im untersten Fach hinter einem Ordner versteckt, die Schachtel trägt die Aufschrift Rattmortal."

Daraufhin verließ Jungblut nach einem Wink seiner Chefin den Raum, um das Beweismittel sicherzustellen. Ein betretenes Schweigen blieb zurück. Alle schienen darum bemüht, das gerade Gehörte zu verarbeiten. In Elses Kopf arbeitete es fieberhaft. Bisher hatte sie Fred mit keinem Wort erwähnt, da sie sich scheute all dem Belastungsmaterial gegen sie freiwillig auch noch das Motiv hinzuzufügen. Doch nur durch Fred vermochte sie die Verbindung Konrads zu dem Polofahrer glaubhaft zu belegen, und, was für sie noch schwerer wog, Fred war der einzige Mensch außer Edith, der sie am Samstagmittag gesehen hatte. Seine Aussage würde Edith als Lügnerin bloßstellen. Diese Überlegung gab schließlich den Ausschlag:

"Bevor ich es vergesse, es gibt einen Zeugen, der meinen Verdacht erhärten kann. Er heißt Fred Dolus und wohnt zur Zeit in einem der Gartenhäuschen des alten Benediktinerinnenklosters, wo er die Restaurierung der Wandmalereien vorbereitet. Er hat beobachtet, wie Konrad sich heimlich mit dem Polofahrer in der Kirche und mit Barbara im Wald getroffen hat, er hat mich am Samstag besucht und natürlich nach meiner Verletzung im Gesicht befragt. Er wird meine Version bestätigen. Bitte verlieren Sie mit seiner Vernehmung keine Zeit. Ich habe Angst, dass ihm sonst ein ähnliches Schicksal bevorsteht wie Frau Wigand."

Die Kommissarin nickte zustimmend, während Konrad, der in sich zusammengesunken auf der Couch saß, von diesen neuerlichen Enthüllungen keinerlei Notiz zu nehmen schien. Mit Genugtuung registrierte Else jedoch, dass die Hand Ediths, mit der sie die

Scherben der Kaffeetasse vom Boden auflas, bei ihren Worten kaum merklich zu zittern begann, bevor ihre Schwägerin sich wieder fest unter Kontrolle zu haben schien.

Else bemerkte, dass ihre Energiereserven aufgebraucht waren. Die letzte Stunde waren nach dem Wechselbad der Gefühle, das Renate in ihr hervorgerufen hatte, einfach zu viel für sie gewesen. Sie sah noch den blonden Haarschopf des Polizisten in der Türöffnung und hörte Jungbluts Stimme:

"Es tut mir leid. Ich habe den Schreibtisch von oben bis unten auf den Kopf gestellt. Es befindet sich nichts darin, was auch nur die entfernteste Ähnlichkeit mit Gift hat."

Dann wurde es schwarz vor ihren Augen.

XVIII

Konrad trug ein langes, weißes Gewand, das reich mit farbenprächtigen Stickereien verziert war. Er saß in einer Art Sänfte, die auf dem Rücken eines Elefanten festgeschnallt war, die goldene Krone auf seinem schwarzen Haar glitzerte im Sonnenlicht. Lachend winkte Else ihm zu, doch sobald er ihrer gewahr wurde, verzog sich sein Gesicht zu einer hässlichen Fratze, und mit dem Zepter, das er in der rechten Hand hielt, gab er jemandem hinter ihm ein Zeichen. Else versuchte zu erkennen, wem sein Wink gegolten haben mochte, und erblickte zu ihrem Schrecken eine Armada schwarzer Polos, denen boshaft grinsende Gesichter auf die Motorhauben gemalt worden waren und die begannen, Jagd auf sie zu machen. Zum Glück kannte sie in den Wäldern rund um Nonnensteg jeden Schleichweg, wodurch es ihr nicht schwerfiel, die Verfolger abzuschütteln. Außer Atem erreichte sie das Haus ihrer Eltern, die zusammen mit ihrem Bruder im Wohnzimmer am gedeckten Kaffeetisch saßen. Else trommelte mit beiden Fäusten ans Fenster, doch ihre Mutter schien sie nicht zu hören, während ihr Vater zwar zu ihr herüberblickte, aber unwillig den Kopf schüttelte. Lediglich Harald stand von seinem Stuhl auf und lief auf sie zu, wobei sich seine blonden Locken im Ast einer wuchtigen Zimmerpflanze verfingen und daran hängenblieben. Ohne die Perücke war es nicht mehr ihr Bruder, der ihr, nur durch die Glasscheibe von ihr getrennt, gegenüberstand, sondern der kleine Norbert. Der zog eine Antenne aus dem Spielzeugauto, das er in der Hand hielt, und brüllte in ein Mikrofon, welches in den Boden des Wagens eingelassen war: "Kommt schnell! Sie ist hier! Sie ist hier!"

Else vernahm das wütende Aufheulen von Motoren ganz in ihrer Nähe und begann, um ihr Leben zu laufen. Sie sprang über Zäune, watete durch Bäche und kletterte über Mauern, doch als sie glaubte, endlich in Sicherheit zu sein, sah sie hoch über sich den Kopf einer Giraffe. An den langen Hals des Tieres klammerte sich Edith mit einem Arm, während sie mit dem Megaphon, das sie mit der anderen Hand vor ihren Mund hielt, die Meute zurück auf Elses Spur hetzte.

An eine Chance zu entkommen war nicht zu denken, sie musste Hilfe herbeiholen. Es gab eine einzige öffentliche Telefonzelle in Nonnensteg, und Else hoffte inständig, dass diese nicht wie sooft defekt war. Als sie ausgepumpt die Zelle erreicht hatte, stellte sich ihr jedoch ein anderes Hindernis in Gestalt von Barbara Wigand in den Weg, die gerade am telefonieren war und die Zellentür von innen zuhielt, um Else den Zutritt zu verweigern. Zornig packte Else den Türgriff mit beiden Händen und zog mit solcher Wucht daran, dass Barbara nicht nur herausgeschleudert, sondern dass ihr Körper dabei in mehrere Teile auseinandergerissen wurde. Arme und Beine schlitterten über das Pflaster, doch der Kopf, der durch den Rinnstein holperte, bevor er an einem Kanaldeckel zur Ruhe kam, war der von Renate Wild. Die ersten Polos bogen um die Straßenecke, als Else mit zitternden Fingern den Notruf betätigte, und während der vorderste Wagen auf sie zuraste, erklang aus dem Hörer, den sie sich ans Ohr gepresst hatte: "Hier Hawermehl, Owerursel".

Die Pyjamajacke war durchgeschwitzt, als Else erwachte. Ihre Nase war verstopft, und ihr Kopf glühte vor Fieber. Sie schneuzte sich in ein Papiertaschentuch und trank einen Schluck Wasser, wobei ihr Hals, der sich entzündet hatte, schmerzte. Für Bruchteile von Sekunden hatte sie sich der Illusion hingegeben, all die schrecklichen Geschehnisse der letzten Wochen seien Bestandteil ihres Albtraums, doch dann musste sie sich eingestehen, dass diese leider bittere Realität waren. Die Türklingel schien sie geweckt zu haben, denn sie vernahm das Öffnen der Wohnungstür und das Stimmengewirr der Neuankömmlinge. Neugierig glitt Else aus dem Bett, zog sich ein paar dicke Socken über die Füße und öffnete vorsichtig die Schlafzimmertür. Sie sah gerade noch, wie Konrad hinter der Kommissarin und ihrem Watson im Wohnzimmer verschwand. Die Polizei schien sich offensichtlich in diesem Haus sehr wohlzufühlen. Das man sich nicht die Mühe machte, sie in diese Konferenz einzubeziehen, wertete Else nicht als gutes Zeichen. Geschickt vermied Else die knarrenden Stufen, während sie lautlos nach unten schlich. Am Fuß der Treppe überkam sie ein heftiger Schwindel, sodass sie sich für einen Moment an der Wand abstützen musste. Dann pirschte sie sich an die Tür zum Wohnzimmer heran und legte das Ohr an die Füllung. Es bereitete ihr keinerlei Mühe, jedes Wort zu verstehen.

"Was mir nicht in den Kopf will", hörte sie die Stimme der Polizistin, "ist, warum eine intelligente Frau derart plumpe Lügen erzählt. Was verspricht sie sich davon?"

"Vielleicht will sie, dass wir genau dies denken. Wenn es uns zu plump erscheint, eine Schachtel mit Rattengift zu erfinden, die dann plötzlich wie vom Erdboden verschluckt ist, werden wir automatisch zu dem Schluss gelangen, dass diese Schachtel doch existiert und von jemand anderem auf die Seite geschafft wurde", antwortete die Stimme des Inspektors.

"Bei dem Gift mag das ja noch angehen, aber was zum Teufel bezweckte sie mit der Geschichte über diesen Fred. Die Unterkünfte der Bediensteten im Innenhof des Klosters sind seit Jahren nicht mehr bewohnt, und die Gemeindeverwaltung hat uns bestätigt, dass in absehbarer Zeit keine Restaurierung des Klosters ins Auge gefasst werde und daher auch keine Firma mit irgendwelchen Vorarbeiten betraut wurde."

Else schlug instinktiv die Hand vor den Mund, um sich nicht durch einen Schrei des Erstaunens zu verraten. Sie konnte nicht glauben, was sie gerade gehört hatte. Wie war das möglich? Gerade wollte sie ihren Lauschposten wieder verlassen, als Konrad das Wort ergriff:

"Auch wenn die Beweislast erdrückend scheint, sollten Sie keine voreiligen Schlüsse ziehen. Falls meine Frau tatsächlich mit dem Tod von Barbara Wigand etwas zu tun haben sollte, dann ist sie für ihre Handlungen nicht verantwortlich."

"Was wollen Sie damit andeuten?"

"Sie ist krank. Es gab in ihrer Familie bereits einen ähnlichen Fall. Ihre Großmutter musste die letzten Jahre ihres Lebens in einer Nervenklinik verbringen, als sie für sich und andere zur Gefahr zu werden drohte. Ich habe mich ausführlich mit Dr. Hochstädter darüber unterhalten, und er hält es für möglich, dass der Autounfall für den Ausbruch der Erkrankung verantwortlich ist. Der Inhaber dieser Klinik, Professor Bender, der die Krankengeschichte genau kennt, hat mir versprochen, sich Else heute noch anzusehen. Ich bitte Sie deshalb, vorher nichts gegen meine Frau zu unternehmen." Else spürte wie ihre Knie nachgaben und sie sich erneut an der Wand festhalten musste. Dieser Schwächeanfall hinderte sie daran, die Tür aufzureißen und sich mit beiden Fäusten auf Konrad zu stürzen, was sie am liebsten getan hätte. Das endlich war das Mosaiksteinchen, das ihr gefehlt hatte. Die ganze Zeit hatte sie sich gefragt, was es Konrad denn nützen könnte, sie ins Gefängnis zu bringen. Das Irrenhaus war eine ganz andere Sache. Nach ihrer Entmündigung würde ihm das Vermögen der Steigerts in den Schoß fallen, ohne dass er sich an ihr die Finger schmutzig zu machen brauchte.

Zurück in ihrem Schlafzimmer suchte Else verzweifelt nach einem Weg, Konrads Plan zu durchkreuzen. An wen konnte sie sich um Hilfe wenden? Wem sollte sie noch vertrauen, nachdem nun auch Fred sie belogen hatte? Robert? Wolfgang? Sie war sich in beiden Fällen nicht sicher, ob Konrad sie nicht längst mit seinem Talent, Menschen für sich einzunehmen, auf seine Seite gezogen hatte. Es blieb Renate, doch auf die setzte sie nach dem gestrigen Erlebnis keine großen Hoffnungen mehr. Wahrscheinlich fieberte sie bereits der Gerichtsverhandlung entgegen, um sie in ihrem nächsten Krimi zu verbraten.

Wenn ich doch wenigstens klar denken könnte, verfluchte Else ihre Erkältung, die ihr mehr und mehr zu schaffen machte. Doch erstaunlicherweise führte die Auswegslosigkeit der Situation nicht dazu, dass sie vollends resignierte. Es war die Erwähnung ihrer Großmutter, die ihr wieder Mut verliehen hatte. Sie erinnerte sich daran, wie sie beide in der Küche gesessen hatten und die alte Frau sie zu trösten versuchte. Der Anlass war Else entfallen, an die Worte konnte sie sich jedoch noch lebhaft erinnern: "Du brauchst keine Angst zu haben vor dem Leben, mein Kind. deine Kraft wächst mit deinen Aufgaben. Ich habe es oft genug erlebt. Diejenigen, die mit dem Rücken zur Wand stehen, die ganz auf sich alleine gestellt sind, denen kein Mensch mehr beisteht, die von allen Göttern, den diesseitigen und den jenseitigen, verlassen sind, das sind die stärksten und gefährlichsten Kämpfer."

Als erstes muss ich aus den verschwitzten Klamotten heraus, entschied Else und ging ins Bad, wo sie sich Gesicht und Oberkörper wusch. Sie war gerade dabei, sich die Zähne zu putzen, als sie aus den Augenwinkeln durch das gekippte Badezimmerfenster wahrnahm, dass ein Krankenwagen vor dem Haus hielt. Obwohl sie ihn mehr als zwanzig Jahre nicht gesehen, erkannte sie den Mann, der aus der Beifahrertür stieg, sofort. Professor Bender hatte schlohweißes Haar bekommen, sich ansonsten aber nicht verändert. "Verdammt", entfuhr es Else, als der Arzt in Begleitung eines untersetzten Mannes auf die Eingangstür zuschritt. Damit hatte sie so schnell nicht gerechnet.

Dass der Professor nicht in seinem Privatauto vorfuhr und einen Krankenpfleger mitbrachte, konnte nur eins bedeuten. Wenn sie sich jetzt nicht zur Wehr setzte, würden sich die Türen der Klinik für immer hinter ihr schließen. Else rannte ins Schlafzimmer hinüber und begann, sich in fieberhafter Eile anzukleiden, aber es war zu spät. Sie war gerade dabei, ihren ersten Schuh zuzuschnüren, als sie Schritte auf der Treppe vernahm, die rasch näher kamen. Geistesgegenwärtig flüchtete Else zurück ins Bett und zog sich, um sich nicht zu verraten, die Decke bis zum Hals. Nachdem sie auf das Klopfen nicht reagiert hatte, öffnete sich die Tür, und Konrad trat ein, dicht gefolgt von den beiden Männern, die sie gerade durch das Fenster beobachtet hatte.

"Ich mache mir Sorgen um dich, Else, und habe deshalb Professor Bender gebeten, dich zu untersuchen."

"Wer hat dir gesagt, dass ich einen Arzt will", brüllte sie zornig, und ihr Wasserglas verfehlte Konrads Kopf um Zentimeter, bevor es an der Wand zerschellte. Bender, der von ihrem Wutausbruch wenig beeindruckt schien, winkte die beiden anderen aus dem Zimmer und schloss die Tür.

"Ich kann gut verstehen, dass Sie sehr erregt sind, Frau Dr. Steigert", sagte er mit ruhiger Stimme, während er einen Stuhl neben ihr Bett stellte und darauf Platz nahm, "Ihr Mann hat mir erzählt, was in den letzten Tagen alles über Sie hereingebrochen ist, da wundert es mich nicht, dass Sie die Nerven verlieren."

"Von Nerven verlieren kann überhaupt keine Rede sein; ich habe alles perfekt im Griff. Ich ziehe es lediglich vor, selbst zu entscheiden, ob und wann ich mich in ärztliche Behandlung begebe."

"Sie haben die Dinge so perfekt im Griff, dass Sie sich in Kleidern ins Bett legen?" schmunzelte der Professor, und als Else seinem Blick folgte, sah sie ihre Schuhspitzen unter dem Fußende der Bettdecke hervorlugen. "Ich mache Ihnen einen Vorschlag", fuhr Bender fort, "Sie erhalten von mir eine Beruhigungsspritze, danach fahren wir in meine Klinik, die Sie ja schon kennen. Ich werde Sie gründlich untersuchen und gebe Ihnen mein Wort darauf, dass Sie im Anschluss daran wieder hierher zurückgebracht werden, sofern Sie das wünschen."

"Und wenn ich mich weigere, Ihren Vorschlag anzunehmen?"

Ein unergründliches Lächeln huschte über sein Gesicht. "Ich glaube nicht, dass Sie das tun werden, dazu sind Sie eine viel zu kluge Frau."

"Also gut, wenn Sie das für die beste Lösung halten", stimmte Else zu, um Zeit zu gewinnen. Zufrieden ging Bender zu seinem Arztkoffer, den er neben dem Tisch abgestellt hatte. Als er mit der aufgezogenen Spritze zurückkam, saß Else auf der Bettkante und hatte ihren Entschluss gefasst.

"Machen Sie bitte einen Arm frei."

Else ließ ihren rechten Arm nach unten baumeln und tat so, als wolle sie mit der anderen Hand den Ärmel ihres Pullovers nach oben ziehen. In Wahrheit nutzte sie jedoch diese Bewegung, um Schwung zu holen. Ihre Faust schoss nach vorne und traf den verdutzten Bender genau an der Kinnspitze. Er kippte wie vom Blitz getroffen mitsamt dem Stuhl nach hinten, seine Spritze bohrte sich in den Teppichboden. Else wusste, dass sie jetzt keine Zeit verlieren durfte, dieses Getöse war unten sicher nicht unbemerkt geblieben. Sie packte ihren Schlüsselbund und öffnete das Fenster. Da sie Angst hatte, aus dieser Höhe zu springen, hielt sie sich an der Fensterbank fest und krabbelte mit ihren Füßen an der Hauswand hinunter. Erst als sie hörte, wie die Tür des Schlafzimmers aufflog, ließ sie sich fallen und landete wohlbehalten auf dem weichen Gartenboden. Mit schnellen Sätzen rannte sie um das Haus herum. Der Renault stand in der Garage, aber der Audi parkte startbereit in der Einfahrt. Als sie den Motor angelassen hatte, kam Konrad aus dem Haus gelaufen und versuchte mit beiden Armen winkend ihr den

Weg zu verstellen. Ohne zu überlegen trat Else das Gaspedal durch. Der Wagen schoss nach vorne, und Konrad gelang es in letzter Sekunde sich durch einen Sprung zur Seite in Sicherheit zu bringen. Else atmete tief durch. Dr. Frankenstein war sie fürs Erste entkommen, aber wie sollte es weiter gehen? Nach kurzem Zögern schlug sie den Weg zum Kloster ein, um sich selbst davon zu überzeugen, dass die Polizei sich nicht geirrt hatte. Sie parkte den Wagen unmittelbar vor der Brücke, überquerte den schmalen Fluss und stand kurz darauf im Innenhof des Klosters. Sie konnte sich noch genau daran erinnern, aus welchem der Gebäude Fred auf Sie zugekommen war. Else machte sich nicht die Mühe anzuklopfen, sondern drückte sofort die Klinke nach unten, jedoch die Tür war verschlossen. Sie ging zum Fenster und presste ihre Stirn an das schmutzige Glas. Um besser ins Innere sehen zu können, schirmte sie das helle Sonnenlicht mit beiden Händen ab. Sie konnte einen Tisch, einen Rasenmäher und einige andere Gartengeräte erkennen. An der gegenüberliegenden Wand waren weiße Plastikstühle zu zwei hohen Türmen zusammengestellt. Ansonsten war der Raum leer, und nichts deutete darauf hin, dass hier vor kurzem noch jemand gewohnt haben könnte. Niedergeschlagen machte sich Else auf den Rückweg. Auch ihr alter Freund Fred war also in das Komplott gegen sie verwickelt, warum sonst hätte er ihr ein derartiges Theater vorspielen sollen?

Als sie sich dem Steg nährte, sah sie, dass ihr Wagen Gesellschaft bekommen hatte. Vor dem Audi stand der ihr wohlbekannte korsika-blaue Renault. Konrad lehnte mit einem Ellbogen auf der geöffneten Autotür und sprach aufgeregt in sein Handy. Er rief Else etwas zu, nachdem er sie entdeckt hatte, doch das lebhafte Plätschern des Baches verschluckte seine Worte. Ohne nachzudenken beschleunigte Else ihr Tempo und schlug den Weg nach rechts in den Wald ein. Sie war zu allem entschlossen. Immer wieder sah sie ihre Großmutter vor sich, wie diese mit gesenktem Kopf in dem Zimmer mit den vergitterten Fenstern saß. So würde sie nicht enden, eher war sie bereit zu sterben.

Als Else sah, dass Konrad ihr folgte, begann sie zu rennen. Die Erde war durch die tagelangen Regenfälle aufgeweicht, wodurch ihre Schuhe oft tief in den matschigen Untergrund einsanken. Sie war keine schlechte Läuferin, doch die Erkältung forderte ihren Tribut. Schon nach wenigen hundert Metern begannen ihre Lungen zu pfeifen, und sie war gezwungen innezuhalten, um Luft zu holen. Der Abstand zu Konrad, der durch seine Tennismatches gut in Form war, schmolz immer mehr, doch die Gewissheit, dass nur noch eine kurze Wegstrecke zurückzulegen war, verlieh ihr die Kraft durchzuhalten. Schon bald erreichte sie die Stelle, welche sie von freudlosen Sonntagsspaziergängen an der Hand ihrer Mutter kannte. Früher, als im Steinbruch noch gearbeitet wurde, standen hier Absperrungen und Warntafeln, die mittlerweile verschwunden waren. Else verließ den Weg und schlug sich nach links in die Büsche. Dornen zerkratzten ihre Hände, und Zweige mit nassen Blättern schlugen ihr ins Gesicht, während sie sich durch das dichte Unterholz kämpfte. Des Öfteren geriet sie ins Straucheln, doch es gelang ihr jedes Mal, sich im letzten Moment abzustützen und so einen Sturz zu vermeiden. Endlich lichtete sich das Dickicht und Else hatte festen, steinigen Boden unter den Füßen. Obwohl sie hier noch nie gestanden hatte, wusste sie genau, wo sie war. Sie erinnerte sich an die groß aufgemachte Zeitungsmeldung, als ein Handwerker aus dem Dorf sich im Steinbruch das Leben genommen hatte. In dem Artikel war von einer auswegslosen finanziellen Notlage die Rede, und wenn es der kleinen Else schon schwergefallen war, die Bedeutung dieser Worte zu erfassen, so scheiterte sie gänzlich bei dem Versuch sich vorzustellen, dass alleine der Mangel an Geld einen Menschen zu einem so drastischen Schritt bewegen könnte. Stattdessen war sie mit ihrem Kinderfahrrad zum Steinbruch gefahren, um mit wohligem Schaudern zu dem Plateau hinaufzustarren, von dem aus der Mann in den Tod gesprungen war. Auf eben diesem Plateau stand sie nun, und keine drei Meter von ihr entfernt versuchte Konrad keuchend vor Anstrengung wieder zu Atem zu kommen.

"Bleib wo du bist", drohte sie, "falls du noch einen Schritt näherkommst, springe ich."

"Bitte Else", sagte er mit flehender Stimme, nachdem er sich wieder etwas erholt hatte, "lass uns endlich in Ruhe reden. Ich bin sicher, dann werden wir für alles eine Lösung finden."

"Was gibt es da noch zu reden?", brüllte sie ihn hasserfüllt an, "Ihr habt es nicht geschafft, mich um die Ecke zu bringen, und jetzt versuchst du mit deiner sauberen Halbschwester mir einen Mord, den Ihr selbst begangen habt, in die Schuhe zu schieben."

"Ich versichere dir, es verhält sich nicht so, wie du es dir vor-

180

stellst."

"Ach nein", erwiderte sie höhnisch, "dass mir Edith einen Faustschlag versetzt hat, an den sie sich plötzlich nicht mehr erinnern
kann, habe ich dann wohl geträumt?"

"Was in jener Nacht wirklich passiert ist, kann ich nicht beurteilen,
denn ich war nicht dabei. Ich könnte mir vorstellen, dass Edith
gelogen hat, weil du bei der Polizei ihre Pistole erwähnt hast. Sie
hat keinen Waffenschein und deshalb Angst, deswegen Scherereien
zu bekommen. Wie auch immer, ich schwöre dir, bei allem, was
mir heilig ist, dass ich weder etwas mit deinen Unfällen noch mit
Barbaras Tod zu tun habe."

"Mach dich nicht lächerlich", lachte Else bitter auf, "sie schickt
mich lebenslänglich hinter Gitter, weil sie eine Anzeige wegen
eines nicht vorhandenen Waffenscheins befürchtet? Du hast schon
wesentlich phantasievoller gelogen. Aber gib dir keine Mühe, nach
weiteren Ausreden zu suchen. Ich habe heute Morgen an der
Wohnzimmertür gelauscht und weiß, dass es dein hinterhältiger
Plan ist, mich in die Klapsmühle abzuschieben."

"Aber von Abschieben kann doch gar keine Rede sein. Ich bat
lediglich Professor Bender, dich zu untersuchen, weil er den Fall
deiner Großmutter sehr genau kennt. Wie mir Hochstädter bestätigt
hat, musste sie in die Klinik eingeliefert werden, weil sie eine Gefahr für sich und ihre Umwelt darstellte. Du weißt, auch wenn du es
mir nie erzählt hast, dass dein Bruder nicht bei diesem Traktorunfall gestorben ist, sondern erst kurz danach unter reichlich unklaren
Umständen, die wohl mit deiner Großmutter in Zusammenhang
stehen, ums Leben kam. Sie war krank, Else, eine Art Schizophre-
nie, und wenn du diese Krankheit geerbt hättest, würde das vieles
erklären. Aber die Medizin ist zwanzig Jahre weiter als damals; du
hättest alle Chancen, wieder gesund zu werden."

"Willst du mir einreden, ich hätte, ohne es zu wissen, meinen eigenen Kater vergiftet?" stieß Else zornig hervor. "Und den Unfall mit
der anschließenden Gehirnerschütterung habe ich mir wohl auch
nur eingebildet? Nein Konrad, wenn du noch einen Funken An-
stand im Leib hättest, würdest du wenigstens meinen Bruder und
meine Großmutter nicht für deine schmutzigen Machenschaften
missbrauchen. Aber sei versichert, dieser Bender kriegt mich nicht
in seine Klauen. Eher springe ich."

Bei diesen Worten wich Else demonstrativ einen Schritt in Richtung des Felsrandes zurück.

"Ich bitte dich Else, geh da weg. Wenn dir an deinem Leben nichts mehr liegt, dann tu es für mich. Tu es für unsere große Liebe, die auch in dir unmöglich ganz erloschen sein kann. Ich habe nie mit dir darüber gesprochen, aber noch heute betrete ich oft im Traum das Zimmer meiner Mutter und sehe sie tot daliegen, blau mit weit aufgerissenem Mund und offenen Augen. Noch ein zweites derartiges Erlebnis könnte ich nicht verkraften."

Seine Stimme hat wieder einen flehenden, fast weinerlichen Tonfall angenommen. Else konnte nicht fassen, was sie da sah und hörte. Dass Konrad in dieser Situation nicht im Namen der Wahrhaftigkeit endlich die Maske vom Gesicht nahm, sondern glaubte, ihr auch jetzt noch eine Schmierenkomödie vorspielen zu müssen, ließ sie völlig die Beherrschung verlieren. Die Tränen schossen ihr ins Gesicht, und, von heftigen Weinkrämpfen geschüttelt, schrie sie ihr Leid heraus:

"Warum, Konrad? Sag mir wenigstens warum! Ist es das Geld? Ist es eine andere Frau? Was bedeutet dir so unendlich viel, dass du dafür unser Glück verraten hast? Weißt du denn nicht, dass ich mein Leben für dich gegeben hätte, wenn es notwendig gewesen wäre?"

"Um Himmels Willen, Else, beruhige dich doch. Nie, niemals habe ich unsere Liebe aufs Spiel gesetzt."

Als Else langsam die Beherrschung wiederfand, fuhr er fort: "Dein Herz vermag ich im Moment nicht zu erreichen, aber vielleicht deinen Verstand. Wenn es wirklich so wäre, dass ich dich, wie du glaubst, aus dem Weg schaffen möchte, wäre es doch ein Leichtes für mich gewesen, vorhin einen Schritt auf dich zuzugehen. Dann würdest du längst zerschmettert da unten liegen, und niemand würde mir deswegen einen Vorwurf machen. Allein das müsste dir doch klarmachen, wie sehr du dich irrst."

"Nicht nachdem ich den Polizisten von den Anschlägen gegen mich erzählt habe. Oh, ich durchschaue dich, Konrad. Wenn nur der Hauch eines Verdachtes zurückbleibt, dass du mich über die Klippe geschubst haben könntest, besteht die Gefahr, dass jemand weiter nach dem Chauffeur des schwarzen Polos fahndet und dir dadurch zu guter Letzt doch noch auf die Schliche kommt. Aber ich denke, du kannst deine vornehme Zurückhaltung nun ablegen. Mittlerweile sind die Zeugen, die du so dringend brauchst, eingetroffen."

Schon während Konrad sprach, hatte Else aus dem Augenwinkel einen Lichtblitz aus dem Tal wahrgenommen. Nun drehte sie leicht den Kopf und sah unten das Auto Jungbluts, auf dessen Dach ein Blaulicht kreiste. Von dem Polizisten selbst war nichts zu sehen, aber die Kommissarin stand neben dem Wagen und hatte ein Fernglas nach oben gerichtet.

Dieser kurze Augenblick, in dem ihre Aufmerksamkeit abgelenkt war, genügte Konrad. Mit einem gewaltigen Hechtsprung, den Else ihm niemals zugetraut hätte, schoss sein langgestreckter Körper nach vorne. Er schlug hart auf dem steinigen Untergrund auf, bekam aber Elses Beine zu fassen, die er mit beiden Armen fest umklammerte. Sie verlor daraufhin das Gleichgewicht und stürzte zu Boden, wobei sie sich instinktiv von der Felskante wegrollte. Es gelang ihr, einen ihrer Füße zu befreien und damit nach Konrads Armen zu treten. Der jedoch war schneller als sie wieder auf den Beinen und hatte nun ihre Position eingenommen. Er stand nun am Rande des Abgrunds, und obwohl seine Stirn mit Erde verschmiert war und ihm Blut aus dem Mundwinkel lief, strahlten seine Augen triumphierend. Mit weit ausgebreiteten Armen rief er ihr zu:

"So, wenn du jetzt noch hier hinunterspringen willst, bleibt dir nichts anderes übrig, als mich mitzunehmen."

Ehe Else reagieren konnte, trat sein Fuß auf einen mit Moos bedeckten Stein, der durch den Regen gefährlich glatt und schlüpfrig geworden war. Konrad verlor das Gleichgewicht, ruderte verzweifelt mit beiden Armen, um es wiederzuerlangen, bevor er vor Elses entsetzten Augen ohne einen Laut in die Tiefe stürzte.

XIX

"Ich danke Ihnen, dass Sie gekommen sind." Katharina Haller streckte Else die Hand zur Begrüßung entgegen. "Es tut mir leid, dass wir Sie nach den schrecklichen Geschehnissen von gestern nicht in Frieden lassen können, aber wir benötigen dringend Ihre Hilfe."

Else hatte die vergangenen vierundzwanzig Stunden wie in Trance zugebracht. Es kam ihr vor, als hätte die Beruhigungsspritze Professor Benders doch noch ihr Ziel gefunden. Alle Farben in ihrer

Umgebung erschienen ihr merkwürdig blass, und die Geräusche drangen wie durch einen dicken Wattebausch gedämpft an ihr Ohr. Als die Kommissarin sie anrief und bat, zur Polizeistation zu kommen, hatte sie sich außerstande gesehen, sich hinter das Steuer eines Autos zu setzen, doch Wolfgang erklärte sich bereit, sie nach Idstein zu chauffieren. Auch jetzt noch klang die Stimme der Polizistin, die ihnen zwei Stühle anbot, während sie eine erst halb gerauchte Zigarette im Aschenbecher ausdrückte, so, als käme sie aus weiter Ferne: "Eigentlich habe ich schon vor zwei Jahren mit diesem Laster Schluss gemacht, aber in manchen Situationen werde ich leider immer wieder rückfällig." Noch ehe Else begriffen hatte, dass die Haller vom Rauchen sprach, fuhr diese fort: "Zu allererst möchte ich mich bei Ihnen entschuldigen, Frau Dr. Steigert. Ich muss gestehen, dass ich Ihnen kein Wort geglaubt habe, als Sie uns diese Serie von Anschlägen gegen Ihre Person auftischten, das hörte sich zu sehr nach einer erfundenen Räuberpistole an."

"Und was hat Sie dazu bewogen, Ihre Meinung zu revidieren?"

"Frau Tarengo ist, als wir ihr die Nachricht vom Tode ihres Bruders überbrachten, völlig zusammengebrochen und hat, wenn man so will, ein Geständnis abgelegt. Dabei hat sie viele Ihrer Angaben bestätigt."

"Wer von den beiden war denn nun die treibende Kraft, oder haben sie all diese Schandtaten gemeinsam ausgeheckt?"

"An diese Frage müssen wir notgedrungen differenzierter herangehen. Ihre Schwägerin bestreitet, irgendetwas mit dem Unfall in Frankfurt zu tun zu haben. Für das, was Ihnen danach widerfahren ist, hat sie die volle Verantwortung übernommen. Allerdings bestreitet sie energisch, dass Ihr Mann auch nur davon gewusst habe."

"Es tut mir leid", warf Else verwirrt ein, "aber ich verstehe nur noch Bahnhof."

"Vielleicht hilft es weiter, wenn wir die Vorfälle chronologisch durchgehen", ertönte eine Stimme in ihrem Rücken. Jungblut hatte gerade den Raum betreten und Elses letzte Worte mitgehört. "Streng genommen haben Sie selbst den Stein ins Rollen gebracht, als Sie gegenüber Ihrer Schwägerin andeuteten, die Sache in Frankfurt könnte kein Unfall gewesen sein, und Ihren Mann damit in Verbindung brachten."

"Ganz so verlief unser Gespräch nicht", protestierte Else, "eigentlich war sie es, die mich daraufgehoben hat, dass Konrad dahinterstecken könnte."

"Wie auch immer, jedenfalls ist in jenem Moment in Frau Tarengos Kopf die Idee entstanden, Ihre Paranoia für sich auszunutzen. Bitte entschuldigen Sie meine Wortwahl, aber so hat es Ihre Schwägerin zu Protokoll gegeben."

"Das klingt für mich plausibel", schaltete Katharina Haller sich wieder ein, "denn es ist Ihnen sicher nicht entgangen, wie verstört Frau Tarengo vorgestern reagierte, als Sie uns von dem konspirativen Treffen im Kloster berichteten."

"Ihr Zittern habe ich wohl bemerkt", stimmte Else zu, "allerdings dachte ich, dass dessen Ursache eine andere ist. Und allein mein vager Verdacht hat sie dann dazu bewogen, diese Frühjahrsdingsda unter die anderen Pilze zu mischen, um sie später selbst zu entdecken?"

"Nein, viel einfacher. Diesen Giftpilz hat es nie gegeben. Es war eine ganz normale Speisemorchel, die ihre Schwägerin Ihnen entgegenhielt, als sie Ihnen ihre kleine Szene vorspielte. Sie hatte diesen spontanen Einfall, nachdem Konrad ihr gegenüber während des Pilzesammelns bereits andeutete, dass sich seine Vorbesprechung wahrscheinlich in die Länge ziehen würde und er deshalb nicht pünktlich zum Abendessen erscheinen könne. Sie hat darauf spekuliert, dass sich seine Prognose bewahrheiten würde, und sie war sich hundertprozentig sicher, dass Sie eine Speisemorchel nicht von einer Frühjahrslorchel unterscheiden können."

"Ein Genie, wenn es ans Improvisieren geht, so wurde sie mir vorgestellt", murmelte Else halblaut vor sich hin, "wurde der Einfall, meinen Tunfischsalat zu vergiften, auch aus dem Augenblick geboren?"

"Sie liegen wieder falsch", belehrte sie Jungblut, "in Ihrem Salat war nicht der kleinste Krümel Gift. Aber die Tatsache, dass der Kater sich über Ihr Frühstück hermachte, in Verbindung mit Ihrem Nasenbluten am Wochenende zuvor genügte, um sie auf den Einfall mit dem Rattengift zu bringen. Dieses hat sie sich im Laufe des Tages besorgt und unter das Katzenfutter gemischt."

"Damit hat sie in Kauf genommen, dass Pascal elend zugrunde geht", warf Else empört ein.

"Oh, sie hat nachdrücklich Wert auf die Feststellung gelegt, dass die Dosis für den Kater nicht hätte tödlich sein können", räumte Jungblut ein, "darauf würde ich freilich nicht allzuviel geben. Wir erleben es in unserem Beruf immer wieder, dass Leute, die bereit sind, ohne Skrupel auch über Leichen zu gehen, ihre angeblich überwältigende Tierliebe wie eine Monstranz vor sich her tragen."

"Anschließend mussten Sie nur noch die Schachtel in Konrads Schreibtisch finden", nahm die Kommissarin den Faden wieder auf.

"Ein glücklicher Zufall?"

"Keineswegs! Frau Tarengo hat fast eine Viertelstunde im Regen gestanden, um unbemerkt den Monteur abzufangen, der Ihre Spülmaschine reparieren sollte. Sie hat ihm eingeschärft, dass er darauf bestehen müsse, sich zunächst den Garantieschein zeigen zu lassen. Der junge Mann hat zwar nicht schlecht gestaunt, doch bei dem fürstlichen Trinkgeld, das sie ihm in die Hand drückte, keine weiteren Fragen gestellt."

"Und natürlich hat sie das Gift, nachdem es seine Schuldigkeit getan hatte, sofort verschwinden lassen", ergänzte Jungblut, "vom einem regelrechten Plan kann man nur beim dritten Akt, dem fingierten Einbruch, sprechen. Aber auch hier hat der Zufall insofern mitgespielt, dass ihr unvermittelt ein Komplize in den Schoß fiel."

"Ein Komplize?"

"Ja, das Einschlagen der Fensterscheibe und die Show mit der Pistole hätte sie zwar sehr gut alleine bewerkstelligen können, doch das Herzstück der Intrige war der schwarze Polo vor dem Haus, und der musste sich genau zum richtigen Zeitpunkt in Bewegung setzen."

"Aber Konrad war in Bensheim, er kann das Auto kaum gefahren haben."

"Von Konrad war ja auch nicht die Rede. Einer Ihrer Studenten, ein Herr Neuhaus, saß hinter dem Steuer. Frau Tarengo hat ihn wenige Tage zuvor kennengelernt und sehr rasch erkannt, dass der junge Mann bis über beide Ohren in Sie verknallt war. Daraufhin hat sie ihm eine abenteuerliche Geschichte von einer zerrütteten Ehe und zahlreichen Affären Konrads vorgesetzt, und er hat sie geschluckt, weil er sie schlucken wollte. Sie hat ihm geschickt klar gemacht, dass Sie nach wie vor sehr an Ihrem Mann hängen würden, und erst jetzt eine Trennung in Erwägung zögen, weil Sie sich durch ihn bedroht fühlten. Genau damit hatte sie ihn am Angelhaken."

"Doch nicht Robert", wandte Else erstaunt ein, "der ist doch viel zu klug, um auf so etwas hereinzufallen."

"Es war ihm auch sichtlich unangenehm, als wir uns die Aussage

Ihrer Schwägerin von ihm bestätigen ließen. Erst als er vom Mord an Barbara Wigand in der Zeitung las, dämmerte ihm, dass hier mehr auf dem Spiel stehen könnte, als sein gestörter Hormonhaushalt. Dabei scheint er Frau Tarengo nicht übel zu nehmen, dass sie ihn vor ihren Karren gespannt hat, dass es ihr hingegen gelungen ist, seine, wie er wohl meint, überragende Intelligenz hinters Licht zu führen, wird er ihr niemals verzeihen."

"Warum Barbara?" wollte Else wissen. "Musste sie sterben, nur um mir einen Mord in die Schuhe schieben zu können, und hat Konrad davon gewusst?"

"Damit sind wir genau an dem Punkt, an dem es schwierig zu werden beginnt. Frau Tarengo besteht darauf, mit dem Mord nicht das Geringste zu tun zu haben."

"Das ist doch absurd, warum sonst hätte Sie mir die Faust ins Gesicht schlagen sollen, wenn nicht als Teil eines abgefeimten Plans?"

"Sie hat eine andere Erklärung dafür. Eigentlich sollten Sie das Wohnzimmer betreten, die Bescherung entdecken und dann gerade noch den Polo um die nächste Straßenecke verschwinden sehen. Mit Neuhaus war vereinbart, dass er den Wagen starten sollte, sobald das Deckenlicht im Wohnzimmer aufflammt. Dummerweise war es eine mondhelle Nacht, weshalb Sie gar nicht daran dachten, den Lichtschalter zu betätigen. Nun bestand die große Gefahr, dass Sie Robert Neuhaus im Auto sitzen sehen würden, wodurch die ganze Sache aufgeflogen wäre. Um solchen Pannen vorzubeugen, hielt sich Edith in der Wohnung versteckt, und sie hat schnell geschaltet."

"Das klingt mir reichlich konstruiert. Glauben Sie ihr das?"

"Ja, zum einen, weil es mit der Schilderung von Neuhaus übereinstimmt, zum anderen, weil es keinen Sinn ergibt, Ihnen die Kopfverletzung so lange vor dem Mord zuzufügen. Niemand konnte voraussehen, dass Sie sich am folgenden Tag völlig in Ihrer Wohnung vergraben würden."

"Warum hat Sie dann abgestritten, mich geschlagen zu haben?"

"Das war wieder eine ihrer spontanen Einfälle, nachdem sich die Indizien im Fall Wigand gegen Sie zu verdichten schienen."

"Welche nach wie vor nicht entkräftet sind, wenn ich es richtig sehe."

"Nur bedingt", schränkte Katharina Haller ein, "Ihr Haar bereitet uns weiterhin großes Kopfzerbrechen. Auf die Beobachtung, die

Brandes im Vollrausch gemacht haben will, geben wir nicht sehr viel, und die Aussage Horst Wigands hat sich dahingehend relativiert, dass seine Frau mit einer Freundin verabredet war, woraus er schloss, damit müssten Sie gemeint sein."

"By the way", unterbrach Jungblut, "wäre es möglich, dass Frau Wigand Edith als ihre Freundin bezeichnet hat?"

"Nach allem, was mir in letzter Zeit entgangen ist, will ich nichts mehr ausschließen", antwortete Else zögernd, "aber vorstellen kann ich es mir nicht. Meines Wissens haben beide nie ein privates Wort miteinander gewechselt."

"Was ist eigentlich mit Schulze-Wegmann", meldete sich zum ersten Mal Wolfgang zu Wort, "stimmt es, dass eine Notiz im Terminkalender der Toten ihn belastet?"

"Der scheint aus dem Schneider sein. Eine Frau hat sich aus freien Stücken bei uns gemeldet und seine Version von den Geschehnissen in der Mordnacht bestätigt. Die Vernehmung dieser Dame ist allerdings noch nicht abgeschlossen, weil noch ein anderer Aspekt zu klären ist, der mit der verschwundenen Mordwaffe in Zusammenhang steht. Mehr darf ich Ihnen dazu leider nicht sagen, schließlich handelt sich um laufende Ermittlungen."

"Die Notiz, von der Sie sprachen, hat eine banale Erklärung gefunden", ergänzte Jungblut den Bericht seiner Chefin, "unser Kollege Rexroth hat sich den gesamten Terminkalender von Frau Wigand vorgenommen und dabei festgestellt, dass die gleiche Eintragung in der Regel dienstags zu finden war, und zwar in sehr regelmäßigen Abständen. Von da fehlte nur noch ein kleiner Schritt zur Lösung: FDP bezeichnet die Tage, an denen die gelbe Säcke vor die Tür gestellt werden mussten. Da Frau Wigand zu verreisen beabsichtigte, fiel die Notiz dieses Mal ausnahmsweise auf einen Samstag."

"Schulze-Wegmann kam doch ohnehin nicht mehr in Frage", wandte Else ein, "nur Edith und Konrad besaßen die Möglichkeit, so ohne weiteres an eines meiner Haare zu gelangen."

"Das sehen wir anders", widersprach Katharina Haller, "und genau das ist der Grund, warum wir Sie hergebeten haben. Es gibt eine Person, die noch am Samstag relativ mühelos in den Besitz eines Ihrer Haare kommen konnte, und jene Person spielt die Schlüsselrolle bei diesem Verbrechen. Es sind die Behauptungen von Fred Dolus, die eine Verbindung zwischen Konrad und dem schwarzen Polo herstellen, und ein Verhältnis zwischen Ihrem Mann und Frau

Wigand nahelegen. Was wir bisher über diesen sauberen Zeugen wissen, ist lediglich, dass er Ihnen die Hucke voll gelogen hat. Weder seine Angaben über die Gründe seines Aufenthalts in Nonnensteg entsprechen der Wahrheit, noch hat er jemals in Dresden studiert, wie wir mittlerweile überprüft haben. Wir wissen nicht, ob er von jemanden für seine Aussagen bezahlt wurde, oder ob er selbst eine der Hauptpersonen der ganzen Tragödie ist. Möglicherweise ist er der Mann, mit dem Frau Wigand zu verreisen gedachte. Jedenfalls bin ich mir sicher, dass der Fall gelöst ist, sobald wir Fred Dolus in den Fingern haben. Deshalb möchte ich Sie bitten, uns bei der Herstellung eines Phantombildes behilflich zu sein, damit wir die Fahndung nach diesem Burschen einleiten können."

"Heißt das, Edith steht nicht mehr unter Verdacht? Sie haben Sie nicht verhaftet?"

"Wir werden Frau Tarengo nochmals ausgiebig befragen, doch ich schätze, dass wir sie spätestens morgen wieder auf freien Fuß setzen müssen. Was den Mord angeht, haben wir absolut nichts gegen sie in der Hand, und selbst die Lüge, den Faustschlag in Ihr Gesicht betreffend, hat unsere Ermittlungen nicht so nachhaltig gestört, dass es für eine Anzeige ausreichend wäre."

"Wie ist sie nur auf diese niederträchtige Idee gekommen?" wollte Else wissen. "Es kann doch nicht sein, dass allein mein Malheur in Frankfurt alles ins Rollen gebracht hat."

"Nein, das Samenkorn für diese Entwicklung wurde schon früher gelegt", antwortete Jungblut, "Ihre Schwägerin war durch Dr. Hochstädter, mit dem sie sich angefreundet hatte, gut über die Erkrankung Ihrer Großmutter informiert und hat darin die Chance erkannt, Ihnen etwas am Zeug zu flicken, sobald sich eine Gelegenheit dazu bieten sollte. Tatsächlich scheint beim Tode Ihres Bruders nicht alles mit rechten Dingen zugegangen zu sein. Zumindest ist es vollkommen unbegreiflich, dass in einem solchen Fall keine Obduktion durchgeführt wurde, obwohl es Vorschrift ist. Weiterhin macht mich stutzig, dass in genau dieser Zeit einige Geldspenden Ihres Vaters in beträchtlicher Höhe aktenkundig sind. Da liegt der Verdacht nahe, dass er sich das Stillhalten der Behörden erkauft hat, um seine Mutter zu schützen. Dass sie daraufhin für den Rest ihres Lebens in der Privatklinik Professor Benders, bei dem sie ja schon lange vorher in Behandlung war, verschwand, könnte Bestandteil dieses Deals gewesen sein. Dr. Hochstädter hat diese Entwicklung natürlich überhaupt nicht gefallen. Er hatte Ihren Bruder nach dem Traktorunfall untersucht und keine lebensbedrohenden Verletzungen diagnostiziert. Es kränkte ihn zutiefst in seiner Standesehre, dass er sich in einem so schwerwiegenden Fall geirrt haben sollte. Doch ich bin mir sicher, auch wenn Hochstädter das nicht zugeben wird, Ihr Vater hat auch ihn mit einem hübschen Sümmchen für eine eventuelle Einbuße an beruflicher Reputation entschädigt."

"Gestatten Sie mir eine letzte Frage. Warum? Warum das alles? Was habe ich Edith angetan, dass sie mich vernichten will?"

Katharina Haller ließ sich Zeit, bevor sie auf Elses Frage einging. Sie rief sich das Bild der Frau, die wenige Stunden zuvor auf dem Stuhl vor ihr gesessen hatte, in ihr Gedächtnis zurück. Sie sah die zu schmalen Schlitzen verengten Katzenaugen und das wutverzerrte Gesicht vor sich, aus dessen Mund ihr hasserfüllte Sätze entgegengeschleudert wurden:

"Wir waren glücklich in England, bis sie auf der Bildfläche erschienen ist. Es war widerwärtig, wie sie sich schon bei unserer ersten Begegnung an Konrad herangemacht hat, aber ihn hat das wenig beeindruckt. Doch sie konnte es offenbar nicht ertragen, dass es etwas gab, was sie mit ihrem vielen Geld nicht kaufen konnte, also hat sie ihn solange mit Briefen bombardiert, bis er weichgekocht war. Dann hat mir die Gnädigste doch tatsächlich eine Stelle als Dienstbotin bei sich angeboten. Kochen und den Garten in Ordnung halten durfte ich für sie. Um mietfrei wohnen zu können, habe ich die Drecksarbeiten für sie erledigt, und womöglich hat sie sich eingebildet, ich wäre ihr dafür noch dankbar. Und jetzt, als Konrad es mit meiner Hilfe endlich geschafft hatte, sich von ihr zu lösen, hat die Hexe ihn aus Zorn darüber von den Felsen gestoßen. Mir jedenfalls können Sie nicht weismachen, dass das ein Unfall war."

Die Kommissarin legte mit einer leichten Berührung die Hand auf Elses Unterarm, während sie antwortete: "Quälen Sie sich nicht mit derartigen Fragen, Frau Dr. Steigert. Was Frau Tarengo getan hat, ist krank und hat mit Ihnen selbst wenig zu schaffen. Sie hing mehr an ihrem Bruder als gut für sie und alle Beteiligten war. Ähnliches haben Sie ja schon mit Horst Wigand erlebt; übersteigerte Eifersucht ist offenbar Ihr Schicksal."

Zurück in Nonnensteg dankte Else Wolfgang für seine Hilfe, als dieser sie vor ihrem Haus absetzte. Gerade wollte sie die Wagentür öffnen, als Wolfgang sie am Arm zurückhielt:

"Kopf hoch, Else. Ich weiß selbst, wie blöde das in der momentanen Situation klingt, aber du wirst darüber hinwegkommen, und dann brechen auch für dich wieder bessere Zeiten an."

"Danke für deine Aufmunterung, doch ich bin mir da nicht so sicher. Dass Konrad nie mehr da sein wird, ist noch gar nicht bis in mein Bewusstsein vorgedrungen, doch mit der Trauer um ihn werde ich weiterleben können, schließlich bin ich nicht der einzige Mensch, der seinen Lebenspartner durch einen Unglücksfall verlor. Aber wie soll ich damit fertig werden, nicht zu wissen, ob mein Mann ein Schurke, vielleicht sogar ein Mörder oder das unschuldige Opfer meiner Panikreaktion war?"

"Die Polizei wird es herausfinden. Ich glaube nach wie vor an seine Unschuld. Konrad war ein guter Kerl, den ich vom ersten Augenblick an gemocht habe. Dabei bleibe ich, auch wenn er mir möglicherweise zum zweiten Mal die Frau, die ich liebe, weggenommen hat."

Es dauerte einen Moment, bis Else den Sinn seiner Worte begriffen hatte: "Barbara und du?"

"Ja, wir wollten heiraten", er brach ab, weil ihm die Stimme versagte.

"Natürlich, wie dumm ich war, du hast Urlaub genommen, um mit ihr zu verreisen. Warum hast du das der Polizei nicht erzählt, um zu verhindern, dass die eine völlig falsche Spur verfolgen?"

"Mich hat niemand danach gefragt, und aus freien Stücken konnte ich noch nicht mit der Wahrheit herausrücken. Der Verlust schmerzt noch zu sehr, als dass ich die obligatorische Frage 'Und wo waren Sie am Samstagabend?' zu ertragen vermöchte. Lass dir aber keine grauen Haare darüber wachsen, dass ich die Arbeit der Obrigkeit dauerhaft behindern könnte. Ich werde die Kommissarin mit den traurigen Augen sehr bald anrufen."

"Du wolltest mit Barbara zusammenziehen und deshalb dein Haus umbauen", platzte es aus Else heraus. Wolfgang sah sie erst erstaunt, dann misstrauisch an.

"Woher weißt du denn davon? Diesen Unsinn habe ich doch nur

einem Bankbeamten erzählt, um an seinen Zaster zu kommen. Mir ging es im letzten Jahr nicht besser als den meisten Aktienbesitzern, horrende Verluste an allen Fronten. Schließlich waren die interessantesten Papiere zu Schleuderpreisen zu haben, doch ich war nicht mehr flüssig genug, um nachzukaufen. Der Wunsch, an der Börse zu spekulieren, erschien mir als Kreditgrund nicht seriös genug, deshalb habe ich mir die kleine Notlüge mit dem Umbau ausgedacht."

"Hat es sich wenigstens rentiert?"

"Und ob, ich habe gut verdient und das geliehene Geld längst zurückgezahlt. Jetzt bin ich aber neugierig, wie du von der Sache Wind bekommen hast."

"Ein andermal, Wolfgang. Wenn ein bisschen Zeit vergangen ist, werde ich dir die ganze Geschichte erzählen", wich Else aus, während sie aus dem Auto stieg. Als sie die Haustür aufschloss, kehrten die bohrenden Kopfschmerzen zurück, die sie am Vormittag mit Unmengen von Aspirin betäubt hatte. Pascal lag teilnahmslos in seinem Korb und nahm von Elses Eintreten kaum Notiz. Seine Futternäpfe hatte er kaum angerührt. Irgendwie scheint das Tier zu spüren, dass etwas Schreckliches geschehen ist, dachte Else. Obwohl sie sich eigentlich ins Bett legen und ihre Grippe auskurieren wollte, begann sie ziellos durch alle Räume des Hauses zu streifen. In Konrads Arbeitszimmer kam sie endlich zur Ruhe. Sie setzte sich in seinen Schreibtischstuhl und ließ die Erinnerungen wirken, die von allen Seiten auf sie einströmten. Nein, fasste sie schließlich einen Entschluss, sie würde Konrads Papiere nicht durchsuchen, auch dann nicht, wenn sie wieder die Kraft haben würde, mit dem, was sie finden könnte, fertig zu werden. Es erschien ihr würdelos in der privaten Korrespondenz eines Toten herumzuschnüffeln, nur um be- oder entlastendes Material ans Tageslicht zu zerren.

Else ergriff das Hochzeitsfoto, das auf dem Schreibtisch stand und ging damit zu der großen hölzernen Truhe, in der sie viele liebgewonnene Andenken aus ihrer Jugendzeit aufbewahrte. Sie schob den Riegel zurück und klappte den schweren Deckel nach hinten. Ein Bild ihres Bruders sprang ihr als erstes ins Auge. Er hatte seinen Kopf mit den wunderschönen blonden Locken nach hinten gelegt und sah liebevoll zu seiner Großmutter hoch, auf deren Schoß er saß. Else kam das Gespräch auf der Polizeistation und die Bemerkung Jungbluts in den Sinn. Natürlich hatte sie auch als Kind bemerkt, dass die Oma sich manches Mal etwas eigenartig benahm, aber es war absurd zu vermuten, sie könnte Harald etwas angetan haben. Else hatte es ihr immer hoch angerechnet, dass sie ihre Zuneigung gleichmäßig auf beide Kinder verteilte und nicht wie die Eltern eindeutig dem Thronfolger den Vorzug gab, aber das änderte nichts an der Tatsache, dass auch die Großmutter Harald vergötterte. Else fand ein weiteres Foto, auf dem die beiden auf der Küchenbank nebeneinander saßen. Die Großmutter trug eine Brille, und auf ihren Knien lag das dicke Märchenbuch, aus dem sie ihrem Enkel vorlas. Diese Abendstunden hat er genossen, erinnerte Else sich wehmütig, aber eines dieser Märchen hätte sie besser überblättern sollen. Die Geschichte von der klugen Else war ein gefundenes Fressen für ihren Bruder und für Else, die als ausgezeichnete Schülerin ohnehin stets gegen ein Streberinnenimage zu kämpfen hatte, wurde dieses harmlose Adjektiv zum Martyrium. Ganze Kinderhorden verfolgten sie auf dem Schulhof, um im Chor 'kluge Else, kluge Else' hinter ihr her zu brüllen. Allein der Gedanke daran genügte, dass Else auch nach so langer Zeit noch instinktiv die Arme hob, um sich die Ohren zuzuhalten. Aber sie war ihrem Bruder nichts schuldig geblieben und hatte sich revanchiert. Seine schulterlangen, lockigen Haare verliehen seinem Aussehen etwas Mädchenhaftes, und da er, wie alle männlichen Steigerts mit zweitem Vornamen nach dem Firmengründer Franz Steigert benannt war, verpasste Else ihm den Spitznamen Franziska, was ihn fuchsteufelswild machen konnte. Doch die Kränkung hatte sich mit der Zeit abgenutzt, und irgendwann hatten sie sich nicht nur damit arrangiert, dass sie füreinander Franziska und die kluge Else waren, sondern aus den einstigen Spottnamen war ein Zeichen geschwisterlicher Liebe geworden.

Else legte die Bilder, die sie in der Hand hielt, in die Truhe zurück. Dabei verrutschte ein Stapel Fotos und gab den Blick auf etwas frei, das an diesem Platz nichts zu suchen hatte. Mit zitternden Händen hob Else den Gegenstand heraus. Es war ein schmiedeeiserner Kerzenständer, der durch einen hässlichen dunkelroten Fleck geronnenen Blutes verunstaltet wurde.

"Das war Edith oder Konrads Werk, ich muss sofort die Haller anrufen, sie wird begeistert sein."

Gerade hatte sie die hellgrün lackierte Tür des Arbeitszimmers erreicht, als eine so starke Schmerzwoge durch ihren Kopf flutete, dass sie aufschrie. Sie griff sich an die Stirn, die vor Fieber glühte. Du wirst doch jetzt nicht schlapp machen, feuerte sie sich selbst an, jetzt, wo du endlich das entscheidende Beweisstück in Händen hältst. Trotz eines starken Schwindelanfalls tastete sie sich vorsichtig von Treppenstufe zu Treppenstufe. Unten angekommen hielt sie sich mit ihrer seit dem Sturz vom Traktor verkrüppelten Hand an dem handgeschnitzten Treppenknauf fest und wartete, bis die Wände des Flurs aufhörten, sich um sie zu drehen. Die Tür zum Wohnzimmer stand weit offen, auf der Couch saß Fred Dolus.

"Fred, Fred, wo bist du gewesen", anklagend streckte sie ihm die schwere Mordwaffe entgegen, "die Polizei sucht dich. Wenn du ausgesagt hast, werden sie mir endlich glauben, dass ich unschuldig bin."

"Unschuldig", äffte Fred sie nach, und grinste breit. "Unschuldig", wiederholte er und begann zu lachen, erst leise in sich hinein, dann immer heftiger, sodass er sich mit beiden Händen den Bauch halten musste, bis schließlich sein ganzer Körper von Heiterkeit geschüttelt wurde. Else konnte sich auf sein merkwürdiges Benehmen keinen Reim machen und blickte ihn entgeistert an. Dann geschah etwas Entsetzliches.

Als erstes fiel der Hut von Freds Kopf und blieb auf der Rückenlehne der Couch liegen, dann wurde sein Kinn lang und länger, bis sein Bart sich von diesem löste und ihm auf die Brust rutschte. Schließlich verschwammen all seine Gesichtszüge, Haut, Fleisch und Haare verschmolzen zu einer einzigen breiigen Masse, die wie Kerzenwachs nach unten tropfte und den blanken Knochen freigab.

Fassungslos vor Grauen starrte Else auf den Totenschädel, dessen Zähne im Rhythmus des noch immer anschwellenden höhnischen Gelächters aufeinanderklapperten, während tief in den leeren Augenhöhlen zwei winzige Lichtpunkte glommen, die sie bösartig anfunkelten.